COLLECTION FOLIO

Julie Wolkenstein

Les vacances

P.O.L

www.pol-editeur.com

Julie Wolkenstein, née en 1968, enseigne la littérature comparée à l'université de Caen. Elle est l'auteur de sept romans parus aux Éditions P.O.L.

« Il n'y a pas de films perdus, il n'y a que des gens mal informés. »

Serge Bromberg

PREMIÈRE PARTIE

« RHM 79.5 »

I

— Mon vrai prénom est Sophie.

— Je sais. Moi, c'est Paul.

— Vous vous foutez de ma gueule ?

Il tombe une pluie fine sur la banlieue de Caen, et les deux fumeurs que nous sommes – les seuls, apparemment, parmi la poignée de chercheurs restés au sec dans l'abbatiale – nous abritons comme nous pouvons sous le porche. Le vent a forci et rabat l'averse dans notre direction, mais nous ne nous laissons pas décourager et tirons sur nos cigarettes humides.

Sophie et Paul. Comme les personnages les plus célèbres de la littérature pour enfants. Comme dans la comtesse de Ségur. D'accord. Une coïncidence de plus. La semaine dernière, quand je l'ai rencontré pour la première fois au Starbucks de la gare Saint-Lazare, il s'appelait Gaspard et moi Pauline, mais nous l'avions fait exprès. Moi, en tout cas, je l'avais fait exprès.

Je ne me suis toujours pas habituée à cette nouvelle

mode, à ces vendeurs qui nous demandent nos prénoms. Je ne suis pas vieux jeu, et je comprends bien que c'est un moyen de gagner du temps, en évitant aux clients d'épeler leur nom de famille (et le mien est compliqué), mais je déteste cette connivence factice : on est potes, pas de cérémonie entre nous, je vous donne votre « Spearmint Green » mais ce n'est pas commercial, pour ainsi dire un cadeau. *Pour ainsi dire*, parce qu'avant d'être appelée (« Pauline ? Votre "Spearmint Green" est prêt ! »), je suis bien sûr passée à la caisse. Et que je ne suis pote ni avec la première vendeuse (celle à qui j'ai commandé mon thé et donné un faux prénom), ni avec la caissière, ni avec le serveur qui l'a préparé.

Je n'ai d'ailleurs pas de « potes ». Je suis beaucoup trop vieille pour ça. Je me rebelle donc en donnant un faux prénom, systématiquement tiré d'un roman de Ségur. Je ne fréquente le Starbucks de la gare Saint-Lazare que lorsque mon train a du retard ou moi beaucoup d'avance, et j'ai encore un tas de pseudos en réserve.

Depuis qu'on m'a demandé, il y a un mois, de participer à un colloque sur le cinéaste Éric Rohmer et son rapport à la littérature, (pour y parler de son adaptation des *Petites Filles modèles*), je me suis aperçue qu'il y a beaucoup, dans ses films, de personnages qui s'appellent comme ceux de Ségur, et j'ai successivement dégusté mon « Spearmint Green » sous les identités de Françoise, Félicie, Blanche et Lucie, qu'on trouve aussi bien chez l'un que chez l'autre.

La semaine dernière, j'avais choisi « Pauline » :

l'adolescente intransigeante qui veille sur les amours déçues de sa grande cousine Marion dans *Pauline à la plage*, et la pauvre petite fille poitrinaire que l'âne Cadichon sauve d'un incendie dans les *Mémoires d'un âne*, mais qui succombe un mois plus tard, sans regretter la vie ni craindre la mort, nous dit-on. Je ne suis pas spécialiste de cinéma, et surtout pas d'Éric Rohmer, et je me dis qu'au pire, si j'ai trop de mal à préparer cette conférence, je pourrai toujours consacrer un paragraphe à tous ces prénoms qu'ils ont en commun. Rohmer le faisait peut-être exprès ?

Si j'ai remarqué le jeune homme qui commandait son « Espresso » juste après moi, c'est parce qu'il a dit s'appeler Gaspard. Gaspard qui est aussi un personnage de Rohmer (dans *Conte d'été*) et de Ségur (*La Fortune de Gaspard*). Mais je n'imaginais pas qu'il avait donné comme moi un faux prénom. Je pars du principe que les gens jeunes adhèrent tous à cette familiarité de façade, et disent tous la vérité au personnel du Starbucks.

C'est plus tard, quand je l'ai retrouvé dans le wagon de tête (presque toujours vide, et qui a le mérite, pour moi, de s'arrêter pile devant la sortie de la gare, à Caen), que je me suis dit que ça faisait beaucoup, comme coïncidences : installé tout seul dans un carré, il feuilletait un exemplaire récent des *Petites Filles modèles*. À part les universitaires qui travaillent, comme moi, sur les œuvres de Ségur, je ne connais aucun adulte qui lise *Les Petites Filles modèles* (ou éventuellement à voix haute, à un enfant, mais, Dieu merci, il n'y avait aucun enfant dans le wagon cet après-midi-là).

II

Je m'appelle réellement Paul. Et je savais déjà en entrant dans le hall tout rutilant de la gare Saint-Lazare, où je n'avais pas encore remis les pieds depuis que les travaux sont finis, que le professeur Bogoroditsk, spécialiste de renommée internationale des romans de la comtesse de Ségur, portait le même prénom qu'elle : Sophie.

J'ai pris un premier escalator, sans me presser, derrière des voyageurs aussi peu impatients que moi, ou alors tout simplement épuisés d'avance par leur journée de travail, et je me suis laissé emporter, le nez en l'air, en regardant comme un touriste les boutiques, les boutiques, encore les boutiques.

J'ai mis quelques secondes à comprendre que la musique qui résonnait à l'étage supérieur, celui qui donne accès aux quais, ne sortait pas d'un haut-parleur, mais qu'on jouait bel et bien du piano, dans cette gare déguisée en galerie commerciale. Comme dans le hall de la Trump Tower, la première fois que je suis allé à New York avec mon grand-père, il y a des siècles, un Noir en smoking qui enchaînait des standards des années 1940 sur un quart de queue au milieu du hall en marbre rose. J'avais trouvé ça kitsch. Bref, quand j'ai pris tranquillement mon virage, au niveau intermédiaire, pour m'installer sur le deuxième escalator, je commençais à me demander quel genre d'usager, en avance pour (ou résigné au retard de) quel train, avait eu envie de régaler la foule du générique de *Game of Thrones*. TA-TA tata-TA-TA tata-TA, ta-tatata ta-tatata ta-tatata, etc. L'acoustique était plutôt bonne, et l'instrumentiste sûre de son affaire.

C'était une femme. De dos, difficile de lui donner un âge. Elle paraissait grande, le buste du moins était haut, et elle portait un trench beige très classique. Les cheveux étaient mi-longs, d'un blond un peu éteint, tirés en queue-de-cheval dans la nuque. Elle avait posé son sac, un sac de cuir noir, lui aussi très classique, à côté d'elle sur le tabouret, et elle avait gardé la lanière sur son épaule droite. La lanière avait un peu glissé au rythme de ses TA-tatata, tressautant légèrement en direction du coude, mais elle était assez lâche pour ne pas entraver sérieusement son avant-bras. Peur des voleurs ? À peine le temps de finir son morceau avant qu'on annonce de quelle voie partirait son train retardé ?

J'ai marché vers elle en évitant les passants (plus énervés, à cet étage), qui se bousculaient à l'entrée menant aux lignes de banlieue. En m'approchant, j'ai vu qu'elle avait aussi de longues jambes, un jean bleu très foncé et des baskets manifestement choisies pour leur confort.

Les baskets s'activaient adroitement sur les pédales. Le générique de *Game of Thrones*, avec son titre de tube de rock italien des années 1980, *Ice and Fire*, n'est pas un morceau particulièrement subtil. Il requiert des effets. La pianiste y allait à fond. Je ne voyais pas son visage mais son jeu pouvait contenir une légère touche de second degré. Sans compter qu'elle n'avait pas le look que j'associe aux spectateurs de la série, même si je sais qu'à peu près le monde entier la regarde – et pourquoi pas une femme élégamment passe-partout dont le trench était peut-être un Burberry et le sac un Saint Laurent, pas de toute première jeunesse. Je ne suis ni homosexuel ni rédacteur d'un magazine de mode, mais ma future ex-femme était une lectrice assidue de magazines féminins, où elle regardait surtout les publicités pour les grandes marques de haute couture. Non, pas « était », « est ». On ne se voit plus mais elle n'est pas morte pour autant, je sais.

Je donne tous ces détails vestimentaires parce que je dois m'entraîner à décrire des images. Je n'ai jamais vu et ne verrai sans doute jamais les images que j'ai décidé de décrire dans ma thèse, alors je m'exerce avec celles que je peux voir, et Sophie Bogoroditsk, ce matin-là, était un bon sujet, meilleur que mes voisins d'escalator.

Je ne l'avais évidemment pas reconnue. Quand j'ai commencé mes recherches sur la comtesse de Ségur, je suis très vite tombé sur le nom de Sophie Bogoroditsk, et j'ai été regarder sur Google à quoi elle ressemblait, mais ça ne donnait pas grand-chose : il s'agissait sans doute d'une capture d'écran extraite d'une visioconférence, le genre de photo où tout le monde a toujours l'air de grimacer.

Je suis arrivé à sa hauteur au moment où ma pianiste se levait. Son visage était en partie masqué par de grosses lunettes carrées aux montures d'écaille démodées. Je lui ai donné, allez, soixante-cinq ? Elle a rajusté la lanière de son sac sur son épaule droite, attrapé un autre sac, un genre de cartable du même cuir noir qu'elle avait calé par terre entre ses longues jambes, et que je n'avais pas repéré avant, mais ne s'est pas dirigée vers l'accès aux quais. Elle a regardé sa montre et bifurqué vers le Starbucks. J'avais largement vingt minutes d'avance, alors je me suis dit que je boirais bien un café.

Je n'étais encore jamais entré dans aucun Starbucks mais je supposais que, s'ils servaient des trucs bizarres comme ces cocktails lactés que les New-Yorkaises tiennent à bout de bras dans la rue en hélant un taxi dans les films, on devait aussi pouvoir y trouver un expresso. J'ai jeté un coup d'œil à l'énorme pancarte derrière le comptoir où figuraient, en photos, les spécialités. « Espresso ». Pas le bête eXpresso des bistrots parisiens ; « eSpresso », comme à Rome, comme à Manhattan.

La serveuse (dont le badge, sur sa poitrine, indiquait « Lou ») a demandé son prénom à la dame en trench qui se passionnait peut-être pour les dragons, les trônes de fer et les nains.

La dame a répondu : « Pauline. »

Hors de question que je donne le mien à « Lou ».

J'ai pensé à *Pauline à la plage* (je consacre un chapitre de ma thèse à Éric Rohmer) et, par association d'idées, parce que c'est un autre film de plage, le même nord de la Bretagne, les mêmes vacanciers sentimentaux et fourbes (avec les autres ou avec eux-mêmes), la même lumière d'août, j'ai pensé à Melvil Poupaud dans *Conte d'été*, et quand « Lou » a pris ma commande, j'ai dit : « Gaspard. »

Pauline – qui avait fait deux pas vers la caisse (ils sont invraisemblablement nombreux à s'occuper de vous, au Starbucks, et c'est invraisemblablement plus long et moins efficace que dans n'importe quel bistrot parisien, la seule différence, c'est qu'ici ils sourient tout le temps) pour régler son thé auprès d'un jeune Asiatique qui arborait un peu plausible badge « Jean-Pierre » – s'est retournée brusquement en m'entendant dire « Gaspard ». Elle a repoussé ses lunettes haut sur son nez – trop petit pour les maintenir longtemps en place –, m'a dévisagé, a récupéré sa monnaie et est allée s'asseoir à un mètre de la caisse, les yeux toujours fixés sur moi.

J'ai réglé mon « Espresso » et j'ai attendu, debout, qu'on m'appelle. « Pauline ! » lui a lancé un troisième larron, prénommé (toujours d'après son badge) « Nat » (comme Nathan ? Nathanaël ? comme rien, juste Nat ?). Il lui a tendu un haut gobelet en carton new-yorkais, Pauline s'est relevée pour le prendre, et puis une voix SNCF a retenti dans le hall (heureusement que personne ne lui avait succédé au piano, je n'aurais rien entendu), et a annoncé que mon train partirait de la voie 25.

J'ai oublié Pauline, attrapé le café que Nat finissait d'encapsuler dans un gobelet un peu plus petit, et j'ai trotté vers la voie 25, aussi excité, soudain, que si je partais en vacances.

J'ai remonté le train pour trouver un wagon tranquille. Le premier, tout au bout du quai, était presque vide, je me suis assis et j'ai sorti de mon sac à dos l'exemplaire des *Petites Filles modèles* que je venais d'acheter à la Fnac, en face de la gare. Je sais, ce n'est pas très professionnel, mais je n'avais pas encore eu le temps de le lire. Paris-Caen, une heure cinquante si tout va bien, je m'étais dit que ce serait suffisant.

De toute façon, ce qui comptait, c'était ce qui m'attendait là-bas, dans les réserves sacrées de l'IMEC, l'Institut Mémoires de l'édition contemporaine : les archives d'Éric Rohmer, le scénario manuscrit de son premier film, adapté des *Petites Filles modèles* de la comtesse de Ségur, premier film tourné à l'automne 1952, presque achevé, et jamais sorti.

Disparu. Comme tous les films auxquels j'ai décidé de consacrer ma thèse. Des images que je ne verrai jamais. Et que, dans le cas de Rohmer, presque personne, à l'époque, n'a vues.

J'étais arrivé au début du second chapitre et me demandais quels enfants d'aujourd'hui comprenaient, et quels parents d'aujourd'hui toléraient, que Camille et Madeleine s'adressent tout naturellement à leur baby-sitter en l'appelant « Ma bonne », quand Pauline est entrée dans mon wagon. La lanière de son sac a balayé mon accoudoir quand elle m'a dépassé et est allée s'asseoir quelques rangées plus loin. Elle n'a semblé remarquer ma présence qu'après avoir plié et rangé son trench sur le porte-bagages au-dessus de son siège : là, ses yeux sont tombés sur mon livre et elle a de nouveau repoussé ses lunettes vers la naissance de son nez minuscule, comme avant, au Starbucks, en m'entendant me présenter sous le nom de Gaspard. De loin, j'aurais même juré qu'elle fronçait les sourcils. Et puis elle s'est assise et je me suis replongé dans ma lecture.

Une fois admis les « Ma bonne », je dois reconnaître que le récit est très prenant. Ça démarre, si vous n'avez pas lu *Les Petites Filles modèles* ou ne vous en rappelez pas bien, sur les chapeaux de roue, c'est le cas de le dire, avec un horrible accident de voiture qui manque coûter la vie au postillon et aux passagères (on fait plus de cas des passagères que du postillon, mais, ouf, il survit aussi, seul un des trois chevaux est tué sur le coup).

À Mantes-la-Jolie, j'ai eu envie d'aller pisser et, comme les toilettes se trouvaient vers l'avant de la voiture, j'ai à mon tour frôlé en passant la rangée où Pauline s'était installée.

Et à mon tour j'ai jeté un œil sur le livre qu'elle lisait, un crayon à papier à la main. Le premier *Essai sur la signification au cinéma*, de Christian Metz. À mon tour, j'ai été surpris. Je n'avais pas songé à doter Pauline d'une profession. Universitaire lui allait plutôt bien, mais je n'aurais pas, si j'avais dû parier, misé sur les Études cinématographiques. D'ailleurs, à son âge, si elle enseignait le cinéma, elle aurait dû avoir lu Metz depuis longtemps. Or son crayon à papier hésitant et son front plissé suggéraient plutôt qu'elle le découvrait. Quand je suis revenu des toilettes, elle l'avait abandonné, abandonné aussi son crayon et paraissait maintenant beaucoup plus absorbée, et comme rassurée, par un petit manuel dont j'ignorais totalement l'existence, intitulé *Analyser un film en 10 leçons*. Non, décidément, les Études cinématographiques n'étaient pas sa spécialité.

À Bernay, quand je suis retourné pisser, elle s'était endormie. Le manuel avait glissé de ses mains et, sans ses lunettes, les yeux fermés, son joli visage, un peu mièvre sur un si grand corps, légèrement incliné sur l'épaule, elle paraissait plus vieille. Soixante-dix ? Une universitaire retraitée qui consacrait son temps libre à des domaines de recherche nouveaux pour elle ?

J'ai bondi de mon siège en entendant le contrôleur annoncer dans le haut-parleur que le train entrait en gare de Caen, deux minutes d'arrêt. J'étais loin d'avoir fini mon livre, je n'en étais qu'au chapitre XVI, « Le cabinet de pénitence », et je me demandais si Rohmer, dans son adaptation (le scénario manuscrit n'était plus qu'à une portée de bus, dans l'abbatiale de l'IMEC, à n'attendre que moi !), avait conservé cet épisode, cette longue journée de captivité que Sophie doit passer à copier dix fois le *Notre Père* dans une pièce fermée à clef, seule, sans rien à manger.

Elle commence par s'y révolter, et par détruire tout le matériel que Madame de Fleurville lui a laissé, écrase la plume, déchire le papier, arrache les pages du livre de prières, les chiffonne et les met en pièces. Je me demandais donc si Rohmer – qui, en 1952, après avoir publié un premier roman chez Gallimard, s'était vu refuser un recueil de nouvelles – s'était identifié à la petite Sophie, et avait vu dans le roman de la comtesse de Ségur l'occasion de mettre en scène sa propre frustration d'écrivain puni, se déchaînant enfin contre les instruments de son humiliation. Je me disais vaguement que c'était une idée à retenir pour ma thèse.

Bref, je n'avais pas vu passer le temps et quand j'ai sauté sur le quai, j'aurais été bien incapable de dire si Pauline était déjà descendue, avant moi, ou restée à bord.

III

J'ai soixante-huit ans et je vais prendre ma retraite dans deux mois (officiellement le 31 août 2016, mais en fait dès que j'aurai corrigé mon dernier paquet de copies, fin juin : nous sommes mi-avril, donc deux gros mois). Comme tous les préretraités, j'ai plein de projets, naturellement, à commencer par ce foutu colloque Rohmer, à la rentrée (il faut que je cesse de penser « rentrée » : pour la première fois depuis un gros demi-siècle, je ne vais pas « rentrer », en septembre, nulle part).

Je n'avais pas prévu de rester aussi longtemps. Il y a quelques années, mes collègues me demandaient avec insistance quand je comptais « partir », comme disent certains en parlant des morts, alors même que j'étais en train de me rapprocher, de m'installer à moitié dans ma villa de Saint-Pair, sud Manche, à une heure en voiture (c'est-à-dire dans une vieille Twingo) de la fac de Caen.

Et puis, quand j'ai sérieusement envisagé de « partir », la situation avait changé. Mon poste, que lesdits collègues guignaient pour leurs protégés, risquait maintenant de disparaître avec moi (« disparaître », encore un euphémisme pour mourir que je déteste). Du coup, tout le monde me suppliait de le garder (car, si mon poste disparaît, menace qui a effectivement l'air de se confirmer, le travail que j'abattais, lui, leur retombera directement dessus). Mais soixante-huit ans, c'est la limite, avec trois enfants, et il faudra bien qu'ils se passent de moi.

Je ne suis pas mécontente d'en finir avec la fac de Caen. D'accord, ce n'est pas loin de Saint-Pair ; et puis mes étudiantes sont de plus en plus blondes, placides et appliquées ; enfin le centre de recherches accepte en général de financer mes nombreuses escapades.

Quand on travaille sur Ségur, on a beaucoup d'occasions de voyager : elle se prête, on ne le croirait pas quand on la connaît mal, à toutes sortes d'approches, et, rien que ces cinq dernières années, j'ai été invitée à parler d'elle par des historiens (un colloque sur « L'émigration russe à Paris à l'époque postnapoléonienne », organisé à Corte, je n'étais encore jamais allée en Corse), par des comparatistes (« Représentations de la Russie dans la littérature française du XIXe siècle », à Turku, en Finlande, j'y suis restée une semaine de plus, que j'ai passée dans un spa sur la Baltique), et des pédiatres (on sait peu que Ségur a commencé, à cinquante-six ans, par écrire un ouvrage sur *La Santé des enfants* : j'en ai profité pour découvrir l'Italie du Sud, le congrès avait lieu à Naples, mais un laboratoire pharmaceutique, qui finançait le congrès, sans doute induit en erreur par le titre de ma communication, m'a défrayée très largement, et je suis descendue jusqu'à Salerne, en prenant mon temps). Bref, je suis assez heureuse à Caen, même si l'atmosphère s'est un peu dégradée depuis « l'affaire Pottier », mais je ne suis pas mécontente d'arrêter.

Les seuls collègues à ne m'avoir jamais proposé de participer à leurs activités, c'étaient, jusqu'au mois dernier, les spécialistes de cinéma. Les adaptations des livres de Ségur sont rares, et elles n'ont pas une excellente réputation. On se passait fort bien de moi.

Et puis, début mars, un prof de cinéma de Berkeley m'a contactée. J'ai fait semblant de savoir que le premier film d'Éric Rohmer, tourné en 1952, s'inspirait des *Petites Filles modèles*. J'ai fait semblant de savoir que personne, ou presque, n'avait jamais pu le voir, qu'il avait aussitôt disparu. J'ai fait semblant de connaître assez bien l'œuvre de Rohmer (en fait, je n'avais vu que *Pauline à la plage*, et seulement parce que ça se passe juste à côté de Saint-Pair, à Jullouville), de la connaître assez, en tout cas, pour prendre l'avion pour San Francisco en octobre prochain et y donner une conférence sur ce premier film invisible. Berkeley paye le billet d'avion en *business class*, et on me prête aussi longtemps que je le souhaite une petite maison à côté du campus, dont l'occupant, un vulcanologue d'origine japonaise, doit partir pour un semestre à Hawaii. J'ai regardé les photos de la maison sur internet : elle est petite, effectivement, mais il y a une terrasse d'où on voit toute la baie, jusqu'au Golden Gate. Je ne suis jamais allée en Californie. J'ai dit oui.

Je me suis offert l'intégrale des œuvres de Rohmer, et quatre ou cinq bouquins sur l'analyse filmique. Et puis, bien sûr, j'ai prévu de passer deux ou trois jours à l'IMEC pour consulter les archives de ces *Petites Filles modèles* : tout ce qui reste, soixante-trois ans après, de ce que les biographes de Rohmer (la bio, je ne l'ai pas achetée, je l'ai empruntée à la bibliothèque) considèrent comme, je les cite : « le premier film de la Nouvelle Vague ».

Mardi 19 avril, j'ai donc donné mes derniers cours à la fac de Caen. D'abord deux heures avec des troisième année, une option « Littérature jeunesse », ça, je n'y coupe pas, avec mes recherches sur Ségur, je suis bien obligée de m'y coller, même si je n'en ai pas grand-chose à faire, de la littérature pour la jeunesse. Très jeune, je lisais déjà des livres normaux.

Et puis un séminaire de master consacré aux écrivains qui citent Ségur, généralement dans leurs souvenirs d'enfance : j'ai fini le semestre avec Nabokov, et les dernières lignes du chapitre III d'*Autres rivages*, son autobiographie. Le semestre, et ma vie de prof. D'accord : j'étais émue. Mais le texte de Nabokov est déchirant, de toute manière.

Le mardi précédent, le jour où j'ai rencontré « Gaspard » au Starbucks, je n'allais pas seulement à Caen, mais, dans la foulée, à Saint-Pair où j'ai prévu de rester plusieurs mois, jusqu'à mon départ pour San Francisco. J'ai rouvert la maison, contente d'y être, comme le plus souvent, toute seule : mes enfants, mes petits-enfants préfèrent venir quand je n'y suis pas, et ne viennent donc presque plus jamais. Quant à Sam, on s'est plutôt vus à Paris, cet hiver.

Je m'étais dit que, après ce dernier cours, j'irais dormir une nuit à l'IMEC, y passerais la journée du mercredi, et peut-être une deuxième nuit et encore le jeudi, selon le temps que me prendrait l'examen des archives. À cette époque de l'année, il ne devait pas y avoir grand monde, et je ne m'étais pas souciée de réserver ma place. Je ne leur ai donc téléphoné que le 19 au matin, avant de quitter Saint-Pair.

Ça se présentait mal. Pour la chambre, pas de problème, il y en avait beaucoup de libres. Mais le dossier *Petites Filles modèles*, m'a répondu la responsable du fonds Rohmer, était déjà réservé à un autre chercheur. Il avait passé toute la dernière semaine à le consulter, il devait revenir dans la matinée, et avait demandé qu'on le mette de nouveau à sa disposition.

J'étais furieuse. D'abord contre moi-même, qui avais tenu pour acquis ces deux jours, planifiés toute seule dans mon coin, sans m'imaginer que le monde extérieur pouvait ignorer, voire déjouer mes plans.

La responsable des archives n'avait jamais entendu parler de moi (l'IMEC ne s'intéresse pas aux écrivains du XIXe siècle, je n'y avais donc jamais été, même si je savais que c'était à dix minutes en voiture de la fac, et, paraît-il, très beau). Je l'ai baratinée, lui ai expliqué que mon projet impliquait aussi des collègues de Caen prestigieux (spécialistes du XXe siècle, c'est-à-dire de choses sérieuses, eux) et elle a fini par se montrer plus conciliante.

Il n'est pas impossible qu'elle soit au courant, pour « l'affaire Pottier », et qu'elle redoute de me contrarier, sachant ce qu'osent les vieilles profs, à la fac de Caen, lorsqu'on les contrarie. Elle m'a promis de négocier avec mon rival, et de voir s'il accepterait de regarder un autre dossier du fonds Rohmer. Même si, a-t-elle précisé, il a l'air de ne s'intéresser qu'à celui-là. Ce qui, a-t-elle souligné, est surprenant : elle n'a jamais, depuis douze ans qu'elle travaille à l'IMEC, eu à « gérer » une situation pareille, normalement, il y en a pour tout le monde, pour tous les goûts, et personne ne se marche sur les pieds.

J'ai conclu ma carrière sur un extrait de Nabokov, salué mes derniers étudiants. Je leur ai dit : « Voilà, c'était mon dernier cours. J'ai aimé enseigner. Peut-être même que je vous regretterai. » J'avais la gorge un peu serrée. Il était trois heures. J'ai gardé la clef de mon bureau et mon badge, pour accéder au parking. Je les rendrai fin juin, quand on fêtera mon départ (impossible d'y couper : j'ai tout essayé, enfin, pas tout, je ne suis pas Guislaine Pottier non plus).

Je suis montée dans ma vieille Twingo, et j'ai trouvé assez facilement le chemin de l'abbaye d'Ardenne, qui héberge l'IMEC. Il s'est mis à pleuvoir quand j'ai quitté le périphérique, et, lorsque je me suis garée quelques mètres après l'entrée dans un champ boueux, c'était le déluge.

Je suis restée un bon quart d'heure dans la voiture à écouter Radio Nostalgie : *La Groupie du pianiste*, *Le Bal des Laze*, et *Could It Be Magic*, qui m'a mis les larmes aux yeux – ou alors était-ce la fumée de ma cigarette, je n'avais qu'à peine baissé la vitre avant droite, pour épargner au maximum l'habitacle déjà bien amoché de ma Twingo. De la pub. La pluie s'est calmée. J'ai pris mon sac de voyage, mon cartable, j'ai enlevé mon trench pour m'abriter, tête comprise, dessous, et pataugé dans les flaques jusqu'à l'entrée principale.

Le bâtiment était en travaux, et j'ai eu du mal à localiser l'accueil. Une responsable, plus hautaine que le personnel administratif de la fac, m'a remis la clef de ma chambre et le passe électronique donnant accès à la salle de lecture, située dans l'abbatiale, qui ne fermait qu'à dix-huit heures. Il était trois heures et demie, j'avais le temps d'y faire un saut tout de suite, voir si l'importun qui monopolisait « mon » dossier pourrait me le laisser cinq minutes (ou, mieux, un jour ou deux). Après tout, mon nom est Sophie Bogoroditsk, je suis reconnue, jusqu'à Berkeley, comme la meilleure spécialiste vivante de Ségur, et, s'il le faut, je ferai la très vieille dame, fatiguée, à tous points de vue prioritaire.

IV

Malheureusement, l'IMEC ferme ses portes du vendredi soir au mardi matin. Heureusement, Marina n'est presque jamais là le week-end et me laisse utiliser l'appartement quand elle n'y est pas. Je suis donc rentré à Paris, où j'ai pu imprimer les dizaines de pages de notes prises dans l'abbatiale, les relire, et dresser une liste de toutes les questions que, sur place, j'étais trop pressé pour approfondir.

Je me suis levé tôt mardi, d'abord parce que Marina risquait à tout moment de s'annoncer (ses SMS laconiques sont très majoritairement destinés à éviter le moindre contact entre nous, c'est-à-dire à me prévenir quand elle s'en va ou revient), mais aussi par impatience de retrouver la cellule et les rituels monastiques de l'IMEC, monachisme parfaitement adapté à mes recherches sur ce grand catholique qu'était Rohmer (et à cette grande catholique qu'était apparemment aussi devenue la comtesse de Ségur, en pleine crise d'adolescence, convertie plus ou moins de force par sa mère).

J'ai donc pris le 7 h 7 à Saint-Lazare. Le Starbucks n'avait pas encore ouvert et personne ne jouait de piano. J'ai un peu dormi dans le train. La biographie de la comtesse de Ségur que j'ai dénichée chez Gibert samedi après-midi est d'une longueur décourageante et, comme elle a commencé sa carrière d'écrivain la cinquantaine bien sonnée, je me demandais vaguement pourquoi me forcer à lire les dizaines de chapitres qui portent sur tout ce qui a précédé. Je me suis réveillé à Lisieux et j'ai rassemblé mes affaires, cette fois très en avance, pour être le premier à sauter sur le quai, à Caen. « Le premier » ne signifiant pas grand-chose : le train, mon wagon en tout cas, était vide. Pas de Pauline à l'horizon.

Lorsque je suis descendu du bus 21, à l'arrêt Saint-Germain-Ardenne, le soleil commençait à percer. Ce soleil du matin normand qui, lorsqu'il se montre, semble toujours se réserver pour la représentation flamboyante qu'il donnera le soir, avant de se coucher, la fameuse éclaircie de l'apéro, et reste en attendant à demi masqué derrière des voiles de diva capricieuse. Bref, une brume légèrement jaunasse nimbait les bâtiments de l'IMEC, stagnait sur toute la plaine de Caen, et, à en croire l'état des talus, il avait bien plu pendant la nuit, mais j'étais malgré tout ravi de retrouver ce foyer provisoire, nettement plus rassurant et bénéfique à ma stabilité psychique que l'appartement de Marina (du père de Marina, pour être précis).

J'ai habité des lieux moins riants pour les besoins de ma thèse, à commencer par la résidence pour étudiants étrangers, à Moscou, où je travaillais sur *Le Pré de Béjine* d'Eisenstein, et où, accessoirement, j'ai fait la connaissance de Marina. *Le Pré de Béjine* d'Eisenstein et *The Day the Clown Cried* de Jerry Lewis sont les deux premiers films invisibles dont je vais parler dans ma thèse, et j'ai réuni toute la documentation que j'ai pu trouver sur eux, à Moscou pour le premier, en France et en Californie pour le second.

Après Moscou, avant Los Angeles, j'ai épousé Marina à Paris, à l'église orthodoxe de la rue Daru, et on s'est installés dans l'appartement de son père, rue d'Alésia. Je me suis mis à travailler sur le film de Jerry Lewis, à lire des tas de livres, à regarder des tas de films sur la Shoah. Et puis il y a eu cette soirée trop arrosée (malgré le « mors », ce jus de canneberge que les Russes boivent pour amortir les effets de la vodka : on n'avait pas dû bien respecter l'alternance shot de vodka piments-miel, ma préférée, et grand verre de jus de canneberge), et cette idée idiote de consommer notre mariage. Après ça, Marina s'est montrée de plus en plus distante, puis agressive, elle s'est installée dans l'Essonne, et, quand je suis rentré de Los Angeles avec le matériel nécessaire à mon chapitre sur *The Day the Clown Cried*, elle m'avait laissé un mot, en russe, pour m'annoncer qu'il était temps de divorcer.

C'était il y a deux mois, et depuis je dors à droite à gauche quand elle est à Paris. L'hébergement à l'IMEC est d'un rapport qualité-prix imbattable, et j'envisage sérieusement d'y prolonger mon séjour jusqu'à ce que le père de Marina m'ait versé le montant de mes indemnités de licenciement (je sais, ça s'appelle une prestation compensatoire, et ce n'est pas très viril de l'accepter, mais je n'ai même pas commencé à rédiger ma thèse, je vois donc ça comme une espèce d'allocation de recherches).

À l'IMEC, on m'avait autorisé à garder la clef de ma chambre et le passe électronique qui donne accès à l'abbatiale quand j'avais réglé ma première semaine, le vendredi soir, et je n'ai même pas eu besoin de passer à l'accueil. Je suis allé déposer mes affaires à la résidence, et j'étais le premier à pénétrer dans la salle de lecture, exactement un quart d'heure après l'ouverture de l'abbatiale, en terrain conquis.

Une semaine a largement suffi pour que je me sente ici chez moi. Les règles de vie, à l'image de celles qu'y observaient au XIIe siècle les chanoines de Prémontré (à l'exception des vigiles nocturnes : en fait, rien de nocturne n'est prévu, ou en tout cas codifié par l'IMEC), sont simples, routinières, beaucoup plus reposantes que celles, non écrites, et que j'enfreignais apparemment sans arrêt, de la vie conjugale selon Marina.

Les chambres actuelles sont certes beaucoup plus vastes que les cellules d'origine, mais tout aussi dépouillées.

Les repas sont pris en commun, dans un relatif silence (il n'y a jamais eu, de toute la semaine dernière, plus de quatre résidents à la fois, moi compris), silence imposé, non par un ordre religieux, mais par la maîtrise aléatoire d'une langue commune – le niveau d'anglais des chercheurs français ne leur permettant guère de conversations soutenues avec les chercheurs étrangers. Les sujets abordés (et vite abandonnés : les universitaires répugnent à maltraiter les verbes irréguliers et préfèrent donc se taire) restent conformes, sans doute, à ce qu'étaient ceux de nos prédécesseurs médiévaux : en rapport avec de grandes questions, mais traités avec une certaine trivialité (lorsqu'un des convives explique que tel philosophe est « difficile à lire », il faut comprendre qu'il écrit tout petit).

Bref, vous mettez à peu près n'importe qui en résidence à l'IMEC, au bout de quelques jours il ressemble à un moine, ou à une bonne sœur – les chercheurs en sciences humaines s'y montrent naturellement prédisposés, mais je suis sûr que l'expérience fonctionnerait avec tout le monde, sauf peut-être avec Marina.

Quant au personnel, qui travaille et vit parfois là à l'année, il affiche une mine uniformément saine et dévote. Il ne leur manque que l'habit, qui n'est pas, comme on sait, ce qui fait le moine, ni la nonne. Aussi ai-je baptisé les bibliothécaires, qui sont les seules avec qui j'ai un vrai contact (les repas se prennent en libre-service, et le vendredi c'est poisson), de prénoms évoquant des ordres religieux (elles n'ont pas, contrairement aux vendeurs du Starbucks, de badge permettant de les identifier). Elles ne portent pas non plus de bijoux ni de maquillage, ni leur âge, et sont toujours sobrement vêtues d'un pantalon ou d'une jupe mi-mollet en laine sombre, d'un col roulé et, parfois, par-dessus, d'une doudoune sans manches (il faut dire qu'il ne fait pas chaud, dans l'abbatiale).

« Bénédicte » est ma préférée. Ce n'est pas elle qui s'occupe de moi. Je la soupçonne d'être un peu plus haut placée dans la hiérarchie que « Clarisse », qui me tend chaque matin, affichant une mine respectueuse, le dossier « RHM 79.5 », dans sa chemise de fin papier bleu pâle. Son respect ne s'adresse pas à moi, mais au dossier « RHM 79.5 », et, indifféremment, à tous ceux qu'elle manie, pèse, repèse, nous confie ou nous reprend. Elle a une très forte poitrine (certaines bonnes sœurs n'en ont-elles pas, elles aussi ?), qu'elle dissimule derrière des cols roulés plus amples que ceux de « Bénédicte », mais sur laquelle ses lunettes, lorsqu'elle les retire, trouvent un reposoir imposant, et attirent l'attention. « Bénédicte », elle, est toute maigre, toute petite, et elle a apparemment renoncé il y a quelques mois à teindre les racines de ses cheveux, qui n'ont pas encore assez repoussé et se divisent donc nettement en noir et blanc, lui donnant un vague air gothique non prémédité. La troisième, une sorte de mère supérieure, qui ne se montre pas souvent, je l'ai surnommée « Augustine », et c'est la moins sympathique. Elle porte des talons (des bottes, mais quand même, à talons), et elle fait beaucoup de bruit lorsqu'elle daigne sortir de son bureau et traverser la salle de lecture en direction de ses subordonnées, que je soupçonne de la redouter un peu (mais sans jamais oser s'en parler).

Mardi matin, Clarisse était seule à son poste

lorsque je me suis présenté. Et elle était bien embêtée. Elle l'a répété au moins douze fois : « C'est bien embêtant. » Mais Sophie Bogoroditsk. Mais l'université de Caen. À un moment, elle a grommelé quelque chose comme « l'affaire Pottier », sans insister, qui m'a paru un événement local, mystérieux et terrifiant, et elle a passé presque autant de temps à exposer de nouveau la situation à Bénédicte, venue la rejoindre en cours de route, et qui nous regardait alternativement : Clarisse, triturant les branches de ses lunettes qui reposaient confortablement sur sa grosse poitrine, et moi, l'air poli et navré, mais surtout impatient qu'on trouve une solution à mon problème.

Bénédicte a froncé les sourcils, et soudain son visage s'est éclairé. Elle avait une idée. Est-ce que j'étais déjà allé à Aube ? J'ai troqué mon expression polie, navrée et impatiente pour une mine moins étudiée, interloquée d'abord, mais surtout inquiète pour la santé mentale de Bénédicte en qui j'avais pourtant, la seconde d'avant, à l'énoncé de son « idée », placé toutes sortes d'espoirs rationnels.

Elle a embrayé : apparemment, je m'intéressais à la comtesse de Ségur ? Je n'avais demandé à consulter aucun autre dossier du fonds Rohmer, n'est-ce pas ? Juste *Les Petites Filles modèles* ? (Tant que je n'avais pas reçu l'autorisation des héritiers de Rohmer, la consultation du dossier « RHM 99.20 », c'est-à-dire le manuscrit de l'essai inédit sur la comtesse que Rohmer a laissé inachevé à sa mort, était exclue.) Et je n'étais jamais allé à Aube ?

Bénédicte s'est assise, a sorti d'un tiroir un

dépliant avec les horaires de train de la région. En partant à 12 h 42 de Caen, je pourrais être à 14 h 34 à L'Aigle. De là, Aube n'est qu'à une dizaine de kilomètres. Le château des Nouettes ne se visite pas, bien sûr, et le musée de la Comtesse, installé dans l'ancien presbytère, n'ouvre que sur rendez-vous, en cette saison, mais elle connaît très bien l'une des responsables, elle va m'arranger tout ça. Je n'aurai qu'à rentrer ce soir, par le 19 h 7, arrivée à Caen à 20 h 43. Ça laissera le temps au professeur Bogoroditsk de consulter « mon » dossier, peut-être, avec un peu de chance, d'en faire le tour, et puis demain est un autre jour, on s'arrangera. Clarisse, les yeux remplis d'admiration pour l'à-propos et l'efficacité de Bénédicte, mais un peu vexée tout de même que la solution soit si simple, au problème insurmontable qu'elle avait par deux fois pris la peine d'exposer en détail, a objecté que je serais rentré trop tard pour dîner au réfectoire, qui fermait à 20 h 30.

Entre-temps, j'avais retrouvé mes esprits. J'étais allé assez loin dans ma lecture de la biographie de la comtesse de Ségur pour savoir que son père, la voyant malheureuse en ménage et à Paris, lui avait offert un château dans l'Orne, à Aube, appelé les Nouettes, où elle fuyait la pollution de la ville et les infidélités de son mari de plus en plus souvent, au fil des années.

Pendant que les deux bibliothécaires discutaient de la possibilité de me garder un peu de nourriture au chaud (« François part à 20 h 45. Et Monsieur saurait sans doute débrancher le chauffe-plats.

François n'aura qu'à ranger quand il arrivera, demain matin, avant de servir le petit déjeuner »), je me suis dit que Rohmer, qui attachait tant d'importance aux lieux, à leur topographie précise, aux paysages notamment, avait dû, avant de se résigner à tourner son film dans un autre château, dans l'Eure, aller faire un tour à Aube, qu'il avait sans doute même songé, en reconstituant ses *Petites Filles modèles* ailleurs, au relief, aux arbres, à la lumière du domaine des Nouettes. Et que je serais bien inspiré de suivre son exemple, si je voulais nourrir un peu le chapitre de ma thèse que je lui consacrais : la semaine passée à l'IMEC ne m'avait pas seulement appris qu'on y mange très bien, mais aussi que les traces visuelles de ce film sont incomparablement plus rares que celles du Eisenstein ou du Lewis : si je voulais donner un peu de consistance à ma description de ces images invisibles, oui, Aube était une « idée ». Ma confiance instinctive en Bénédicte s'en trouvait justifiée.

J'ai dit oui. J'ai même eu la présence d'esprit, devant tant de compétence et de bonne volonté (et en me souvenant l'avoir vue arriver et partir à vélo, les jours de la semaine passée où il faisait assez beau), de demander si, par hasard, quelqu'un à l'IMEC pourrait me prêter une bicyclette (oui, j'ai dit « bicyclette », le séjour à l'abbaye ne vous transforme pas seulement en moine, il vous fait aussi vous exprimer comme au début du XXᵉ siècle) : c'était sûrement le moyen le plus commode d'aller de L'Aigle à Aube, non ?

V

Le plus commode, lorsqu'il fait beau.

Le vélo de Bénédicte est solide, de bonne qualité, amoureusement entretenu, et il se plie, ce qui m'a permis de monter avec dans le bus pour la gare de Caen. Il est conçu pour la route, certes, mais à condition qu'elle soit sèche. Je ne pratique guère que le Vélib, et encore, sur de petites distances. De la gare de L'Aigle à Aube, Orne, il y a environ sept kilomètres, que j'ai parcourus en une demi-heure, sans me presser, en prenant la petite départementale qui longe par endroits la Risle. Je ne suis pas très doué en géographie, et j'ai découvert avec surprise que la Risle venait de si loin, du sud de l'Orne, avant de traverser l'Eure, là où j'allais pêcher avec mon grand-père, entre Évreux et Pont-Audemer.

Arrivé à Aube, j'ai trouvé sur mon téléphone portable un SMS de Bénédicte me confirmant que j'étais attendu.

J'ai eu un peu de mal à trouver le musée de la Comtesse de Ségur, qui n'est pas très bien indiqué.

C'est l'ancien presbytère, mais rien, à part la proximité de l'église, ne le distingue des autres rares maisons anciennes, toutes de briques, entourées de constructions plus récentes, en parpaings bon marché.

C'est un jeune homme à peine sorti de l'adolescence qui m'a ouvert.

Sa mère, m'a-t-il expliqué en tripotant nerveusement un bouton d'acné (pourquoi celui-là, situé au-dessus du sourcil droit, et pas l'un de ses trente ou quarante voisins ?), l'avait chargé de m'accueillir. « Le mardi, elle a yoga à L'Aigle », a-t-il précisé – l'ongle de l'index, déchaîné, grattait maintenant sa pustule jusqu'au sang. C'était Gaëlle qui m'envoyait, et, pour Gaëlle, sa mère aurait annulé son yoga. Mais comme lui-même ne travaillait pas, cette semaine (le garage était fermé), bon, ben, il allait me montrer, ou plutôt me laisser regarder, parce que lui, la comtesse de Ségur, ça n'avait jamais été trop son truc, c'est surtout pour les filles, non ? Air soudain soupçonneux : étais-je pédé ? J'étais surtout désolé qu'il m'ait révélé, sans le vouloir, la véritable identité de ma « Bénédicte ». Gaëlle, ça lui allait moins bien. Dans mon for intérieur, je persisterais à l'appeler Bénédicte.

Même si vous aimez beaucoup les musées, et que, fille ou garçon, vous vous intéressez à la comtesse de Ségur, je ne vous recommande pas spécialement celui-là. Il n'y a pratiquement rien à y voir.

D'accord, la première salle, consacrée à l'enfance de la comtesse en Russie, n'est pas destinée à quelqu'un qui, comme moi, vient d'y vivre un an, je reconnais que je suis, sur ce point, un visiteur plus exigeant que la moyenne. En plus des portraits de ses ancêtres et d'une gravure représentant le domaine de Voronovo où elle a grandi (qu'on trouve j'imagine tout aussi facilement sur internet), y sont exposés, avec un kitsch touchant, quelques objets qui résument sans doute, pour le collectif de dames provinciales qui ont conçu et animent le lieu, toute l'âme de la Russie tsariste : un samovar, des matriochkas et des œufs en bois peints, tous flambant neufs, comme ceux qu'on peut trouver dans les boutiques de souvenirs de la zone *duty free* de l'aéroport international de Cheremetievo. C'est-à-dire très bas de gamme, à mon avis.

La seconde salle est dédiée – m'annonçait le dépliant remis par Loïc (j'ai décidé que mon guide s'appellerait Loïc, lui non plus n'a pas de badge) – à « l'œuvre romanesque » de la comtesse.

Comme chacun le sait (même s'il n'a jamais lu cette œuvre, même moi, la semaine dernière, avant d'ouvrir pour la première fois *Les Petites Filles modèles*, je le savais, du moins je crois), la comtesse de Ségur s'inspire abondamment de son entourage, à commencer par ses innombrables petits-enfants à qui ses romans sont tous dédiés. On a donc rassemblé, dans cette salle n° 2 (« salles » est d'ailleurs un bien grand mot, pour ces petites pièces qui n'ont servi, des décennies durant, qu'à héberger un curé et sa bonne), des portraits de sa descendance. Quand je dis « portraits », et c'est valable aussi pour ceux de ses ancêtres russes dans la salle n° 1, il faut comprendre qu'il s'agit de reproductions (peut-être même, pour certains, de simples photocopies) d'originaux conservés ailleurs. Et, comme les manuscrits de la romancière ont malheureusement – ou heureusement – échappé à la convoitise du conservateur (ou de la conservatrice ? la mère de Loïc elle-même ?), on a installé, au milieu de la salle n° 2, une vitrine où trônent une vingtaine d'exemplaires de la Bibliothèque rose. Ils datent vraiment du XIXe siècle, mais impossible de savoir si ce sont des éditions originales. Ils ressemblent exactement à ceux de ma grand-mère, que j'aurais pu lui emprunter, plutôt que d'acheter mes *Petites Filles modèles* à la FNAC : un modèle récent, aux illustrations hideuses, que j'ai eu largement le temps de finir, et de relire par endroits, la semaine dernière, après le dîner (je l'ai déjà souligné, l'IMEC propose peu de distractions, le soir, enfin il y a bien sûr, parfois, des « événements », lectures ou conférences, mais il n'y en avait aucun la semaine dernière).

L'œuvre romanesque, telle qu'elle est ici exposée, c'est donc, en tout et pour tout, l'œuvre romanesque (et encore, il manque des volumes). Si j'étais moins snob, et moins cynique, j'aurais pu voir dans cette tautologie, pourtant contraire, dans l'esprit, à la vocation première d'un musée qui est, nous sommes d'accord, d'apporter au visiteur quelque chose de plus que la simple connaissance des œuvres (en lui montrant des originaux, et/ou en lui apportant un complément d'information), j'aurais pu y voir, donc, une sorte de performance artistique, vaguement surréaliste : Madame de Ségur écrivait, voici donc, réunis dans une vitrine, ses romans. Et ceci est un musée.

J'ai jeté un coup d'œil au dépliant : 4 euros, c'est le tarif adulte. Et, de toute manière, Loïc ne m'a rien demandé. Je suis recommandé par Bénédicte. Une huile. Mais je suis cynique et snob et j'avais vraiment l'impression de m'être fait avoir. De plus, une grosse averse avait commencé à tomber quand j'étais entré dans la salle n° 2, et, dehors, il faisait si sombre qu'on aurait pu croire la nuit venue. Le vélo n'était pas forcément une si bonne idée, après tout. Même si j'avais, du coup, moins de scrupules à en avoir privé Bénédicte (« Non, non, ne vous en faites pas, je peux prendre le bus, je le récupérerai demain »).

Comme il n'y a pas assez de « portraits » de ses petits-enfants ou d'elle-même pour remplir décemment, c'est-à-dire pour justifier la salle n° 2, on y a aussi installé des mannequins grandeur nature emperruqués et costumés, plus ou moins, comme des contemporains du Second Empire : une femme en gris, avec un châle noir sur les épaules (la comtesse ?), une petite fille habillée comme une vieille dame, assise, trop bas, à un piano droit, et un abbé en soutane (le fils aîné, Gaston de Ségur ?). J'ai retenu un fou rire en les voyant, par égard pour Loïc qui ne prêtait pourtant aucune attention à moi, et s'escrimait maintenant sur un autre de ses boutons, situé sous la mâchoire gauche, en haut du cou, un endroit où il doit être malaisé de presser – pas d'os sur lequel prendre appui.

Sans cesser de surveiller l'averse (qui ne donnait

aucun signe de faiblesse), je suis passé dans la salle n° 3, dont le nom, sur le dépliant, avait de quoi susciter chez moi un regain d'intérêt : elle est entièrement consacrée aux *Petites Filles modèles*.

Et là, je crois que j'ai mieux compris le concept, les intentions qui ont présidé à la création de ce « musée ». On trouve, dans la salle n° 3, d'autres mannequins, mais seulement de fillettes cette fois, laides comme ne pouvaient pas l'être, en vrai, les petites-filles de la comtesse. Une de ses filles au moins, Nathalie, était une beauté : on peut l'admirer parmi les dames d'honneur de l'impératrice Eugénie dans le célèbre tableau de Winterhalter (dont j'avais vu la photocopie, même pas en couleurs, dans la salle précédente). Mais on y trouve surtout leurs jouets ! Notamment une collection de plusieurs dînettes de porcelaine dont on a disposé avec amour les dizaines de pièces sur des napperons cernés de dentelles, à même le sol, aux pieds des petits mannequins. La mère de Loïc, quel que soit son rôle, et ses semblables sont tout simplement des fétichistes de la vaisselle miniature, et ça vaut largement 4 euros, cette débauche de soucoupes garnies de biscuits en plastique, de pots à lait, de couteaux à beurre dont le placage argent semble, lui, authentique. Sincèrement, j'étais épaté. Le musée n'existait pas, en 1952, quand Rohmer a tourné son premier film, mais je me demande ce qu'il en aurait pensé.

Sur le moment, je me suis surtout demandé comment j'allais retourner à L'Aigle par ce temps. Loïc essuyait ses doigts sur son jean déjà crasseux. Je considérai les taches brunâtres dont il était maculé d'un œil nouveau : un mélange de pus et de sang ? le résultat d'heures entières passées à se griffer le visage ? ou le travail qu'il faisait au garage (mais pas cette semaine) ?

J'avais beau savoir que le château des Nouettes n'était pas ouvert au public, j'ai tenté ma chance, ce serait un moyen d'attendre que la pluie se calme, si par miracle Loïc y avait ses entrées, si le seul nom de Bénédicte (mais là, pour lui poser la question, j'ai dit « Gaëlle ») pouvait suffire à m'y introduire, et si Loïc avait une voiture qu'il serait disposé à me prêter, à moins qu'il n'accepte de m'y conduire.

Il a froncé les sourcils. « L'école pour les neuneus ? » Il m'a regardé comme si j'en étais un moi-même. « Euh, c'est un institut médico-éducatif, je crois », ai-je rectifié. « Ouais, je sais ce que c'est, a-t-il répliqué. On peut pas visiter. C'est même pour ça qu'on a installé le musée ici. » Il a enfoncé ses mains dans les poches de son jean et indiqué, d'un geste du menton, une porte close : la salle n° 4 était fermée. Elle servait pour des expositions temporaires, m'expliquait le dépliant. Qui n'étaient pas encore installées, le musée n'existant vraiment que de juin à septembre. Puis Loïc m'a tourné le dos et a regagné l'entrée du presbytère.

En googlant le château des Nouettes, je suis tombé depuis sur un article, publié dans *Le Réveil normand* en mai 2015 : un mystérieux incendie s'était déclaré dans un atelier de l'institut Ségur, pendant le week-end, et donc, heureusement, en l'absence des pensionnaires, faisant, d'après les photos, des dégâts importants. Rétrospectivement, j'ai soupçonné Loïc. Ça ne m'étonnerait pas si son homophobie présumée et son mépris affiché pour les neuneus s'exprimaient parfois avec une certaine violence, la même qu'il mettait à labourer son visage acnéique. Et puis je me suis souvenu que, sur le tournage des *Petites Filles modèles* de Rohmer, on avait accusé injustement un jeune garçon du coin, chargé de s'occuper des attelages, et ancien résident d'un centre pour délinquants, d'avoir volé la machine à écrire de la scripte, alors que le coupable n'était autre que Jean-Luc Godard, venu voir son pote au travail. J'ai donc accordé à Loïc le bénéfice du doute, pour l'incendie.

L'entrée du presbytère n'avait pas de fenêtres, mais le bruit de la pluie, dehors, était éloquent : je n'étais pas près de remonter sur la bicyclette de Bénédicte. Loïc a enfilé un blouson, un genre de haut de survêtement à capuche, en matière synthétique, bleu marine strié de larges bandes vert pomme, et a secoué son trousseau de clefs. La visite, de son point de vue, était terminée.

J'ai donc cavalé jusqu'à un café, La Civette, sur la route de Paris, à vingt mètres de là, et j'y ai passé une heure et demie à lire la biographie de la comtesse. Il était presque six heures, mon train partait de L'Aigle à 19 h 7. La pluie était toujours plus dense. En face de La Civette, à Aube, dans l'Orne, il y a un assez joli hôtel, le St-James. J'ai envoyé un SMS à Bénédicte pour la prévenir que je ne rentrerais avec son vélo que le lendemain matin (il faut toujours croire avec ferveur, en Normandie, que ça va se lever).

C'est Sophie Bogoroditsk qui allait être contente.

VI

J'ai d'abord eu un peu de mal à activer mon passe électronique. De l'extérieur, j'apercevais, à travers deux épaisseurs de portes vitrées, la nef de l'abbatiale. Installés à bonne distance les uns des autres aux quatre longues tables qui se succédaient, en enfilade, jusqu'à l'ancien chœur, deux ou trois chercheurs, et, tout au bout, derrière son jubé, une bibliothécaire étaient inclinés, comme en prière, sur leurs doctes tâches. J'ai vainement agité la main, personne n'a levé la tête, j'ai donc rageusement insisté, retourné dans tous les sens mon gadget bleu et oblong devant le voyant qui a fini par s'allumer, et un léger clic m'a signalé que je pouvais pousser la porte.

Une seconde baie vitrée me séparait maintenant de la bibliothèque. Dans cette espèce de vestibule, on avait disposé de chaque côté, à la place où se trouvaient autrefois les pique-cierges, le bénitier et le tronc destiné à recevoir l'obole, des casiers assez grands pour y laisser à peu près toutes mes affaires personnelles, puisque le règlement, que j'avais eu largement le temps de parcourir à l'accueil, pendant que la responsable hautaine relisait mon formulaire d'admission, n'autorisait les chercheurs à conserver, dans l'enceinte même de l'abbatiale, que leur ordinateur et un crayon à papier.

J'avais donc pris le temps d'aller déposer mon baise-en-ville (bien mal nommé, pour passer la nuit dans une abbaye) dans ma cellule, et de changer de chaussettes. S'il y a une chose essentielle que j'ai apprise, en enseignant quarante ans dans une université normande peu chauffée, c'est qu'il faut toujours avoir avec soi une seconde paire de chaussettes chaudes et sèches ; si possible, étendre la paire humide qu'on a retirée sur un radiateur tiède, et prier pour qu'elle se soit réchauffée quand la paire neuve aura, à son tour, pris l'eau.

J'ai rangé mon imperméable et mon sac à main trempés dans le casier n° 26, et me suis présentée, bidule bleu et oblong brandi devant moi, devant la seconde porte vitrée, mais elle n'était pas davantage fermée qu'à l'époque où ce vestibule se nommait narthex.

Il faut reconnaître que ça a de la gueule. Le vaisseau central est étroit. De part et d'autre des tables de lecture qui l'occupent longitudinalement, on a encastré les piliers dans des bibliothèques d'un bois plus clair que les tables, qui se prolongent, perpendiculaires à la nef, vers les bas-côtés. Elles ne montent que jusqu'au plafond des collatéraux. Au-dessus, l'architecture d'origine retrouve ses droits : claires-voies, balustrades sculptées, demi-colonnes, et enfin, arcs brisés, et voûte sur croisée d'ogives à une quinzaine de mètres du sol. Le tout est lumineux et recueilli. J'ai remonté la nef d'un pas décidé, ignorant superbement le haut du crâne des trois chercheurs qui planchaient (ou somnolaient) sur leurs documents, parmi lesquels se trouvait sans doute mon concurrent, et j'ai marché droit sur la bibliothécaire.

Cette dernière journée de cours, la crainte de ne pas pouvoir immédiatement oublier que ce serait la dernière en m'immergeant dans les archives Rohmer, et, pour finir, cette pluie torrentielle m'avaient mise d'assez mauvaise humeur. La grosse blonde, derrière son jubé, a enfin levé son regard vers moi, puis, précipitamment, son large postérieur de son fauteuil, et a balbutié : « Professeur Bogoroditsk ! », en lâchant son smartphone. Du coin de l'œil, j'ai vu qu'elle était en pleine partie de Candy Crush, mais je n'ai rien dit, je me suis contentée de hocher la tête. Je ne comprenais toujours pas pourquoi mon arrivée avait l'air de l'intimider à ce point, lorsqu'elle a ajouté : « Vous ne devez pas vous en souvenir. J'ai été votre étudiante. En 1994 et en 1995. Histoire littéraire de l'Europe au XIXe siècle, un cours magistral de deuxième année, et l'option Littérature jeunesse, en licence. Clarisse Berneville. »

Je ne me souvenais pas d'elle, en effet. Elle avait dû ressembler aux centaines d'autres étudiantes blondes et potelées qui ont suivi ces deux programmes, depuis bientôt quarante ans que j'enseigne à la fac de Caen. J'en rencontre de temps en temps, que je ne reconnaîtrais pas si elles ne se présentaient pas. La dernière, c'était dans la cabine d'essayage collective d'un magasin de vêtements, à Granville, et c'était plus embarrassant.

Ses lunettes ballottant joyeusement sur ses seins lourds, Clarisse m'a annoncé fièrement que mon problème était réglé, tout du moins pour aujourd'hui. Monsieur de Freneuse, qui avait réservé le « RHM 79.5 », n'était pas là cet après-midi. J'ai attendu qu'elle pèse la chemise de papier bleu pâle et me la tende, avec une liasse de feuilles de brouillon du même bleu et un crayon à papier, et suis allée m'asseoir à la table du milieu, à égale distance d'une femme aux cheveux très courts, inutilement ceints d'un large bandeau violet, et d'un jeune homme blond aux cheveux très longs, attachés en catogan.

Il est difficile d'obtenir un silence total, dans une bibliothèque, c'est une des raisons pour lesquelles je les fréquente le moins possible (et parce qu'on ne peut y fumer, surtout).

Dans celle-ci on entend, pour commencer, le bruit du vent. Je ne dis pas qu'elle est mal isolée, mais c'est inévitable : les bourrasques qui balaient généralement la plaine de Caen faisaient trembler les vitres, au-dessus de moi.

Et ma voisine, sous son bandeau violet, reniflait. Tout le temps. Soit elle n'avait pas de mouchoir, soit elle était trop absorbée par sa lecture. Je n'avais pas pensé à prendre avec moi mes boules Quies. J'ai changé de place et me suis rapprochée du blond au catogan. Lui aussi s'est mis à renifler. Des novices. Qui ne savaient pas, pour les chaussettes sèches.

J'ai de nouveau changé de place et me suis installée quasi à la croisée du transept, juste sous le nez de Clarisse Berneville qui, elle, ne reniflait pas. Elle qui était caennaise, avait comme moi passé des hivers entiers dans le bâtiment B de l'université, fort mal isolé, lui, et à peine chauffé, et qui portait certainement des chaussettes sèches. Je suppose qu'elle a enchaîné les parties de Candy Crush, son smartphone invisible posé sur ses belles cuisses, car personne n'est venu la déranger, durant les deux heures que j'ai passées à éplucher le « RHM 79.5 », ce mardi après-midi.

J'ai d'abord subi un accès d'intense découragement.

Certes, le scénario des *Petites Filles modèles* est très facile à lire. Je veux dire que l'écriture d'Éric Rohmer est bien formée, aérée, agréable même, comparée à la grande majorité des textes manuscrits que j'ai lus dans ma vie de prof (essentiellement des copies d'étudiants). Certes j'y ai retrouvé, fidèlement repris, le roman de la comtesse. Là n'était pas le problème. Le problème, dès la première page, s'est présenté sous la forme d'acronymes énigmatiques, dans la marge de gauche, qui ponctuaient le scénario lui-même de GP, ½ PE, PR, PMM ou PA.

Je n'avais pas le moindre souvenir d'avoir rencontré ce vocabulaire crypté dans mes livres sur l'analyse filmique, que j'avais de toute manière laissés à Saint-Pair. J'ai cherché sur internet et découvert assez facilement qu'il s'agissait d'abréviations pour, respectivement : gros plan, plan de demi-ensemble, plan rapproché, plan mi-moyen et plan américain, avec des explications assez détaillées sur ce que signifiaient ces échelles de plans. Mais je devais admettre que cela ne m'aidait pas vraiment à me les représenter, ces plans. Et rien ne prouvait que Rohmer les avait effectivement tournés comme prévu. J'ai commencé à maudire le prof de Berkeley qui avait jugé nécessaire de me convoquer pour une communication sur un film que personne n'avait jamais vu ni ne pourrait probablement jamais voir.

Vers cinq heures j'ai donc décidé, puisque le temps pressait et que ce Monsieur de Freneuse, dont l'imagination visuelle était sans doute très supérieure à la mienne, pour l'avoir occupé à cette lecture une semaine d'affilée, et l'y faire revenir demain matin, allait alors me reprendre mon bien, j'ai décidé de m'intéresser plutôt aux documents relatifs au tournage : contrats établis par la société de production, lettres, et cette coupure de presse que mentionnaient les auteurs de la biographie de Rohmer, cet article consacré au producteur lui-même, un certain Joseph Kéké, étudiant en droit venu du Dahomey (l'actuel Bénin).

Il n'est pas question des *Petites Filles modèles*, dans cet article découpé par Rohmer à une date indéterminée, dans un journal indéterminé, dont voici la copie intégrale :

« Pour une dent cassée…
"My" réclame deux millions à "Kéké"

Lucette My est licenciée ès lettres. Elle est également danseuse de strip-tease sous le nom d'Ysmane. Dans ses tiroirs, il y a une plaquette de vers qui n'attend qu'un éditeur et elle a également été comédienne.

Ysmane voulait faire du cinéma. Joseph Kéké, originaire d'Afrique noire, était à Paris depuis quelque temps pour faire des études de droit qui ne sont pas encore terminées. Il se disait producteur mais, bien entendu, il ne pouvait distribuer de rôles sans vérifier que l'anatomie des futures vedettes qui lui confiaient leur destinée correspondait aux goûts du public, en l'occurrence les siens. Ses buts étaient inavouables. Molestée, giflée, une dent cassée, Ysmane put cependant fuir et regagner le cabaret où elle se produisait à l'époque.

Mais vers deux heures du matin, deux agents interrompaient son numéro. Kéké, craignant les suites de l'aventure, avait pris les devants et déposé une plainte pour vol. La danseuse n'eut aucune peine à démontrer son innocence.

Mes Goussu et Bourguignon vont tenter de démontrer au président de la 17e chambre correctionnelle que la dénonciation calomnieuse dont elle a été l'objet devrait valoir à Ysmane deux millions de dommages-intérêts. Kéké est défendu par Me Badinter. »

Je me souvenais que la biographie de Rohmer fait état de ce document. Joseph Kéké appartenait à une très bonne famille du Dahomey, qui tenait sa fortune de vastes plantations d'huile de palme.

Dans le vaisseau central de l'abbaye d'Ardenne, ce personnage introduisait soudain tout un folklore colonial, fait de casques et d'écharpes immaculés, d'éléphants, de campements au luxe britannique tout droit issus des vieux *Tarzan* (avant que je ne m'intéresse à Rohmer, ma culture cinématographique consistait essentiellement en films américains, nouveautés ou reprises, que ma mère m'emmenait voir aux Champs-Élysées au début des années 1960).

Rohmer rencontre Kéké le Béninois par l'entremise d'un certain Guy de Ray. Kéké accepte de financer *Les Petites Filles modèles*, mais finit par se retirer, refusant d'avancer les quelques millions d'anciens francs nécessaires à l'achèvement du film (il ne reste plus qu'à ajouter quelques bruitages, de la musique, et à terminer le montage son et le mixage). La raison de son désistement, qu'il n'a jamais voulu donner à Rohmer, serait peut-être, à en croire les auteurs de la bio, cette affaire judiciaire et les dommages et intérêts qu'il a dû verser à la strip-teaseuse poétesse Ysmane My.

Je connaissais donc déjà ce chapitre de l'histoire du « premier film de la Nouvelle Vague », seule explication plausible, pour l'instant, à sa brutale interruption. Mais ce que la biographie ne précisait pas et qui m'a sauté aux yeux en lisant l'article dans son intégralité, c'est l'identité de l'avocat chargé d'assurer la défense de Joseph Kéké : Robert Badinter lui-même !

Je me suis aperçue que je ne savais pas grand-chose de la carrière de Badinter, à part 1981 et l'abolition de la peine de mort. J'ignorais par exemple, comme je l'ai découvert en quelques clics, qu'il avait très tôt défendu des cinéastes (Chaplin, Jules Dassin, Roberto Rossellini, Vittorio De Sica), et avait d'abord été marié à une actrice, Anne Vernon, une grande star française des années 1950, dont je ne me souviens, quant à moi, que comme de la mère de Catherine Deneuve dans *Les Parapluies de Cherbourg* (ma mère adorait les comédies musicales et avait fait cette fois-là une entorse à son goût exclusif pour le cinéma américain).

Grâce à internet, j'ai appris surtout, ce qui éclaire davantage son lien avec Joseph Kéké, que Badinter avait donné des cours, dans les deux années qui ont suivi la soutenance de sa thèse, le 11 décembre 1952 (soit un mois après la fin du tournage des *Petites Filles modèles*), ou plus exactement des travaux pratiques de droit civil, à l'École nationale de la France d'outre-mer.

Quelques clics plus tard, j'en savais beaucoup plus long sur l'École nationale de la France d'outre-mer (ENFOM) : fondée sous la IIIe République, cette institution formait les cadres (notamment les magistrats) de l'administration coloniale, et accueillait essentiellement (en plus des métropolitains) des Cambodgiens mais aussi des Africains. Badinter, entre 1952 et 1954, recevait de petits groupes de cinq ou six étudiants de l'ENFOM, le samedi matin, rue Raynouard, dans l'appartement de sa mère. Parmi lesquels, peut-être, le Dahoméen Joseph Kéké.

Le site internet des Archives nationales d'outremer est très bien fait. Y sont répertoriés tous les mémoires rendus par les élèves de l'ENFOM, de 1930 à 1959. Mais je n'y ai trouvé aucun mémoire signé Kéké.

Le seul Dahoméen (nouvelles visions de chameaux, de porteurs répondant « Yes, bwana », de Johnny Weissmuller en pagne) qui se soit apparemment acquitté de cet exercice (obligatoire pour valider le cursus à l'ENFOM ?) s'appelle Anatole Rafalovich. J'ai rêvé quelques minutes au roman invérifiable que suggérait ce patronyme : un Russe qui aurait émigré au Dahomey avant de venir faire ses études à Paris (promotion 1929), et dont un descendant (j'ai aussi cherché Rafalovich sur internet), tiendrait aujourd'hui un cabinet d'experts-comptables à San Pedro, Los Angeles.

Et puis, je me suis calmée et ai repris mon enquête : le site des Archives nationales d'outre-mer n'était pas si fiable, après tout, et classait Rafalovich comme Dahoméen au seul motif qu'il avait traité (dans un des quatre mémoires qu'il a rendus entre 1930 et 1931, celui-ci en psychologie) du « Sens esthétique du Dahoméen ». Joseph Kéké, qui était manifestement doté d'un certain « sens esthétique », attesté par son implication dans le film de Rohmer et par son goût pour les strip-teaseuses, n'avait donc, quant à lui, à supposer qu'il ait bien fréquenté l'ENFOM, produit aucun mémoire, tandis que Rafalovich avait planché, aussi, sur « La colonisation à Madagascar sous Louis XV et Louis XVI », en histoire, « La question du travail forcé en Afrique équatoriale française », en ethnographie, et « La question du coton au Soudan français », en géographie. Soit Rafalovich était un graphomane éclectique, soit Kéké un cancre, ou du moins un étudiant désinvolte.

Cette désinvolture ne l'a pas empêché, comme me l'a suggéré la suite de ma navigation sur le net (je voyais bien, pourtant, que l'heure tournait, le ciel déjà obscurci par la pluie s'était encore assombri derrière la haute fenêtre en ogive, Clarisse avait lâché son smartphone et affectait soudain de ranger ses affaires – je connais le truc, j'ai fait moi-même des dizaines de fois, lorsque approchait la fin des épreuves d'examen que je surveillais, cette pantomime transparente qui consiste à signifier aux étudiants qu'ils devraient songer eux aussi à ranger les leurs, d'affaires, et à rendre leur copie avant que je ne vienne la leur arracher –, Clarisse, donc, avait en réalité, comme moi en pareille situation, très peu d'affaires à rassembler, et je commençais à me demander si elle irait jusqu'à venir nous arracher les documents que le jeune homme blond au catogan, la dame au bandeau violet et moi, nous tenterions en vain de retenir encore quelques minutes – l'heure tournait et j'aurais mieux fait de me concentrer sur les archives que Monsieur de Freneuse voudrait sans doute récupérer le lendemain, plutôt que de surfer sur internet en suivant des pistes sans rapport aucun avec la communication que je devais présenter à Berkeley, comme celle des Public Accountants Rafalovich & Associates, San Pedro, Californie, surf que je pourrais tout aussi bien poursuivre dans ma cellule, après la fermeture de la bibliothèque), la désinvolture de l'étudiant Kéké ne l'aurait donc pas empêché, ai-je découvert (j'ignorais superbement les petits raclements de gorge que Clarisse s'était mise à produire maintenant, crescendo qui m'est là encore familier : quand les gestes ne suffisent plus, il faut faire du bruit, bref l'arrachage des copies n'allait pas tarder), pas empêché de devenir, tenez-vous bien, garde des Sceaux du premier gouvernement de la République du Dahomey, après que son président, Hubert Maga, eut proclamé son indépendance, en 1960 !

Autrement dit, me suis-je résumée (en replaçant, dans leur ordre initial, tous les documents contenus dans la chemise de papier bleu pâle que j'avais si peu, si mal exploités : pas question de devoir affronter Clarisse, elle qui avait été mon étudiante et à qui j'avais peut-être moi-même arraché, en 1995, une copie sur la littérature jeunesse), Joseph Kéké aurait d'abord été un mécène cinéphile, puis un harceleur de strip-teaseuses, avant de devenir, moins de dix ans plus tard, ministre du président Maga. Hum. Il pouvait s'agir d'un homonyme, mais il n'était que six heures moins cinq et j'avais toute la soirée pour continuer mes recherches, dans ma cellule.

J'ai donc été la première à me diriger vers le jubé pour remettre à Clarisse le dossier « RHM 79.5 ». Elle m'a conseillé de revenir dès l'ouverture, le lendemain, c'est-à-dire à 9 h 30, pour profiter au maximum de l'absence de Monsieur de Freneuse, qui, m'a-t-elle annoncé toute guillerette, ne reviendrait finalement qu'en fin de matinée. J'ai quitté à regret l'abbatiale, et j'ai pris le temps de fumer une cigarette en m'abritant de la pluie sous son porche trop peu profond, même si je mourais par ailleurs d'envie d'aller aux toilettes (il n'y en a pas, dans l'abbatiale). Et puis j'ai regagné ma cellule – que j'appelle ainsi par référence à son affectation d'origine, ma chambre étant deux fois, au moins, plus grande que celles où logeaient les moines.

Refaite récemment, elle est toute blanche, toute propre et toute vide. Elle contient uniquement un grand lit, un bureau, une chaise, trois appliques au mur. Mais pas moins de SIX prises électriques ! Je les ai comptées, aussitôt après avoir fait pipi et changé de nouveau de chaussettes (les précédentes avaient décemment séché). Six prises, et aucun matériel à y brancher (pas de téléviseur, pas de téléphone, pas d'autres lampes que lesdites appliques) sinon celui du chercheur lui-même. Un téléphone, une tablette, un ordinateur portable : pour peu que le chercheur, ou la chercheuse, soit venu(e) en couple, et marié(e) à un(e) autre universitaire pourvu(e) également d'un téléphone, d'une tablette et d'un ordinateur, six prises, oui, ça se justifiait.

J'ai failli laisser passer l'heure du dîner, ponctuellement servi (pas vraiment « servi », en fait, c'est un buffet) à 19 h 30. De Kéké, sur qui j'avais du mal à trouver plus d'informations (sinon que le Joseph Kéké garde des Sceaux d'Hubert Maga avait sans doute été élu plus tard, si j'en croyais l'annuaire des pages jaunes de Cotonou, Bénin, chef de l'Ordre des avocats, mais était-ce le bon ?), je suis passée à la strip-teaseuse, Lucette My, dite Ysmane. J'étais sur une piste quand je me suis aperçue qu'il était huit heures moins le quart. J'ai mis tous mes appareils à charger, pour rendre justice à la moitié au moins (je ne pouvais pas faire mieux) des prises disponibles, et je suis descendue au réfectoire.

C'est la première fois que je réside dans un centre d'archives, et j'ai fait deux ou trois découvertes, à l'occasion de ce premier dîner. D'abord, qu'au lieu de demander aux autres convives comment ils s'appellent, ou ce qu'ils font dans la vie, on suit un rituel particulier pour établir le contact, qui consiste à nommer le fonds qu'on est venu consulter.

La dame aux cheveux très courts et au bandeau violet est venue pour Violette Leduc. Le blond au catogan, qui est autrichien et ne parle que l'allemand et l'anglais, travaille sur Derrida. Il y avait deux autres messieurs, ce soir-là, qui étudiaient l'un Castoriadis, l'autre Foucault. Fallait-il en conclure que la recherche, en tout cas lorsqu'elle porte sur les archives d'auteurs du XXe ou du XXIe siècle, est « genrée », comme disent mes jeunes collègues : les seuls mâles s'attaqueraient à des philosophes, mâles eux aussi, tandis que les femelles se contenteraient de romancières (Leduc) ou de cinéastes spécialisés dans les dilemmes sentimentalo-moraux (Rohmer) ?

Autre découverte : la cuisine, à l'IMEC, est excellente.

Enfin, certains chercheurs viennent effectivement en couple. Le monsieur, français, sans doute retraité, qui s'était présenté « Fonds Foucault » était accompagné d'une belle Scandinave de son âge, qui ne parlait pas français et s'était retirée avant la fin du repas, sans qu'on ait pu savoir si elle était elle-même chercheuse, ou simplement très amoureuse (jalouse ?) de son mari, au point de quitter Oslo (où ils vivaient) pour venir séjourner, par une pluvieuse semaine d'avril, dans une abbaye située à quelques centaines de mètres du périphérique de Caen (j'avais fumé une autre cigarette, avant de venir à table, d'abord parce que la pluie avait provisoirement cessé, mais aussi pour écourter au maximum mon repas, je redoutais les efforts de conversation qu'il faudrait fournir, à tort, les échanges y étaient finalement limités, et, tout en fumant, dans la cour, devant le bâtiment des résidents, j'avais constaté qu'on y entendait le bruit persistant des voitures, à un kilomètre à peine au sud de l'abbaye, fonçant sur le périph nord).

J'ai fumé une autre cigarette après le dîner, dans cette même cour. Il ne pleuvait plus du tout. La nuit n'était pas encore tombée.

Je suis remontée dans ma chambre et j'ai repris mon enquête sur Lucette My, alias Ysmane. J'étais tombée très facilement, avant de descendre dîner, sur une entrée « Ysmane My » qui la crédite au générique d'un film sorti en 1967 et dont ni le titre ni le réalisateur ne me disaient rien – pas le genre de ma mère.

Jeu de massacre, d'Alain Jessua, a remporté le prix du scénario au Festival de Cannes, un scénario, d'après le résumé assez détaillé qu'en donne l'Internet Movie Database, et que je traduis ici, assez tordu : « Pierre Meyrand et sa femme ont des problèmes d'argent : les bandes dessinées qu'ils écrivent ne se vendent pas très bien. Bob Neumann les invite dans sa luxueuse maison à Neuchâtel, et leur raconte qu'il a vécu, pour de vrai, les aventures fictives qu'ils ont écrites. Les Meyrand comprennent vite que la mère de Bob a des raisons de craindre que son fils ne souffre de bouffées délirantes. Quoi qu'il en soit, ils décident de le prendre pour modèle de leur prochaine bande dessinée, mais Bob kidnappe Jacqueline Meyrand, et *Le Tueur de Neuchâtel* pourrait bien se terminer tragiquement… »

J'ai passé ensuite un certain temps à cliquer sur des liens qui me promettaient le visionnage en streaming ou le téléchargement, tous deux gratuits, de *Jeu de massacre*, et à éteindre brutalement, puis à rallumer mon Mac Air le cœur battant, une dizaine de fois, en voyant s'afficher une icône en forme de bombe, et des messages alarmants m'annonçant que mon ordinateur avait été attaqué par un virus très méchant.

Lorsque j'ai fini par renoncer, il faisait nuit depuis longtemps, malgré le récent passage à l'heure d'été, et les crépuscules normands toujours plus tardifs qu'à Paris. J'ai laissé tomber le film de Jessua, où, me consolai-je, Lucette alias Ysmane My ne devait jouer, étant donné sa place (avant-avant-dernière) dans le générique publié sur IMDb, qu'un rôle très secondaire. Qu'elle ait réussi à le décrocher, quinze ans après le tournage des *Petites Filles modèles* et son affaire avec Joseph Kéké, n'avait d'ailleurs, pour mes recherches, qu'un intérêt très secondaire. Mais j'ai persévéré. J'ai fini par découvrir que son nom était aussi cité dans un magazine de 1955, dont je n'avais jamais entendu parler, *Paris Frou Frou*, plus précisément dans un article consacré aux « Danseuses du Moulin Rouge ».

Il était près de onze heures. Histoire de me raconter que je n'avais pas tout à fait perdu ma journée, j'ai cherché comment joindre Robert Badinter. Je n'ai pas trouvé son adresse mail, mais celle, postale, de son cabinet. J'ai rédigé, tant bien que mal, une courte lettre où je lui exposais le sujet de mes recherches, et lui demandais s'il se souvenait de Joseph Kéké. Je n'espérais pas grand-chose. À supposer qu'il prenne le temps de me lire, il avait fort probablement oublié cette affaire vieille de plus de soixante ans, qui n'avait pas été la plus marquante de sa carrière. J'ai décidé malgré tout d'aller poster ma lettre dès le lendemain matin, avant l'ouverture de la bibliothèque. Puis j'ai pris une douche, enfilé mon trench par-dessus mon pyjama, et suis descendue fumer une toute dernière cigarette. Soit je suis la seule des résidents à fumer, soit ils le font, comme des adolescents, en douce, à la fenêtre de leur chambre.

VII

Il faisait assez beau ce matin, dans l'Orne. Assez en tout cas pour envisager une demi-heure de vélo le long de la Risle. Mais le train le moins lent pour Caen, via Argentan, ne partait qu'à 12 h 25. Après avoir dîné, seul, dans la salle à manger déserte de l'auberge St-James, et m'être endormi sur la biographie de la comtesse, je me suis levé tôt pour aller faire un tour du côté des Nouettes.

J'ai envoyé un SMS à Bénédicte (je l'ai enregistrée dans mon répertoire sous ce nom) pour la prévenir que je ne serais là que dans l'après-midi et j'ai pédalé dans la direction que m'indiquait mon smartphone, mais je me suis un peu perdu, après avoir pris la rue des Nouettes – qui ne menait pas du tout au château, mais à un lotissement traversé par la rue de Fleurville, et plus loin par la rue Cadichon. Je me suis demandé si d'autres ânes ont donné leur nom à une rue que celui dont la comtesse a écrit les *Mémoires*.

J'ai fini par retrouver mon chemin et par arriver à l'entrée du domaine. De l'extérieur, on aperçoit de nombreux bâtiments. Certains, anciens, devaient être les dépendances du château, d'autres sont beaucoup plus récents, quant au château lui-même, on ne le voit guère que de trois quarts, et il ressemble à ses photos, mais aussi à des dizaines d'autres petits châteaux normands : briques, toit d'ardoises pentues. J'ai perdu mon temps. Hors de question que je m'approche plus : contrairement à Loïc, j'ai beaucoup trop de considération pour le travail qu'on fait ici, pour les pensionnaires, pour les soignants. Je suis remonté sur mon vélo et j'ai attrapé de justesse le train d'Argentan.

Arrivé à Caen, je n'étais plus du tout pressé de regagner l'IMEC.

Ma visite au « musée » avec Loïc, la soirée sinistre que j'avais passée, exilé à l'auberge St-James (qui m'avait coûté deux fois plus cher que ma chambre de l'IMEC), la lecture de la biographie de la comtesse (j'en suis à la moitié : ses enfants entrent dans les ordres, et deviennent aveugles), enfin l'usage qu'on fait aujourd'hui de son château (qui me plaît plus, bien sûr, qu'un hôtel, avec golf, piscine, etc., mais je suis comme tout le monde, la vue des mots « autistes », « handicapés intellectuels », « handicapés moteurs », me donne des idées noires, et ce sont ceux-là qu'on trouve sur le site de l'Institut médico-éducatif Ségur), m'avaient profondément déprimé.

La perspective de devoir affronter Sophie Bogoroditsk, d'avoir peut-être à négocier avec elle pour qu'elle me restitue « mon » « RHM 79.5 » m'épuisait d'avance. J'ai même failli renoncer à la résolution que j'avais prise de ne pas aller voir au cinéma le dernier film de Christophe Honoré, *Les Malheurs de Sophie*, adapté aussi des *Petites Filles modèles*, qui sortait ce mercredi, et qu'on projetait sûrement dans une salle caennaise. Je me l'étais interdit, du moins avant d'avoir suffisamment avancé dans mes recherches sur le Rohmer. Mais, planté devant la gare de Caen, en m'allumant une cigarette, j'ai longuement hésité à y aller quand même.

Et puis j'ai pensé à Bénédicte, qui attendait son vélo. Il était trois heures. J'ai décidé de couper la poire en deux : je n'irais pas au cinéma, d'où je risquais de sortir trop tard pour rendre son vélo à Bénédicte, mais je prendrais mon temps, pour retarder au maximum ma confrontation avec le professeur Bogoroditsk. Les vingt-quatre heures qui venaient de s'écouler, en me familiarisant avec l'objet de ses recherches, m'avaient amené à me la figurer (et à la redouter) comme une vieille fille, provinciale, sentimentale, qui s'était peut-être mise au yoga sur le tard, et collectionnait les jouets anciens. J'ai donc choisi de faire le trajet de la gare à l'IMEC à vélo. En passant au sud, par l'hippodrome, je ne devrais pas avoir à gravir trop de côtes, et je me ménagerais, histoire de ne pas arriver à l'abbatiale avant quatre heures, quatre heures et demie.

VIII

J'étais la première à descendre prendre mon petit déjeuner. Comme il consiste uniquement en une série de cafés au lait que j'ai bus dans la cour, cigarette au bec (il faisait ce mercredi matin un temps radieux), je n'ai croisé aucun autre résident. J'ai ensuite pris ma voiture pour aller déposer ma lettre à Badinter à la poste du Chemin-Vert, et j'étais revenue juste à temps pour faire l'ouverture de la bibliothèque.

Clarisse n'était pas tout à fait seule, cette fois. Une femme un peu plus vieille est apparue à deux ou trois reprises dans la matinée, pour monter la garde à sa place (l'absence de toilettes dans l'abbatiale, ai-je supposé) quelques minutes. Nous n'avons pas eu l'occasion de nous parler mais, si elle aussi avait été mon étudiante, je ne m'en souvenais pas non plus. Juste après son premier passage, Clarisse est venue m'avertir, avec un grand sourire, que je pouvais prendre mon temps : Monsieur de Freneuse ne reviendrait que dans l'après-midi.

Le ciel sans nuages, le soleil déjà chaud quand

j'avais garé ma Twingo dans le champ tout à fait asséché, la nuit satisfaisante (de toute manière, mes boules Quies, mon masque et mon Stilnox m'assurent un repos correct n'importe où : je suis une handicapée du sommeil, mais je ne me sépare jamais de ces béquilles, et ça marche) et l'absence prolongée de mon rival m'avaient redonné le moral.

Certes, je n'offrirai pas à mon public de Berkeley une étude sérieuse de ce qu'a peut-être été le premier film de Rohmer, mais comme, après tout, personne ne le verra jamais, je n'ai pas besoin de me le représenter exactement.

J'en étais même venue à me réjouir de ma chance : si le film était sorti, s'il figurait aujourd'hui dans le coffret contenant l'intégrale de l'œuvre, s'il était connu des éminents spécialistes de cinéma à qui j'allais m'adresser, je serais bien embêtée, n'est-ce pas, de ne rien savoir de l'analyse filmique. J'allais donc me concentrer sur les éléments factuels qui en avaient empêché l'achèvement, et tout ça allait peut-être donner un topo amusant sur ce qu'était la France de la IVe République, ce Paris des années 1950 où des étudiants africains allaient s'encanailler au Moulin Rouge, et où les strip-teaseuses pouvaient légitimement rêver de faire carrière au cinéma. Dans cette nouvelle perspective, toutes sortes de questions se posaient, dont j'allais scrupuleusement dresser la liste, et que j'aurais tout loisir de résoudre plus tard.

Du coup, la matinée a passé à toute vitesse. Puisque j'avais décidé de privilégier les arrière-plans (historique, sociologique), je me suis tout particulièrement penchée sur les contraintes juridiques qui avaient pesé sur le projet.

Les protagonistes (Rohmer lui-même, qui n'avait pas encore pris le pseudo de « Rohmer », s'appelait toujours Maurice Schérer, mais aussi Rivette et Godard, qui devaient initialement, le premier se charger de l'image, le second assister l'apprenti metteur en scène) avaient, en gros, entre vingt et trente ans quand ils se sont lancés là-dedans. Un peu vieux pour former un groupe de rock, mais avec, me dis-je, la même inconscience, la même innocence que des post-ados, lorsqu'ils convertissent la cave désaffectée de l'un ou l'autre de leurs parents en studio de répétition, et se retrouvent, assis par terre dans cinq mètres carrés enfumés, à improviser des riffs qu'ils espèrent novateurs devant un public choisi de potentielles groupies (des filles de leur âge que ne rebutent ni la fumée, ni la bière, ni les fausses notes).

Leur inconscience leur a été bientôt révélée, et leur innocence enlevée : en 1952, il était obligatoire, pour tourner un film normal (en 35 mm et son synchrone : qu'est-ce que ça pouvait bien vouloir dire ?), d'obtenir l'agrément du Centre national de la cinématographie, agrément qui n'était pas délivré si on ne s'assurait pas le concours de professionnels chevronnés : c'est-à-dire qui aient suivi l'enseignement de l'Institut des hautes études cinématographiques, ou, à défaut, déjà fait plusieurs stages dans la branche qu'ils avaient choisie. Du coup, Rohmer a renoncé à recruter ses copains, il s'est retrouvé avec une équipe qu'il n'avait pas choisie, et a sans doute dû essayer de convaincre (et de se convaincre, en premier lieu) que l'amateurisme qu'on lui reprochait n'était autre qu'une forme de liberté créatrice inédite.

Je ne sais pas encore quoi penser de ces réglementations : tracasseries bureaucratiques d'un autre âge ? corporatisme défensif ? ou garantie de conditions de travail décentes, et d'un résultat de qualité ? Le débat me rappelait fortement l'affaire récente (dont j'avais parcouru sans vraiment les lire les comptes rendus à rebondissements dans *Le Monde*) de la nouvelle convention collective que les différents métiers du cinéma ont exigée ou récusée pendant des mois.

Dans ma liste des points à clarifier, le parallèle possible avec la situation de Rohmer en 1952 vient en première position. Ce qu'il me faudrait, c'est un interlocuteur compétent à qui je puisse soumettre mes hypothèses. Et, en gagnant le réfectoire pour y déjeuner avec les mêmes « Fonds Foucault » et son épouse norvégienne, « Fonds Derrida » au catogan, et « Fonds Violette Leduc » qui portait aujourd'hui un nouveau bandeau, jaune cette fois, et un pull en laine froissé dans lequel elle avait l'air d'avoir dormi (ce qui était d'ailleurs sans doute le cas), j'ai presque regretté l'absence de Monsieur de Freneuse, qui aurait peut-être su répondre à certaines de mes questions.

Comme nous avions déjà, la veille, en dînant, épuisé les échanges limités que nous pouvions avoir sur nos recherches respectives (je n'avais jamais lu Violette Leduc, ma collègue connaissait à peine Rohmer, et même les deux mâles qui avaient en commun leur amour de la philosophie n'avaient pas grand-chose à dire sur le philosophe de l'autre, « Fonds Castoriadis » aurait pu les réconcilier, mais il était apparemment parti), il a malheureusement fallu attaquer des sujets plus intimes, et j'ai tout appris de la fille, de la mère, et de la chienne (dans cet ordre) de « Fonds Violette Leduc ». Quand je dis que j'ai tout appris, c'est exagéré, car je n'ai, avec la meilleure volonté du monde, réussi à l'écouter que d'une oreille, et je serais bien en peine de dire qui, de sa fille ou de sa chienne, s'appelle Chloé. Pas sa mère en tout cas, qu'elle désigne comme « Maman ». À son âge.

Incapable de fixer toute mon attention sur la précocité sidérante de Chloé (elle a été « propre » très jeune, ce qui ne m'aide pas à savoir s'il s'agit de la fille ou de la chienne), j'ai essayé d'imaginer à quoi ressemblait Monsieur de Freneuse. Il ne devait pas être professeur, sinon Clarisse l'aurait précisé, elle aurait dit « le professeur Freneuse », même s'il n'était que maître de conférences. Donc il pouvait être jeune. Mais son nom me faisait plutôt songer à un homme de mon âge, ou encore plus vieux, un érudit, un dilettante peut-être, mais suffisamment sérieux pour être admis à consulter « mes » archives. Je l'affublais d'un nœud papillon et, pourquoi pas, de favoris. Je me distrayais, comme je pouvais, de l'appétit de Chloé, et du manque d'appétit de Maman.

J'ai traîné un peu dans la cour, fumé plusieurs cigarettes avec mon café. Le temps était de nouveau couvert, mais il ne pleuvait pas. Clarisse, qui avait aussi pris son repas au réfectoire, mais avec des collègues, à une autre table que celle réservée aux chercheurs, est venue me rejoindre. Elle m'a regardée tirer une première bouffée avec envie, et a engagé la conversation comme ça, en me parlant de son envie de fumer, et de son état (elle était enceinte) qui le lui interdisait. J'ai hésité à l'interroger sur ce Monsieur de Freneuse (où avait-il disparu ? à quelle heure devait-il revenir ? à quoi ressemblait-il ?) mais ça m'a paru incompatible avec notre relation maître-élève, même si elle datait du siècle dernier. J'ai soigneusement écrasé mon dernier mégot dans le pot de fleurs vide réservé à cet usage, à côté des quelques marches qui descendent au réfectoire, et j'ai repris le chemin de l'abbatiale avec Clarisse.

Ne sachant pas exactement de combien de temps je disposais avant de devoir négocier avec Freneuse, je me suis résignée à revenir aux rares images contenues dans ma chemise bleue.

Il s'agit de photogrammes, et la salle de lecture de l'IMEC n'est pas idéalement équipée pour les étudier. J'ai emprunté l'unique loupe disponible à l'épouse norvégienne de « Fonds Foucault », qui ne s'en servait d'ailleurs pas. Un casque sur les oreilles, elle était rivée à l'écran de son ordinateur. Je m'étais demandé, en la voyant s'installer, le matin, à la table la plus proche de l'entrée, à quelles recherches elle s'occupait (elle était la seule à n'avoir pas mentionné le moindre « Fonds Untel » ou « Unetelle » qui permettrait de l'identifier, elle n'avait d'ailleurs pas dit un mot, elle ne parlait peut-être que le norvégien). Du coin de l'œil, en la remerciant en anglais (de toute manière, avec son casque, elle n'entendait rien), pour la loupe qui ne lui appartenait pas mais se trouvait par hasard à côté d'elle, j'ai aperçu sur son écran des formes abstraites, colorées, qui tournoyaient. Une espèce de clip, ou de film expérimental. Je n'étais pas plus avancée.

Armée de ma loupe, y voyais-je mieux ? Rohmer disait vouloir s'inspirer, pour les costumes, des illustrations qui agrémentaient les premières éditions des *Petites Filles modèles*, illustrations que je connais par cœur. Mais ce n'est pas à elles que m'ont fait penser les clichés noir et blanc que balayait ma loupe. On aurait dit, plutôt, les photos qui ornaient les couvertures des pièces de Molière, dans la collection des Petits Classiques Larousse de mon adolescence, photos de mises en scène datant des années 1950. Les comédiennes interprétant Célimène ou Elmire et celles de Rohmer portaient exactement le même genre de robes, corsetées, à manches ballon et jupes amples, ornées de motifs géométriques, qui évoquaient davantage le New Look contemporain que la cour de Louis XIV, ou, pour le Rohmer, les tenues Second Empire.

Les actrices étaient jolies. Une seule était un peu connue, et m'a valu de nouvelles distractions : Olga Ken, qui tenait le rôle de Madame Fichini. Olga Ken était l'une des quatre sœurs Poliakoff, dont j'ai passé une heure à reconstituer les carrières. Apparemment, les plus célèbres sont Odile Versois et Marina Vlady, mais Hélène Vallier a une jolie filmographie tout de même. Quant à Olga Ken, elle a vite cessé de jouer la comédie, et préféré assister des réalisateurs, et réaliser elle-même des téléfilms. Tout ça m'a pris du temps parce que, des quatre sœurs Poliakoff (émigrées de Russie un siècle après Sophie Rostopchine), Olga est la seule à avoir gardé son vrai prénom, mais elle a travaillé sous toutes sortes de noms : Ken, mais aussi Poliakoff, Poliakoff-Baïdaroff, Baïdar-Poliakoff, ou encore Varen.

J'ai eu un accès de lassitude semblable, en revenant aux photogrammes, à celui de la veille, lorsque j'avais buté sur la taille présumée des plans du film.

Une averse s'était mise à fouetter la grande baie vitrée en ogive, mais j'avais vraiment envie d'aller aux toilettes, et de fumer. J'ai maudit intérieurement les scrupules des architectes, ou les raisons obscures, quelles qu'elles soient, qui avaient décidé de l'absence de W.-C. dans ce lieu saint et m'obligeaient à retourner à la résidence. Dans ma chambre, j'ai changé de chaussettes, et je suis revenue m'abriter sous le porche de l'abbatiale pour fumer ma cigarette.

Je venais de l'allumer lorsque a surgi, de derrière le bâtiment appelé « Grange aux dîmes » (l'entrepôt où les moines conservaient l'impôt, un dixième de leur récolte, que leur payaient les fidèles, aujourd'hui reconverti en salle de conférences), un cycliste trempé qui a roulé en cahotant sur les graviers glissants jusqu'à moi, a sauté de son vélo, l'a regardé d'un air perplexe et a fini par l'appuyer contre le porche. Il s'est défait de son sac à dos, trempé lui aussi, a fouillé frénétiquement une poche extérieure dont il a extrait un petit gadget bleu identique au mien, s'est vaguement essuyé le visage sur la manche de son blouson de cuir, et, seulement alors, a levé les yeux sur moi.

Je dis « levé » parce que je suis un tout petit peu plus grande que lui.

C'était Gaspard. Le client du Starbucks de la gare Saint-Lazare. Le lecteur des *Petites Filles modèles*, voiture 19, dans le Paris-Caen de la semaine dernière.

J'ai eu l'impression qu'il me reconnaissait aussi, mais il était trop essoufflé et occupé à secouer sa tignasse ébouriffée pour raisonner aussi vite que moi : si je ne me trompais pas, j'avais devant moi Monsieur de Freneuse, prénom Gaspard, un thésard de vingt-cinq ou trente ans à tout casser, qui ne devrait donc pas être trop difficile à convaincre que j'en avais plus besoin que lui, et tout de suite, du « RHM 79.5 ».

Il m'a saluée d'un hochement de tête hésitant, ses cheveux hirsutes projetant au passage une pluie de gouttes sur ma cigarette, et a déclenché sans effort l'ouverture de la porte vitrée. Il a pris le temps de ranger son passe dans la poche extérieure de son sac à dos et a pénétré dans l'abbatiale. De l'extérieur, je l'ai vu ranger blouson et sac dans un casier et s'engager dans la nef, en direction de Clarisse qui le considérait avec la pitié qui sied à une future mère. Je me doutais que, une fois prodigués les mots de réconfort que son état épouvantable inspirait manifestement à Clarisse, elle lui révélerait l'identité de la fumeuse invétérée que je suis, et qui a rallumé une cigarette, tant qu'à faire. Il lui faudrait encore quelques minutes pour décider s'il devait revenir me parler. Autant profiter de la légère avance que j'avais sur lui, et l'observer à distance.

Ils ont parlementé quelques secondes. Gaspard indiquait vaguement de la main, sans se retourner, l'endroit où je me trouvais et où il avait garé son vélo. Clarisse désignait la place où sa collègue s'installait quand elle venait la relayer et lui permettre d'aller faire pipi, en faisant non-non de la tête, avec un grand sourire. Et puis elle a pris un air plus professionnel, plus « bibliothécaire », et il a dû se pencher un peu pour l'entendre, car l'air « bibliothécaire » suppose essentiellement qu'on baisse la voix, et il s'est brusquement retourné vers moi.

Nous y étions. Il a retraversé la nef dans l'autre sens. J'avais du mal à distinguer les traits de son visage. Comme la plupart des garçons de son âge, il ne doit pas se raser souvent, et il porte les cheveux assez longs. Il a rouvert son casier, récupéré son sac à dos et son blouson trempé, en a extrait un paquet de cigarettes, l'a tâté d'une main circonspecte – non, ça va, pas trop humide – et m'a rejointe sous le porche.

J'ai décidé de prendre les devants :

— Monsieur de Freneuse ?

— Professeur Bogoroditsk ?

Il a allumé sa Marlboro et m'a souri.

— Alors, vous ne vous appelez pas vraiment Pauline ?

— Mon vrai prénom est Sophie.

— Je sais. Moi, c'est Paul.

— Vous vous foutez de ma gueule ?

Et là, tandis que l'averse cessait brusquement et que le soleil tombait tout aussi brusquement sur l'abbaye, à l'heure où il commence à être vraiment intéressant, le soleil de Normandie, oblique, et, oui, parfois cuisant dès avril, nous avons éclaté de rire en même temps.

— Vous feriez mieux d'aller vous changer. Vous allez prendre froid.

Moi aussi j'ai des accès de sollicitude maternelle, ou du moins je me souviens d'en avoir eu, et j'ai gardé certains réflexes.

— Je vous rejoins au réfectoire. On devrait pouvoir y trouver du thé, à cette heure-ci.

Au cas, peu probable, où vous l'ignoreriez (même ceux qui n'ont pas lu Ségur le savent, je l'ai souvent constaté), Paul et Sophie sont les héros du troisième roman de la trilogie, *Les Vacances*. *Les Petites Filles modèles* s'achèvent en promettant cette suite que Ségur écrira en effet, mais pas avant d'avoir d'abord raconté les « malheurs » de Sophie, à l'époque pourtant heureuse qui a précédé la mort de sa mère, le remariage de son père avec l'odieuse Madame Fichini, et sa rencontre avec Camille et Madeleine, avant *Les Petites Filles modèles*, donc.

Ségur pratiquait le prequel, c'est un fait. J'aime beaucoup les dernières phrases des *Petites Filles modèles*, je m'en suis souvent servie dans mes séminaires de master sur le dénouement et je les connais par cœur : « Les vacances et les cousins arrivèrent peu de jours après. Le bonheur des enfants dura deux mois, pendant lesquels il se passa tant d'événements intéressants que ce même volume ne pourrait en contenir le récit. Mais j'espère bien pouvoir vous les raconter un jour. »

IX

J'ai obéi sans discuter. Depuis que je fréquente l'IMEC, Sophie Bogoroditsk est la première personne dont je n'arrive pas à trouver un équivalent monastique. Elle n'a rien d'une mère supérieure, vraiment rien, et si je lui ai obéi, c'est tout simplement parce qu'elle avait raison. J'ai donc fini ma cigarette en marchant vers la résidence, l'ai écrasée dans le pot de fleurs, devant le réfectoire, et suis monté dans ma chambre me changer. En plus d'être trempé, je portais les mêmes fringues, caleçon et chaussettes compris, que la veille, et je me suis douché en vitesse avant de me rhabiller.

Elle ne me faisait pas peur. Elle n'était sûrement pas une vieille fille amatrice de dînette. Pour le yoga, plus difficile à dire. Tout ce que je savais d'elle, c'est qu'elle ne connaissait à peu près rien aux Études cinématographiques (si elle avait peut-être fini de lire, depuis la semaine dernière, *Analyser un film en 10 leçons*, elle n'était sans doute pas venue à bout du Christian Metz), et qu'elle connaissait *Game of Thrones*. Mais elle ne savait pas que je le savais.

Quand je suis entré dans le réfectoire, elle était en train d'examiner les différents sachets de thé disposés dans une belle boîte de bois sombre, à côté de la bouilloire. Elle avait enlevé son imperméable, et elle était habillée à peu de chose près comme moi, c'est-à-dire d'un jean, d'un pull en laine noir bien épais, et de baskets. Comme moi, sans doute, parce que c'est une tenue confortable et passe-partout.

Elle a choisi un thé vert sans menthe, l'a sorti de son sachet d'un air méfiant mais l'a quand même trempé dans son mug d'eau bouillante. J'ai pris un sachet au hasard, je n'aime que le thé russe, et il n'y en avait pas. Elle a suggéré qu'on aille s'installer dans la pièce attenante au réfectoire, et probablement prévue, en effet, pour ce genre de pauses. C'était une petite salle, bien chauffée, où trônaient un canapé et deux fauteuils, devant une cheminée de pierre immense qu'on ne devait pas utiliser souvent. Je ne soupçonnais pas, tandis que je m'asseyais dans l'un des deux fauteuils et qu'elle étalait ses longues jambes sur le canapé, l'air nettement plus à l'aise que moi, que nous resterions là des heures, puis partirions ensemble quelques jours, pendant lesquels, comme dirait sa comtesse, « il se passa tant d'événements intéressants que cette première partie ne pourrait en contenir le récit. Mais j'espère bien pouvoir vous les raconter un jour ».

DEUXIÈME PARTIE

JEU DE MASSACRE

I

Je n'avais pas prévu de lui faire un cours sur Ségur. Je ne me doutais pas qu'il n'avait jamais ouvert aucun de ses livres avant *Les Petites Filles modèles*, la semaine dernière, dans la voiture 19 du Paris-Caen. Depuis, il a apparemment lu la moitié de la biographie d'Hortense Dufour (qui est romancière et ça se voit). Bref, il n'est pas surinformé, même si (c'est comme ça que démarre la conversation) il vient de parcourir la Basse-Normandie du nord au sud, en train et à vélo, pour visiter le musée d'Aube. Je l'écoute d'abord me raconter son équipée, et lui confesse ensuite que je n'ai jamais, pour ma part, pris cette peine. La vidéo, sur le site internet du musée, m'a suffi.

Quant au château des Nouettes, j'y ai été une fois, avec un groupe de chercheurs étrangers (un Portugais, une Roumaine, beaucoup de Sud-Américains) que j'avais invités à participer à un colloque, à la fac, sur la réception des romans de Ségur dans leurs différents pays. Ils y tenaient beaucoup, aux Nouettes, et j'ai réussi à obtenir l'autorisation de visiter, le parc uniquement, un samedi (le centre est fermé le week-end, nous n'avons croisé aucun pensionnaire). Il a fallu louer un car pour les y conduire (le récit de Paul me confirme rétrospectivement que j'ai eu raison : en train, c'est long, et je n'aurais pas pu mettre tous mes invités sur des vélos, même si, dans mon souvenir, il faisait assez beau). Tout ça m'avait donné beaucoup de mal, et ne m'avait strictement rien appris.

À lui non plus. Quand il commence à me questionner sur les romans de Ségur, j'ai peur, au début, qu'il ne me sorte le couplet rituel des moins de quarante ans sur l'invraisemblable archaïsme des relations sociales entre les héroïnes et leurs pauvres ou des leçons de morale, mais non.

Ce qui le chiffonne le plus, c'est la présentation des dialogues, imitée du théâtre. Il trouve ça bizarre, un peu facile. Le propre d'un roman, se demande-t-il, en gros, n'est-ce pas justement d'ajouter un point de vue ? Celui d'un narrateur omniscient, ou celui d'un des personnages ? Sinon, ça ressemble à un scénario. « Par exemple, si quelqu'un voulait raconter notre rencontre, ici, à l'IMEC, il choisirait d'adopter votre point de vue, ou le mien, peut-être de les faire alterner, ou alors il pénétrerait directement dans nos pensées à tous les deux, et les commenterait, du haut de son omniscience, non ? »

Je réponds que l'omnisciente, ici, c'est moi. Je suis beaucoup plus vieille et beaucoup mieux placée dans la hiérarchie universitaire que lui (même si au bord de la retraite, mais ça je ne suis pas obligée de le lui dire tout de suite), et c'est logiquement à moi de conduire le récit.

On (« on », c'est-à-dire moi) parle donc d'abord longuement de Ségur. La lecture de la biographie d'Hortense Dufour lui a un peu embrouillé les idées, et je me charge de les lui éclaircir, non sans l'avoir d'abord sermonné, et incité à lire l'ensemble de l'œuvre avant de se faire une opinion, comme je l'aurais fait avec n'importe lequel de mes étudiants. Comme mes étudiants, il affiche un air contrit et ne m'en écoute qu'avec plus d'attention. Il y a beaucoup à dire sur Ségur, et nous ne mesurons combien de temps il a passé à m'écouter discourir qu'en voyant débarquer « Fonds Leduc » : le dîner est servi.

D'un commun accord, nous emportons nos assiettes remplies de légumes fumants et d'agneau confit tout au bout de la table des chercheurs, à une distance respectable de nos collègues. Paul se relève pour leur emprunter leur bouteille de vin. Je commence à fatiguer un peu (trois heures de cours particulier, c'est long), et je le laisse donc parler en sirotant mes premier, deuxième, troisième verres de rouge.

En étudiant discipliné, il fait d'abord le point sur ce que je lui ai appris.

Il paraît surtout frappé par une coïncidence : *Les Petites Filles modèles* est le premier roman de Ségur (elle a écrit, avant, un ouvrage sur *La Santé des enfants* et un recueil de contes de fées, mais pas de roman). C'est aussi le premier film d'Éric Rohmer (il a tourné, avant, mais jamais sorti en salle, deux courts métrages). Elle était très âgée pour se lancer dans une carrière d'écrivain (cinquante-six ans). Rohmer n'avait que trente-deux ans, lui, quand il s'est décidé à sauter le pas et à tourner un « vrai » film, et plus les trucs d'amateur qui l'occupaient avant, quelques week-ends par an. Mais, par rapport à ses copains de la Nouvelle Vague, il était déjà vieux. Et il lui faudra encore dix ans avant de sortir son vrai premier film, pas disparu celui-là. Enfin cinéaste, à quarante-deux ans ! Truffaut, par exemple, s'y est mis dès vingt-cinq ans.

Dans les deux cas, donc, la production tardive, pour elle d'une vingtaine de romans, pour lui d'une vingtaine de films, romans et films qui connaîtront un succès grandissant. Des parallèles que Paul semble juger prometteurs : lui non plus n'a pas grand-chose d'autre, pour l'instant, à se mettre sous la dent.

Mais lui, c'est sa spécialité, comme il ne tarde pas à me le faire comprendre : étudier des films qu'il ne peut pas voir. Se contenter de bouts de ficelle. Sa thèse (j'ai suffisamment tenu le crachoir, il est temps de m'intéresser à ses recherches à lui) portera sur quatre œuvres inaccessibles de grands cinéastes.

Un Eisenstein (je fais oui-oui d'un air compétent, je connais au moins l'existence d'un film réputé pour montrer un landau dévalant un escalier situé à Odessa, j'ai même l'impression de me souvenir de ces images, mais je les ai peut-être seulement inventées). *The Day the Clown Cried*, de Jerry Lewis. Sur Lewis, je suis incollable. Ma mère, comme seuls les Français, en était fan (mais je n'ai jamais entendu parler de celui-là, une entreprise étrange, apparemment, fiction pas vraiment comique sur les camps de concentration : au début des années 1970, c'était sans doute trop tôt). Le Rohmer. Et, quand Paul en aura fini avec *Les Petites Filles*, un mélodrame muet et rural d'Alfred Hitchcock, tourné en Bavière en 1926, *The Mountain Eagle*. Quatre œuvres qui ont en commun d'avoir plus ou moins disparu.

Plus ou moins, m'explique Paul, parce qu'il existe une version courte du Eisenstein, reconstituée à partir de quelques images retrouvées ici ou là, et que Jerry Lewis a confié les négatifs du *Clown* à la Bibliothèque du Congrès américain avec interdiction de les montrer à quiconque avant dix ans (c'est-à-dire en 2025 : Paul espère avoir publié sa thèse d'ici là). Je l'interromps alors pour lui poser la question qu'on lui pose invariablement à ce stade de la partie : ce qu'il veut, c'est donc retrouver ces films perdus ?

Sur un ton un peu monocorde (il a déjà dû répéter tout ça un certain nombre de fois), il me répond que pas du tout, qu'il est un chercheur, pas un détective, même si ça y ressemble à l'occasion : ce qu'il veut, c'est démontrer qu'on peut analyser des images invisibles, et produire ainsi des analyses tout à fait semblables à celles qui s'appuient sur des images visibles. Que, du point de vue du lecteur (celui qui lit le texte sans nécessairement connaître le film auquel il se réfère), c'est pareil. Bref, que tout commentaire est une création autonome, autosuffisante. Je lui fais remarquer que, ce faisant, il scie la branche sur laquelle il essaie de s'asseoir : « En gros, vous vous apprêtez à prouver que la critique universitaire, c'est du vent ? Et vous croyez vraiment qu'on vous recrutera dans une fac, après ça ? Au fait, vous enseignez quelque part ? Vous avez une bourse ? Une allocation de recherches ? »

Paul rougit un peu et s'applique à saucer son assiette.

Je me dis que j'ai été un peu brusque (les chances de recrutement des jeunes enseignants-chercheurs, dans l'état où sont les départements de sciences humaines en France, lui sont statistiquement très défavorables, j'ai beau partir à la retraite dans deux mois, je suis au courant) et je le laisse reprendre ses esprits. Plutôt que de saucer moi aussi, je préfère aller me resservir un peu d'agneau confit.

Quand je me rassieds en face de lui, il a meilleure mine. Il a décidé de me dire la vérité, il se doute que ça va m'amuser.

Comme mon cours magistral est terminé, j'abandonne mon omniscience et rapporte ici son récit, aussi fidèlement que possible (mais je suis hypermnésique, ça aide) :

PAUL

Vous savez, je suis une sorte d'Eugène de Ségur. Le mari de votre comtesse, là : si j'ai bien compris, il n'avait pas beaucoup de fric. Il a épousé la petite Rostopchine pour son argent. Ou plutôt pour l'argent de son père, un nabab. Et il s'est retrouvé coincé avec une femme russe, c'est-à-dire jalouse, qui détestait Paris et a préféré se retirer à la campagne.

Bah moi non plus je n'ai pas beaucoup d'argent. Quand j'étais étudiant, à Paris, je gagnais ma vie en travaillant dans un cinéma d'art et d'essai du Quartier latin. Il n'y avait qu'une salle, et quasi pas de spectateurs, ça me laissait du temps pour lire, derrière ma caisse. À Moscou, j'étais logé gratuitement dans une résidence, pas franchement luxueuse, mais gratuitement : un traitement de faveur réservé aux chercheurs étrangers, enfin, européens en tout cas. Et je me payais ma bouffe et mes clopes (pas chères, ni l'une ni les autres, en Russie) en donnant des cours particuliers de français à de jeunes Moscovites. C'est comme ça que j'ai rencontré ma femme. Marina.

Elle étudiait la physique nucléaire. Je n'ai toujours pas très bien compris sur quoi elle travaille. Mais ce que j'ai fini par découvrir, c'est qu'elle était sur le point d'être intégrée au centre de recherches de Saclay. Ça dépend du Commissariat à l'énergie atomique, et ça se trouve en France, dans l'Essonne. Vous connaissez ? Pas plus que ça ? J'étais comme vous, quand Marina m'en a parlé pour la première fois, dans un français de moins en moins hésitant, au bout de six mois de cours. C'était à la fin de notre troisième séance hebdomadaire, un vendredi, j'étais pressé, j'avais rendez-vous avec d'autres Français pour aller faire la fête au Maiak, bref je ne l'ai écoutée que d'une oreille.

Le lundi d'après, son père est rentré beaucoup plus tôt que d'habitude. Je ne l'avais croisé que deux ou trois fois, depuis qu'il m'avait embauché : deux fois, peut-être trois, où il neigeait tellement que Marina m'avait offert un thé et proposé d'attendre que ça se calme un peu avant de partir. Là, il a débarqué alors que j'avais à peine commencé à corriger les exercices de grammaire auxquels Marina avait scrupuleusement consacré son week-end. C'était comme ça que se déroulaient les leçons : d'abord, un peu de français écrit, de la grammaire. Je parlais juste assez bien le russe pour lui expliquer les règles de base. Ensuite, il y avait une demi-heure de conversation en français. En général, et parce qu'on avait du mal à trouver d'autres sujets, elle me parlait de ces vêtements luxueux qu'elle admirait dans les magazines féminins. Je ne sais pas si la comtesse de Ségur était très jolie, mais élégante, à l'époque où elle a épousé Eugène, ça oui, si j'en crois Hortense Dufour. Marina est assez jolie, et elle est incollable sur le dernier *it bag* Vuitton.

Bon, donc j'étais en train de regarder une page d'exercices à trous sur le futur des verbes du premier groupe quand son père est rentré. Il m'a salué, a embrassé tendrement sa chère Marina Ivanovna, et m'a invité, en anglais, à le suivre dans son bureau.

En gros, il m'a proposé d'épouser Marina. Un mariage blanc qui faciliterait son installation en France, à Saclay, où cette petite folle tenait tant à aller travailler. De lointains parents, émigrés il y a un siècle, venaient de mourir en lui léguant un appartement rue d'Alésia. Dès que Marina aurait obtenu la nationalité française, on divorcerait, et il me donnerait… Bon, je ne suis pas obligé de vous révéler ses tarifs. Mais, quand on aurait divorcé, ce serait nettement, nettement mieux qu'une allocation de recherches et, d'ici là, je serais nourri logé blanchi rue d'Alésia.

Voilà. Comme Eugène de Ségur. Et puis on a fait une connerie. Un soir où on avait trop bu. Ce n'est plus vraiment un mariage blanc, du coup. Et ça a précipité les choses. Pour commencer, comme votre comtesse, Marina s'est barrée à la campagne. Elle s'en fout, de la campagne, mais elle voulait se rapprocher de Saclay – si elle pouvait dormir carrément dans son labo, elle n'hésiterait pas. Bon, je n'ai pas fini de lire la biographie d'Hortense Dufour, mais ça m'étonnerait que la suite continue à ressembler à mon histoire : dès que Marina a obtenu la nationalité française, elle a engagé la procédure de divorce.

SOPHIE (MOI)

Ce n'était pas prévu ?

PAUL

Si, c'était prévu. Mais pas forcément si vite. On s'entendait bien avant de. Coucher ensemble. Ça a foutu le bordel. Mais bon, d'ici trois mois ce sera réglé. Et vous, Sophie, vous êtes russe ? C'est quoi ce nom : Bogoroditsk ?

SOPHIE

Mon ex-mari. Russe. Lointainement russe : ses parents avaient émigré bien avant sa naissance. Nous n'avons pas dû rester mariés beaucoup plus longtemps que vous ne l'aurez été avec votre Marina, mais à moi ça n'a pas rapporté un centime. Juste trois enfants en trois ans. Ce n'était pas un mariage blanc. On était très jeunes. C'était encore compliqué, à la fin des années 1960, de se faire prescrire la pilule. On va se chercher du fromage ?

Livarot. Camembert. Pavé d'Auge. Un peu de chaque, tant pis pour François qui a l'air de s'impatienter, range déjà les couverts inutilisés, j'ai tout juste le temps de rattraper la bouteille de rouge bien entamée mais pas finie qu'il s'apprête à escamoter.

Je suis hypermnésique, mais, comme tout le monde, j'ai de l'imagination, et une imagination assez banale, surtout quand j'essaie de me représenter l'appartement d'un riche Moscovite. Je vois le père de Marina comme un oligarque, habitant un penthouse, un décor qu'un film hollywoodien, un James Bond par exemple, associerait à un méchant poutiniste.

Je ne suis jamais allée en Russie. Voronovo (le château de la famille Rostopchine où Ségur a grandi) a été incendié par son père, juste après qu'il eut ordonné de brûler Moscou où l'armée de Napoléon entrait victorieuse. Il n'est rien resté du domaine tel que la petite Sophie l'a connu. On l'a rebâti plusieurs fois. Aux dernières nouvelles, ce serait un hôtel de luxe, avec spa. Encore moins intéressant pour moi que les Nouettes. Il est probable que la famille de Marina habite en fait un de ces appartements staliniens autrefois réservés aux membres de la Nomenklatura, ou encore une datcha, dans un quartier plus excentré. La seule chose que je n'ai pas inventée, c'est le sujet sur lequel travaille la femme de Paul, je le lui ai fait répéter et l'ai même noté, parce que c'était vraiment sexy, pour de la physique nucléaire : elle étudie le « transport cohérent des spins d'électrons dans des boîtes quantiques couplées ».

Quant à mes propres confidences, je n'avais pas l'intention d'étaler ma vie privée mais je devais bien ça à Paul, après son accès de franchise. Pas une raison pour poursuivre dans cette voie. Le contact a été établi, autant en profiter pour le cuisiner sur le dossier Rohmer. Je ne sais pas encore si je vais lui révéler l'étendue de mon ignorance des Études cinématographiques, ni de mes connaissances, très récemment acquises, sur l'École nationale de la France d'outre-mer (et en particulier sur un certain Anatole Rafalovich dont les descendants vivent peut-être à San Pedro, Californie). En attendant d'être fixée (qu'est-ce que j'ai à perdre ? c'est un thésard, du genre atypique, qu'un prof accepte de diriger pour étoffer son propre CV, je prends ma retraite dans deux mois, il peut bien raconter à qui il veut que je ne comprends rien à Christian Metz, je m'en bats l'œil), je commence par lui demander ce qu'il pense des règlements qui ont forcé Rohmer à travailler avec des inconnus.

C'est à lui, maintenant (il n'a pas pris de fromage, je suis en position défavorable pour l'interrompre), de tenir le crachoir.

Bien sûr, m'explique-t-il, travailler sur des films inachevés et/ou disparus l'oblige à s'interroger sur le contexte : pour Eisenstein, la censure du régime stalinien ; pour Jerry Lewis, l'impossibilité de montrer, vingt-cinq ans seulement après la libération des camps, un clown divertissant un groupe d'enfants au moment même où ils pénètrent dans la chambre à gaz ; pour Hitchcock, il ne sait pas encore. Dans le cas de Rohmer, à son avis, les difficultés tenaient davantage à la personnalité du cinéaste lui-même : imposés ou pas, les membres de son équipe étaient trop nombreux, les conditions de tournage, bien que spartiates, déjà trop luxueuses à son goût. Par la suite, il préférera toujours faire ses films quasi en douce, sans argent, sans autorisation, sans rien.

Je liquide la fin du brouilly et suis sur le point de lancer le sujet « Kéké ». Décidément, j'ai tout à gagner à lui soutirer des informations : personne, à Berkeley, ne se doutera que je les tiens de Paul. Mais le réfectoire s'est maintenant tout à fait vidé, et François se tient dans l'encadrement de la porte qui mène aux cuisines, le doigt braqué vers l'interrupteur. Je repense au manège de Clarisse, hier après-midi, destiné à nous signifier qu'il était temps de fiche le camp, et je me lève à contrecœur, sans m'apercevoir que je maugrée à voix haute.

La réaction de Paul, qui a décrypté mes marmonnements (ou cru décrypter : à son expression, je vois qu'il a du mal à admettre qu'il a bien entendu ce qu'il a entendu), est aussi sidérante que sidérée. Toujours assis, il me fixe, incrédule, en bafouillant : « Clarisse ! Qui ça Clarisse ? »

II

Je reste sur mes positions : les dialogues de la comtesse (« Ségur », comme l'appelle le professeur Bogoroditsk, avec une neutralité toute scientifique, et peut-être un brin féministe : ce n'est pas parce que c'est une romancière qu'il faut l'affubler d'un titre ou d'un prénom, mais, me dis-je, dans le cas de la comtesse de Ségur, tout compte, le titre, le nom français, et le nom de jeune fille, elle a toujours insisté, parfois en vain, auprès de son éditeur pour que figure cette précision, « née Rostopchine », sur la couverture de ses livres et après tout il n'y a à ma connaissance qu'un autre écrivain qu'on désigne en lui conservant son titre de noblesse, c'est le marquis de Sade, alors pourquoi pas comtesse de Ségur ?), donc ses dialogues masquent au lecteur ce que le cinéma, lui, peut montrer (par le jeu des acteurs, notamment). Qu'est-ce qu'elles pensent, ces petites filles modèles ? Moi, je persiste à attendre d'un roman qu'il m'ouvre grand l'intériorité de ses personnages, bref qu'il fasse mieux que la réalité, où on (« on », c'est moi) comprend si mal ce que l'autre (c'est-à-dire, par exemple, Marina) veut ou pas.

Et comme j'ai passé l'âge (de peu, c'est vrai, mais passé quand même) de subir des cours magistraux, je me permets, non seulement d'intervenir et de répondre à Sophie, mais aussi de reprendre ici le récit.

J'ai moins bu qu'elle. Elle se ressert toute seule, ce qu'en principe les femmes ne font pas (comme me l'a appris très jeune ma grand-mère : j'ai constaté que, dans ma génération, cet usage se perd, mais Sophie Bogoroditsk, sans être tout à fait de celle de ma grand-mère, doit connaître ce vieux précepte, pourtant). Du coup, comme le vin nous est compté, je me laisse distancer. J'ai bien dans ma valise une bouteille de vodka subtilisée dans le congélateur de la rue d'Alésia, que je destine justement à ma grand-mère chez qui je vais passer le week-end prochain, sur les bords de la Risle, mais loin en aval d'Aube, entre Évreux et Pont-Audemer, au château de Freneuse, si vous voulez tout savoir, parce que le week-end prochain Marina m'a prévenu par SMS qu'elle serait rue d'Alésia : son père est de passage à Paris.

Je suis en train de me demander si je vais proposer à Sophie d'en boire un ou deux shots avec moi, dans la pièce adjacente, celle où nous avons pris le thé et qu'on doit pouvoir aussi utiliser comme ça : il n'y a pas d'autre endroit, après tout, où les chercheurs en résidence à l'IMEC peuvent prolonger la soirée ensemble.

Je n'ai pas encore pris ma décision (ma grand-mère

adore la vodka, mais aussi le calvados, dont elle a en réserve un tas de bouteilles achetées en contrebande à un paysan qui le distille lui-même, à l'ancienne, et elle ne s'attend pas forcément à ce que j'arrive avec un cadeau), quand Sophie se lève de table, repousse sa chaise avec une maladresse qui me la laisse supposer un peu pompette, murmure, avec un coup d'œil par-dessus son épaule en direction de François (très digne à côté de l'interrupteur, il est près de vingt et une heures, il devrait être parti depuis un bon quart d'heure), une phrase étrange au sujet des horaires de fermeture de l'abbatiale, et prononce, j'en jurerais, le prénom de « Clarisse », celui-là même dont j'ai affublé ma bibliothécaire blonde et mamelue.

Je sursaute, incrédule : parce que je veux bien que ma vie reproduise en partie celle d'Eugène de Ségur (j'ai d'ailleurs exagéré les ressemblances pour amuser ma nouvelle amie : le père de Marina a hérité un appartement rue d'Alésia et il a un bon boulot à Moscou, ce qui n'est déjà pas mal, mais rien à voir avec la fortune du comte Rostopchine), je veux bien que le hasard nous ait réunis au Starbucks, dans la voiture 19, et maintenant à l'IMEC, mais si Clarisse s'appelle vraiment Clarisse, ça commence à faire beaucoup.

« Clarisse, me répond-elle d'un air indulgent (le vin la dépouille en partie de son autorité magistrale), est une de mes anciennes étudiantes. C'est du moins ce qu'elle prétend. Aucun souvenir d'elle en vérité. Elles se ressemblent toutes, à Caen. » Son débit s'est accéléré, et ce n'est pas, cette fois, l'effet de l'alcool, on dirait plutôt qu'elle essaie de meubler (plus qu'indulgente, bienveillante) pour me distraire de ma propre confusion.

Comme notre premier fou rire est né, déjà, d'une histoire de prénoms, je prends le parti de rire de nouveau, et de lui révéler comment j'ai rebaptisé tous mes interlocuteurs, ici, à l'abbaye, en les affublant d'identités religieuses. La comtesse de Ségur, après tout, a aussi pris un nom d'emprunt, « sœur Marie-Françoise », quand elle est devenue, à soixante-six ans, tertiaire franciscaine, c'est-à-dire membre du Tiers-Ordre franciscain, une association pieuse laïque fondée par saint François d'Assise. Bref, quand elle a rejoint son fils aîné, Gaston, dans son trip mystique. Sophie Bogoroditsk, qui a ri aussi quand je lui ai expliqué « Clarisse », me reprend alors sévèrement : non, pas un « trip mystique », du moins pour la mère, plutôt une seconde conversion tardive, motivée essentiellement par son amour fou pour ce fils aveugle.

Je finis par me lever, moi aussi (François, soulagé, commence à éteindre les plafonniers), et renonce à lui proposer ma vodka. Juste une cigarette dans la cour, avant de regagner nos cellules. Elle a déjà sorti son paquet de Dunhill rouges et me précède d'un pas plutôt assuré, elle n'est pas si pompette finalement.

Dehors, il a beau être plus de neuf heures, le soleil n'est pas encore tout à fait couché et rase le jardin potager, derrière le pressoir. Il y a là quelques meubles de jardin où nous allons nous installer. Le vent a dû changer de direction, ou bien c'est une heure creuse, sur le périph de Caen, seuls nos briquets, allumés de concert, rompent le silence. Je m'avise que je ne lui ai même pas demandé pourquoi elle s'intéressait soudain à cette adaptation introuvable des *Petites Filles modèles*. Les archives de Rohmer sont disponibles depuis au moins deux ans, non ? Elle tire sur sa Dunhill une fois, deux fois, et finit par me répondre.

SOPHIE

J'aime bien les voyages. Un prof de cinéma de Berkeley m'a invitée à venir parler de Ségur. Un colloque sur Rohmer et la littérature. Je ne suis jamais allée en Californie. Je ne connais pas grand-chose aux Études cinématographiques. Je rame un peu. Comment va-t-on faire, demain ? Vous me le laissez, le « RHM 79.5 » ?

Il est temps de lui confier mon secret.

Tout à l'heure, avant de passer à table, je suis allé pisser et j'en ai profité pour consulter mes mails. Un des ayants droit de Rohmer vient de me donner l'autorisation de consulter le manuscrit de son essai, *La Grande Comtesse modèle*, dossier « RHM 99.20 ». Il précise que je peux le lire à condition de n'en jamais citer ni révéler quoi que ce soit, à qui que ce soit. Mais il ne m'empêche pas de dire que je l'ai vu (que je le verrai demain).

Sophie Bogoroditsk écrase sa cigarette, penche la tête de côté et redresse ses lunettes. Pour la première fois, elle semble me regarder comme un interlocuteur possible. Pas un collègue, ni un rival d'ailleurs, mais comme un universitaire sérieux. Elle sourit et m'assure qu'elle ne me posera aucune question. Ça l'arrange, lui laisse le champ libre, et on trouvera bien d'autres sujets de conversation, demain, durant nos pauses cigarettes. Je vais en fumer encore une, moi. Pas elle, qui me salue et s'éloigne, son mégot éteint à la main, vers la résidence, puis s'immobilise et ajoute, sans se retourner : « Elle n'est pas vraiment religieuse, vous savez, Clarisse. D'abord, elle est enceinte. Et si vous croyez qu'elle prie, quand elle reste assise, le visage incliné, les yeux baissés, vous vous trompez. Elle passe des heures à jouer à Candy Crush sur son smartphone. »

III

Il fait presque trop chaud, dans ma cellule – ou alors est-ce tout ce vin rouge ? Une fois en pyjama, j'ouvre grand la fenêtre. J'ai très envie d'une dernière clope, mais pas du tout de croiser Paul dans cette tenue, même dissimulée sous mon trench, s'il est toujours dans le potager. Je me résous à tirer quelques bouffées : l'appui de la fenêtre est très large. J'y pose une fesse et souffle la fumée le plus loin possible.

Je n'ai jamais fumé en cachette. Ma mère m'a offert ma première Dunhill le jour de mes quinze ans. Mon père n'aimait pas ça, mais il ne m'a jamais rien interdit. En visant bien, je pourrais peut-être atteindre le pot de fleurs vide, en bas, mais je préfère cacher mon mégot derrière le volet. Au moment de le refermer, je repère une odeur vague, portée jusqu'à moi par une brise soudaine, une odeur que je n'ai pas sentie depuis plusieurs décennies et qui est justement associée, dans ma mémoire, aux clairs de lune normands. Il y a quelqu'un, dehors (vraisemblablement un thésard atypique, provisoirement marié à une spécialiste des atomes et des tailleurs Chanel), qui s'est roulé un petit joint.

IV

Que Paul soit maintenant autorisé à consulter le dossier « RHM 99.20 » m'arrange, mais pas, comme on pourrait croire, parce que le « RHM 79.5 » a encore beaucoup à m'apprendre, ce jeudi. Au contraire. Je peine à y découvrir quoi que ce soit qui puisse nourrir ma conférence californienne, et je me sentirais un peu coupable si j'avais insisté (et j'aurais été obligée d'insister, histoire de ne pas heurter le sens des convenances et des préséances hiérarchiques de Clarisse) pour en priver Paul un jour de plus, étant donné l'usage buissonnier que j'en fais.

En gros, j'ai passé une partie de la matinée à glaner sur internet des informations sur un certain nombre de châteaux et villas anglo-normands qui n'ont, pour certains, qu'un lien très indirect avec mes recherches.

J'ai commencé, bien sûr, par le château du Champ-de-Bataille, à côté du Neubourg, dans l'Eure, où Rohmer a tourné ses *Petites Filles modèles*.

D'après la bio, il était, en 1952, en piteux état.

Sa fiche Wikipédia donne quelques détails : il a été occupé par la Wehrmacht pendant la guerre, puis converti, jusqu'en 1947, en prison pour femmes. Après quoi l'État en a fait cadeau au duc d'Harcourt. Je ne suis pas spécialiste des privilèges nobiliaires au milieu du XXe siècle mais, j'en suis la première surprise, cette auguste famille ducale avait vu son fief, le château de Thury-Harcourt (tout près de Caen, lui), presque entièrement détruit par les bombardements en 1944, et on lui a donc offert l'autre en dédommagement du préjudice subi. Vous me direz, bon débarras : même s'il tenait toujours debout, une fois libérées les détenues, l'État ne devait plus très bien savoir quoi en faire. Rohmer s'y intéressait toujours une quarantaine d'années après le tournage, apparemment : dans le dossier « RHM 79.5 » figurent quelques pages découpées dans un magazine genre *Point de vue, images du monde*, relatant la vente du château à un décorateur parisien à la mode, Jacques Garcia.

Pendant que j'y suis, je consulte le site internet du château, en espérant qu'il me dispensera d'aller le visiter, comme m'a dispensée de sa visite le site du musée de Ségur à Aube. Je reste dubitative sur la nécessité de faire trois cents kilomètres aller et retour avec ma vieille Twingo pour admirer un parc et une cafétéria relookée en bar lounge du VIIIe arrondissement de Paris, qui n'ont pas grand-chose à voir avec les lieux filmés en 1952. De plus, il y a plein de fautes d'orthographe dans les descriptifs.

J'ai très envie d'une cigarette mais je jette un

coup d'œil à Paul, de l'autre côté de la table, et comme il a l'air extrêmement absorbé par sa lecture, je décide d'attendre un peu.

Les documents que je feuillette aujourd'hui, proche d'un absolu découragement, sont hétéroclites, même si toujours vaguement en rapport avec mon sujet.

Il y a par exemple cette carte postale adressée à Rohmer le 20 août 1952 par la mère d'une des petites filles recrutées pour jouer dans son film. Les mères, comme le spécifie la bio, devaient assister à la totalité du tournage, non seulement pour veiller sur leur progéniture, mais aussi pour préparer les repas de l'équipe. Tout le monde logeait sur place, dans ce château quasi en ruine, donc, dormait sur des lits de camp empruntés à la caserne du Neubourg, et a commencé à râler courant octobre, lorsque la température a chuté (le château n'était évidemment pas chauffé). J'en profite pour essayer de trouver sur internet le bulletin météo de l'Eure pour l'automne 1952, et je constate qu'il y a eu, en novembre, un véritable ouragan dans la région.

Tout ça, l'auteur de la carte postale en question ne pouvait pas le prévoir (pas plus que le retard que prendrait le plan de travail), mais on la sent déjà un peu irritée, cette mère-là : elle devait en principe se rendre au Neubourg le 18 août, et se trouve coincée à attendre, avec sa fille, qu'elle a fait revenir exprès des Vosges, accompagnée de sa grand-mère. Elles sont descendues à l'hôtel Beau Site, près de Bénerville-sur-Mer, d'où la carte a été postée, mais ce n'est sans doute pas l'idée que cette dame se fait des vacances, et on la devine exaspérée par ce séjour prolongé à la plage, en compagnie de sa vieille mère et de sa fillette.

Comme Paul ne lève toujours pas le nez de son cahier d'écolier classé secret défense, je cherche l'hôtel Beau Site sur internet. J'ai un peu de mal : à Bénerville, il est surtout question d'une autre belle demeure, relookée par un autre décorateur à la mode, et achetée dans les années 1980 par Yves Saint Laurent et Pierre Bergé. L'extérieur de ce Château Gabriel est néogothique, l'intérieur néoproustien, et le tout plus à mon goût que le château du Champ-de-Bataille revu et corrigé par des gens qui malmènent l'orthographe.

Il y a aussi, à Bénerville-sur-Mer, un manoir des Caillouets – de style anglo-normand, lui. Son histoire est plus authentiquement romanesque : il a appartenu longtemps à un milliardaire américain dont la femme, française, était une enfant de l'Assistance, comme on disait à l'époque. Après la Seconde Guerre mondiale, le mari veut rentrer aux États-Unis, et sa femme exige qu'on donne le manoir au département de la Seine et qu'il soit transformé en école ménagère pour jeunes filles nécessiteuses, ce qu'il est resté jusqu'à aujourd'hui.

Mais pas d'hôtel Beau Site. Il y en a beaucoup de ce nom, en France, et il me faut un certain temps pour dénicher à Cabourg, juste à côté de Bénerville-sur-Mer, un restaurant Beau Site.

Il se passe alors quelque chose d'étrange, tandis que je fais défiler les photos de l'établissement.

La villa, assez grande pour avoir pu servir aussi d'hôtel, cet été 1952, et de base de repli à la petite actrice et à sa mère impatiente (la grand-mère vosgienne a peut-être fini par être réexpédiée dans l'Est), ressemble un peu à la mienne ; elle ressemble, à vrai dire, à une centaine, peut-être à un millier de villas anglo-normandes de la fin du XIXe.

Je ne m'explique donc pas l'espèce de tressaillement que je ressens en faisant défiler sur mon écran les photos, prises un jour de grand soleil – comme il y en a plus qu'on ne croit sur cette côte, mais pas assez pour en faire un argument promotionnel ni y attirer beaucoup de touristes. J'ai l'impression que je connais cet endroit. La large véranda aux baies vitrées modernes qui abrite le restaurant me gêne comme si je l'avais connu avant qu'elle soit ajoutée. Je dois être restée plongée dans cet état bizarre un certain temps : en face de moi, Paul fait avec insistance le geste d'allumer une cigarette, et il me dévisage comme s'il ne le faisait pas pour la première fois. Je me ressaisis et le précède le long de la nef.

Comme convenu, et pour respecter les directives des ayants droit de Rohmer, Paul ne me dira pas un mot de ce qu'il est en train de lire, et c'est à moi d'orienter la conversation vers le sujet de mon choix.

Celui qui m'occupe, ce sont les châteaux normands et, tout en allumant ma cigarette, je commence par lui demander si, lui qui n'a pas hésité à faire l'aller et retour à Aube, connaît le château du Champ-de-Bataille où a eu lieu le tournage du Rohmer. Il se trouve qu'il y est allé plusieurs fois, avec, si j'ai bien compris, un grand-père amateur de golf. Avant sa reprise en main par Jacques Garcia, une partie du terrain a été convertie en « dix-huit trous ». Paul, pour autant, n'a jamais visité le château rénové, ni les jardins pompeusement rebaptisés « Degré de la conscience », ou « Palais des rêves ». Je monologue toujours, m'interroge à voix haute sur les destins possibles de ces grandes baraques au luxe vétuste. Mon panel n'est peut-être pas très représentatif, mais je distingue deux options : le rachat par des milliardaires qui en font des résidences secondaires redécorées par des stars (Champ-de-Bataille, Château Gabriel), ou la reconversion en centres médico-sociaux (les Nouettes, les Caillouets). Paul m'écoute toujours, bouche cousue.

Est-ce la soudaine décharge de nicotine ou la nécessité de meubler son silence, je digresse et me mets à lui parler de la seule adaptation visible à ce jour des *Petites Filles modèles* : un porno.

Enfin, un porno, je m'entends : le film date de 1971, soit avant la loi giscardienne qui a cantonné les histoires de fesses à un circuit de distribution très restreint en les classant X (et les a, du coup, rendues beaucoup plus explicites). Ça, c'est Paul qui me l'explique. Moi, je me contente de souligner que, sans l'extrême conscience professionnelle qui me caractérise, je n'aurais jamais pu regarder jusqu'au bout ce nanar où de très belles femmes (Mesdames Fichini, de Fleurville et de Rosbourg) et de non moins belles jeunes filles (Camille, Madeleine, Marguerite et Sophie) se promènent seins nus, à califourchon sur des ânes, en déclamant des passages d'*Histoire d'O*, et citent *Trans-Europ-Express* de Robbe-Grillet en se tripotant chastement.

Pour des raisons qui m'échappent, le film a été édité en DVD à la fin des années 2000 et je me le suis procuré sur eBay le mois dernier. Tout ce que je peux en dire à Paul, qui a enfin l'air intéressé, intrigué en tout cas par ma trouvaille, c'est qu'on n'y voit pas grand-chose de croustillant, mais que le scénario exploite assez habilement les pistes ouvertes par Ségur : dans le film, par exemple, Sophie est très partante pour se faire fouetter, toujours demi-nue, par sa belle-mère.

Paul rallume une Marlboro et hausse un sourcil. Je lui démontre en trois phrases que ça n'a rien d'étonnant : Ségur a déchaîné beaucoup d'interprétations SM, ça n'était pas nouveau, même en 1971.

Il fait bon, ce jeudi matin, au soleil, devant l'abbatiale et je sors à mon tour une deuxième clope de mon paquet. En vérité, ce que j'aimerais savoir, c'est à quoi ressemblait Le Neubourg en 1952. Paul, sans vouloir trop insister sur notre différence d'âge, me pose alors une question embarrassée qui revient à me demander avec élégance ma date de naissance. Je suis beaucoup trop vieille pour lui mentir et la lui donne. Oui, j'étais née en 1952, mais j'ai du mal à lui décrire le monde de mon enfance. J'ai tendance à ne me souvenir que de ce qui n'a pas changé, ou à ne cultiver que ces souvenirs-là, c'est sans doute la raison pour laquelle je passe de plus en plus de temps dans ma maison de Saint-Pair.

En me rasseyant derrière mon ordinateur, je réfléchis à ce qu'implique la remarque de Paul. Moi, en 1952, je n'avais que quatre ans. Mes parents venaient de se séparer. Ma mère avait demandé le divorce. À sa mort, j'ai retrouvé dans ses affaires toutes sortes de lettres comme il fallait en produire à l'époque pour pouvoir divorcer : des témoignages d'amis complaisants inventant de mauvais traitements (infidélités notamment) dont je sais bien que mon père ne les lui a jamais infligés. Il s'est simplement plié aux exigences perverses de la procédure, a tout accepté, je le sais, mes parents me l'ont raconté tous les deux, chacun à sa manière. Je n'ai donc pas passé le mois d'août 1952 à Saint-Pair, dans la famille de mon père, comme avant. Ma mère a inauguré cette année-là une longue série de séjours dans des hôtels tranquilles, avec direction et clientèle familiales, le plus souvent au bord de la mer, où nous détonnions, seul couple mère-fille, et où on la prenait généralement pour une veuve.

Je n'avais que quatre ans en 1952, mais je m'avise soudain qu'il y a sûrement des survivants plus âgés, au Neubourg, qui pourraient me raconter à quoi ça ressemblait, l'automne où Rohmer y a installé son équipe. Des survivants qui se rappelleraient le tournage : un moment fort de leur adolescence, même s'il n'avait rien d'hollywoodien.

Je cherche sur internet le site de la mairie du

Neubourg et rédige un mail au responsable des affaires culturelles, en me demandant si, des affaires culturelles, il s'en traite beaucoup dans sa commune. Après tout, puisque j'ai décidé d'axer ma communication à Berkeley sur le contexte sociologique (les arrière-plans en tout genre d'un film dont les plans, précisément, qu'ils soient GP, ½ PE ou PMM, me resteront invisibles), peut-être qu'un vieil érudit normand doté d'une mémoire correcte pourra me fournir un paragraphe. Je n'ai plus qu'à espérer des réponses aux deux bouteilles lancées à la mer, cette dernière et la lettre d'hier à Badinter. Tout cela me change de mes habitudes de dix-neuviémiste : quand on travaille sur Ségur, on n'a aucune chance d'entrer en contact avec ses contemporains.

Pour avoir l'air occupée (je ne joue pas, contrairement à Clarisse, à Candy Crush), je vais voir la fiche Wikipédia des *Petites filles* version porno soft, et je découvre une troisième vocation possible aux châteaux normands désertés par la noblesse.

En effet, le film de 1971 se déroule dans et autour d'une bâtisse médiévale assez différente du château de Fleurville tel qu'on l'imagine – c'est-à-dire identique aux Nouettes. Vérification faite, il s'agit du château d'Auneau, dans l'Eure-et-Loir, à une petite centaine de kilomètres à l'est, et du Champ-de-Bataille, et des Nouettes. Et, outre le tournage des *Petites Filles modèles* durant l'été 1970, il a servi de décor à un autre film l'année suivante. Les propriétaires devaient avoir de gros frais (la toiture ? l'assainissement des douves ? l'équilibre du donjon ?) et ne pas s'intéresser de près aux films qu'ils hébergeaient : le second s'appelle *Le Saut dans le vide*. Il n'appartient pas vraiment à la veine, elle aussi érotique, dans laquelle s'illustrait simultanément son réalisateur, Jean-François Davy (dont sortent sur les écrans plus permissifs d'avant Giscard, dans la même période, des titres aussi explicites que *Bananes mécaniques*, *Prenez la queue comme tout le monde*, ou *Q*). Classé comme « fantastique », il semble représenter, d'après le résumé que j'en trouve, les fantasmes d'une jeune artiste peintre prénommée Wanda, victime d'un complot, séquestrée dans un château, etc. Le film est plus chic que l'adaptation olé olé des *Petites Filles* : il est qualifié de « surréaliste », Roland Topor a participé au scénario et l'actrice a même reçu un prix d'interprétation au festival de Trieste (jamais entendu parler ! Paul, peut-être ?).

Donc, troisième possibilité, pour ces vestiges coûteux : décor de porno. Si j'avais soudain besoin d'une belle somme d'argent pour entretenir ma maison de Saint-Pair, je me demande si ce n'est pas la solution que je préférerais (plutôt que de la vendre à un Parisien prétentieux ou de la céder à l'État pour qu'il y héberge des jeunes filles nécessiteuses).

Je suis en train de rêvasser, et d'aboutir à la conclusion que les actrices qui se risquent dans l'érotique sont sans doute aussi des jeunes filles nécessiteuses, lorsque je vois Paul s'agiter frénétiquement à l'autre bout de la table. Il a repoussé le petit cahier où Rohmer a esquissé, avant de mourir, son essai sur Ségur. Son ordinateur portable est ouvert devant lui et il me fait de grands signes, bien que notre dernière pause cigarette remonte à une demi-heure à peine. De nouveau, je m'exécute et, en le rejoignant dans le narthex, je lui propose carrément un café au réfectoire, l'affaire semble importante (et puis j'en profiterais bien pour aller aux toilettes).

V

Lorsque je rejoins Paul dans le réfectoire, où les tables ont déjà été dressées pour le déjeuner (qui ne sera prêt que dans une grosse demi-heure), la machine à café crachote bruyamment au-dessus d'une seconde tasse. Il en tient une autre à la main et propose de les boire dans le potager, au soleil (et en fumant).

On pourrait s'attendre, en ce début de chapitre, à ce qu'il reprenne en charge le récit, mais comme il est astreint à un silence absolu sur les notes mystérieuses qu'il déchiffre depuis le début de la matinée, il serait imprudent d'adopter son point de vue.

Il a l'air incroyablement excité (le café tangue dangereusement et menace de se répandre sur les soucoupes) et je me demande, en lui tenant la porte qui mène au jardin et en clignant des paupières – non seulement il y a du soleil, mais il est soudain devenu aveuglant –, ce qu'il a bien pu trouver. Et pourquoi il se sent autorisé à m'en parler.

« En vrai » (comme disent aujourd'hui les jeunes gens, à la place d'« en fait », dont ils abusaient avant) Paul s'est accordé une pause. Pas un mot, bien sûr, de ce qui a motivé cette baisse d'intérêt pour l'essai inédit de Rohmer. Juste une pause. Il a passé un certain temps à éplucher la fiche Wikipédia des *Petites Filles modèles* de 1971, et il n'en revient toujours pas. Il y est indiqué (j'ai moi-même relu ces deux lignes il y a quelques minutes sans en faire grand cas) que trois des comédiennes du film se sont ensuite suicidées. C'est par là que commence Paul, bien que ce ne soit pas, précise-t-il, directement en rapport avec sa découverte.

La première (par ordre de disparition), c'est Bella Darvi, qui incarne Madame de Rosbourg. D'après Paul, qui a fouillé un peu partout sur internet, elle est née en 1928 en Pologne, dans une famille juive (son père était boulanger) qui émigre ensuite en France. L'un de ses frères meurt en déportation, et elle-même est incarcérée dans un couvent transformé en pénitencier, près de Toulouse, mais relâchée en 1943. Cette précision nous laisse un instant songeurs : pourquoi, comment une petite Polonaise de quinze ans échappe-t-elle miraculeusement à la mort ? Grâce à sa fracassante beauté ? Paul s'est muni d'une tablette sur laquelle il fait défiler des photos éloquentes. Toujours est-il qu'on la retrouve mariée, en 1950, à un riche homme d'affaires au nom improbable : Alban Cavalcade. Dans un bar branché des Champs-Élysées, elle est repérée par le grand producteur américain Darryl Zanuck, accompagné de sa femme, Virginia. Le couple (qui a vingt-cinq ans de plus qu'elle) prend Bella sous son aile. Elle divorce et se lance dans le cinéma sous le nom de Darvi, un pseudo qui combine les prénoms de ses deux bienfaiteurs. Elle tient de petits rôles dans trois films hollywoodiens, dont le plus marquant est celui d'une courtisane babylonienne dans une adaptation de *Sinouhé l'Égyptien* (son fort accent polonais la qualifiait sans doute pour ce genre d'emplois exotiques). Elle devient la maîtresse de Darryl Zanuck, mais aussi de Virginia, sa femme. La suite est moins rose : Zanuck la quitte lorsqu'il la découvre bisexuelle (mais il continuera de payer ses dettes jusqu'à ce qu'elle meure). Sa carrière piétine, elle rentre en Europe où elle accumule les panouilles dans des coproductions franco-italiennes qui ne sont pas passées à la postérité (non, insiste Paul, la longue liste des films disparus, ou devenus invisibles, n'inclut pas que des chefs-d'œuvre : il y a aussi une quantité de navets aujourd'hui introuvables, et peu susceptibles d'attirer jamais des thésards). Dans les années 1960, elle est accro au jeu, épouse à Las Vegas un serveur français dont elle divorce au bout d'un an, rate plusieurs tentatives de suicide. En 1969, grand retour au cinéma avec un film, *Le Bourgeois gentil mec*, noté 2,6 sur 10 par les utilisateurs du site IMDb, dans lequel elle joue « la tante », aux côtés de Jean Lefebvre et d'Annie Cordy (commentaire de Paul : « Celui-là, je serais curieux de le voir »). Puis Madame de Rosbourg dans *Les Petites Filles modèles*. Et, la même année, à Monte-Carlo, elle ouvre le gaz. On ne découvre son cadavre qu'au bout d'une semaine. Je m'étonne que personne n'ait encore entrepris d'écrire sa biographie.

La seconde, c'est Michèle Girardon (Madame de Fleurville), mais Paul la réserve pour la fin. Il passe plus vite sur le cas de la troisième, Marie-Georges Pascal – comment espérer faire carrière, s'étonne-t-il, avec un nom pareil ? « En vrai », sa « carrière » n'est pas tellement plus brillante, du moins au cinéma (elle a apparemment beaucoup joué au théâtre), que celle de Bella Darvi. En 1971, elle a vingt-cinq ans et c'est elle qui incarne Madeleine de Fleurville. Elle enchaîne les rôles coquins, puis les feuilletons télé, est la vedette du premier film de zombies français, et se tue en 1983.

Digression : à côté de ces trois figures tragiques, il y a, nettement plus marrante, ajoute Paul, l'interprète de Madame Fichini, l'impayable Béatrice Arnac (elle aussi aurait pu prendre un pseudo). Contemporaine de Bella Darvi, elle a maintenant quatre-vingt-cinq ans, et elle est surtout connue (enfin, connue : ni Paul ni moi n'avions jamais entendu parler d'elle) comme chanteuse. Sur son site officiel, il est beaucoup question de son grand-père, Zo d'Axa (un pseudo, pour le coup), journaliste libertaire, soutien de l'anarchiste Ravachol, de son père, dessinateur de bande dessinée, et de son mari, Alain Saury, acteur, compositeur et naturopathe. Paul trouve tout ça extrêmement « années 1970 ».

Pour ma part, j'ai vécu ces années-là sans aller voir de films érotiques dans les salles de cinéma normales, sans écouter les chanteuses à texte, et sans recourir à la naturopathie, et je juge la vision qu'en a Paul légèrement stéréotypée, mais je ne l'interromps pas.

Car il en vient enfin à ce qui l'a tant surpris, et décidé à me proposer cette pause café-clope. « C'est énorme », glapit-il, à peine dégrisé par la crainte que sa découverte me fasse moins d'effet qu'à lui. « Michèle Girardon, qui tient le rôle de Madame de Fleurville dans votre porno (le rôle principal, ai-je à peine le temps de lui glisser, moi qui ai vu sa prestation dans *Les Petites Filles modèles* : c'est elle, l'héroïne), et qui s'est donc elle aussi suicidée, en 1975, après un chagrin d'amour, Michèle Girardon a joué, en 1959, joué dans… »

Paul me regarde fixement à travers la fumée de sa cigarette. « Dans… » Je prends l'air aussi fascinée que possible, mais n'ai rien à lui répondre. « Dans *Le Signe du Lion* d'Éric Rohmer ! »

Je n'ai pas eu le temps de regarder l'intégrale contenue dans mon coffret, et j'avoue (mais pas à Paul) que j'ai fait l'impasse sur celui-là. « Oh ! » dis-je donc sobrement. « On ne la voit pas énormément, continue-t-il, le film est surtout centré sur l'errance du personnage masculin, bien sûr, mais quand même ! »

Quand même, suis-je toute prête à admettre.

« Et ce n'est pas tout : elle est aussi dans *La Boulangère de Monceau*, le premier Rohmer à être sorti en salle, même s'il a été tourné après *Le Signe du Lion* ! Vous vous rendez compte, professeur Bogoroditsk ? »

Je me contente de signaler à Paul qu'il fume deux cigarettes en même temps, ou du moins qu'il vient d'en allumer une alors que la précédente repose, aux trois quarts intacte, en équilibre sur sa tasse de café vide.

Puisque nous n'avons pas le droit, pour l'instant, de pénétrer les pensées de Paul (tout accès à sa vie intérieure risquant de dévoiler, même s'il a pour le moment enfourché un sujet tout autre, un élément du top secret manuscrit de Rohmer sur Ségur, le « RHM 99.20 »), autant présenter ses répliques comme il est d'usage chez cette dernière.

PAUL

Ah oui, vous avez raison. Je ne vais pas fumer les deux. Vous en voulez une ? C'est un peu plus fort que vos Dunhill, mais pas beaucoup. Donc : vous êtes Éric Rohmer. Même si vous n'en êtes pas spécialement fier, et ne le revendiquez pas dans votre filmographie qui, en 1971, compte déjà quelques œuvres cultes, vous avez tourné vingt ans plus tôt une adaptation des *Petites Filles modèles*. En sort sur les écrans une autre adaptation ouvertement infidèle, et manifestement grivoise, où Michèle Girardon, que vous avez fait jouer deux fois à vos débuts, tient la vedette : vous faites quoi ? Vous allez le voir, non ? En cachette, peut-être, déguisé, même, mais vous y allez, non ? Attendez, attendez : j'ai une autre preuve ! Vous vous souvenez du personnage de Julien le yogi ?

Je m'en souviens fort bien : il a beau n'apparaître qu'à la toute fin du film, sa contribution est essentielle, puisque le jeune homme (assez bien de sa personne : rien ou presque ne nous est dissimulé de son anatomie, il est à poil, comme tout le monde dans la dernière bobine) a le privilège de dépuceler tour à tour Camille, Madeleine, Marguerite et Sophie (inutile de préciser que le personnage n'a aucun équivalent dans le roman de Ségur). Paul est enchanté par mes révélations.

PAUL

Un rôle important, donc ! Je me demandais... Parce qu'il est mentionné en dernier dans la liste des acteurs. Peut-être juste parce qu'on ne le voit qu'à la fin. Eh bien, il s'appelle Vincent Gauthier ! Vous ne voyez toujours pas ? Il a joué ensuite dans deux Rohmer, lui aussi ! *Le Beau Mariage* (il faudra que je vérifie, je suppose qu'on l'aperçoit dans la scène de la boum organisée par l'héroïne), et *Le Rayon vert* : là, on ne peut pas le louper, c'est lui qui finit par récompenser la quête de Marie Rivière, lui qu'elle rencontre à Biarritz, lui avec qui elle voit le fameux rayon vert ! Alors ? Vous n'allez pas me dire que c'est une coïncidence ? Non seulement Rohmer a vu *Les Petites Filles modèles*, à cause du sujet, et de Michèle Girardon, mais il y a même repéré Vincent Gauthier qu'il rappellera dix ans plus tard pour lui confier deux petits rôles ! Je ne sais pas très bien ce que je vais en faire, mais c'est énorme.

Je lui concède volontiers que c'est énorme. Pour ma part, je ne vois pas du tout ce que je pourrais en tirer pour ma communication à Berkeley, mais je partage gentiment son exaltation.

Il doit être l'heure de déjeuner : un maigre groupe de chercheurs sort de l'abbatiale et se dirige vers le réfectoire. Nous nous levons donc pour nous joindre à eux, mais, comme hier, nous nous installons à bonne distance de leur bout de table.

Tandis que Paul poursuit et parachève l'élaboration de son scénario (Rohmer est maintenant pourvu d'une barbe postiche et se glisse dans une salle des Champs-Élysées à deux heures de l'après-midi, jetant autour de lui des regards inquiets : comment réagit-il aux séances de touche-pipi intellos que j'ai décrites à Paul ? Est-il choqué ? émoustillé ?), je me demande ce qu'en penseraient ses ayants droit (les mêmes qui veillent jalousement sur le manuscrit de l'essai que Paul est censé lire avec passion, et qu'il a pourtant abandonné pour se lancer dans l'examen approfondi d'un film, disons mineur, dont il ne connaissait même pas l'existence jusqu'à ce matin, existence dont il ne cesse, au passage, de me remercier pour la lui avoir apprise), que penseraient, donc, les ayants droit de Rohmer, de la découverte de Paul ?

Je rêvasse aussi, en savourant ma blanquette de veau, à toutes les femmes que cette enquête a mises sur notre route : des femmes de la génération de ma mère qui ont rêvé de cinéma et fini dans l'anonymat ou la misère, fréquenté des prisons (un couvent-pénitencier toulousain, le château du Champ-de-Bataille entre 1944 et 1947), ou des foyers destinés à les initier aux tâches ménagères, et pour certaines, fini par se suicider. Je ne sais pas si tout cela est vraiment désuet, vraiment « vintage », comme dit Paul. Je ne sais pas. Comme il ne me laisse pas en placer une, j'ai tout loisir de rêvasser, moi aussi, et je repense à Lucette My, dite Ysmane : cette strip-teaseuse dont les relations tumultueuses avec Joseph Kéké ont peut-être entraîné la perte du premier film de Rohmer. Je repense à *Jeu de massacre*, le seul film où elle est créditée comme actrice, et que j'ai en vain essayé de visionner avant-hier. Je me décide enfin à en parler à Paul.

Il a à peu près fait le tour, pour l'instant, des implications de sa découverte. Son excitation est même un peu retombée. Il se ressert de vin blanc et m'écoute, d'abord distraitement, puis d'un air soudain plus concentré, mais de nouveau sur la réserve, comme ce matin lorsque nous nous retrouvions pour fumer devant l'abbatiale, et qu'il devait respecter le vœu de silence qu'il doit aux ayants droit.

Je ne m'étends pas sur l'affaire Kéké (je garde l'espoir que Badinter réponde un jour à ma lettre), et m'en tiens à ma curiosité inassouvie concernant Ysmane My et *Jeu de massacre*.

Paul, évidemment favorisé par son appartenance (il a moins de trente ans) à une tranche d'âge experte dans ce domaine, sait comment s'y prendre pour télécharger gratuitement et sans risque à peu près n'importe quel film. Il se fait fort de me le procurer. Il ne l'a jamais vu non plus, même s'il est capable de me renseigner sommairement sur son réalisateur, Alain Jessua : « Moyen chic. Surtout connu pour des fables d'anticipation qui dénoncent en les exagérant certaines dérives de l'époque, comme les soins rajeunissants (*Traitement de choc*), l'autodéfense (*Les Chiens*) ou les antidépresseurs (*Paradis pour tous*). Très années soixante-dix, pour le coup. »

Cette fois encore, je me retiens de lui raconter ma vie, et de lui expliquer qu'il y avait aussi, dans les années 1970, beaucoup de mères de famille plutôt ordinaires qui ne fréquentaient pas les thalassothérapies *new age*, ne possédaient pas de pitbulls et ne prenaient pas d'euphorisants.

PAUL

Ce qui est dommage, c'est qu'on ne puisse pas le regarder ensemble, sur un écran correct. Il n'y a même pas de télés dans les chambres. Vous croyez qu'ils ont une salle de projection quelque part, ici ?

Je n'en ai pas la moindre idée, mais j'ai aperçu Clarisse qui déjeune à l'autre bout du réfectoire avec ses collègues, et je réponds à Paul qu'il y a peut-être un moyen de s'en assurer.

Je repousse mon assiette, me lève et me dirige vers elle lorsque mon téléphone se met à vibrer dans la poche de mon jean. Un numéro inconnu s'est affiché, qui commence par 02 32, l'indicatif de l'Eure. Je bifurque donc vers la sortie (les portables semblent tous éteints, à l'IMEC, en permanence) et m'éclipse avant de répondre. Je regrette au passage de n'avoir pas mes cigarettes avec moi (toute occasion est bonne à saisir, et j'adore fumer pendant mes repas), mais ma conversation avec le responsable des affaires culturelles de la mairie du Neubourg est assez brève pour que ce regret me quitte aussitôt. Il n'a jamais entendu parler d'Éric Rohmer, ni, a fortiori, de ses *Petites Filles modèles*, mais il me suggère de m'adresser à une dame, France Leroy, « pas du tout gâteuse », précise-t-il, dont le père a travaillé trente ans comme régisseur au château du Champ-de-Bataille, et y habitait, avec toute sa famille, dans les années 1950. Elle est sûrement dans l'annuaire, précise-t-il, et on la joint facilement à l'heure du déjeuner. Je le remercie, raccroche, et commence par rentrer dans le réfectoire pour chercher mes Dunhill.

J'en profite pour m'acquitter de ma mission initiale, et aborde Clarisse avec l'assurance autoritaire d'un professeur dont les recherches exigent un écran de télé (et pas d'une délinquante, ou du moins complice d'un délinquant, qui s'apprête à visionner illégalement un film sur internet).

Elle hésite une seconde, puis, se tournant à moitié vers sa supérieure hiérarchique (celle que Paul a surnommée « Bénédicte » et qui l'a expédié à vélo à Aube), elle m'explique prudemment que ma requête est tout à fait inhabituelle, mais que j'ai de la chance : le Pressoir, qui accueille souvent des conférences ou des colloques sur le cinéma, est équipé. La salle n'est occupée que jusqu'à 18 h 30 : exceptionnellement, on pourrait nous y laisser le chauffage allumé après le dîner. « Vous n'aurez qu'à l'éteindre en partant », ajoute-t-elle, mi-téméraire, mi-confondue par sa propre témérité. « Bénédicte », qui n'a pas perdu une miette de notre échange, hoche la tête : elle cautionne cette fantaisie.

Revenant vers Paul et mon paquet de cigarettes (je la fumerai, cette Dunhill, en appelant Madame France Leroy), je ne résiste pas à la tentation de le faire marcher. Je lui rapporte la proposition de Clarisse, mais j'ajoute qu'elle a l'aval de « Bénédicte », qui, à propos, est sa compagne, le bébé qu'elles attendent a été fabriqué en Belgique, elles ont déjà un petit garçon que « Bénédicte » a porté, c'est chacune son tour. J'obtiens le résultat escompté : Paul ouvre une bouche ahurie. Je ne lui laisse pas le temps de commenter ma révélation, attrape mon sac et ressors.

France Leroy répond dès la deuxième sonnerie. Elle n'a l'air ni gâteuse ni sourde. Elle se souvient du tournage (« surtout la scène de la mare, quand les petites sont tombées à l'eau »), et tient aussi à ma disposition toute une documentation sur le château, où elle est née, m'annonce-t-elle fièrement, comme ses trois frères et sœur après elle. Elle ne se soucie absolument pas de savoir pourquoi je m'y intéresse : il lui paraît normal que le château et la famille de « Monsieur le duc » fascinent les foules. Elle ne se demande apparemment pas non plus d'où je l'appelle, ni si je suis dans les parages, et m'invite à lui rendre visite le lendemain, vendredi, en fin d'après-midi, au Neubourg. Sans réfléchir, je dis oui. De toute manière, je n'ai fait aucun projet, sinon de rester à l'IMEC cette nuit encore. Il faut d'ailleurs que je prévienne l'administration : je n'ai réservé ma cellule que jusqu'à aujourd'hui. Mais personne ne m'a rien réclamé, demandé de régler mes frais de séjour, ni de rendre ma clef : on n'attend sans doute pas de nouveaux visiteurs ce soir, et j'ai maintenant une excellente raison de différer mon départ : la projection de *Jeu de massacre* dans le Pressoir.

Je range mon portable dans mon sac et décide d'en fumer une deuxième lorsque « Bénédicte » sort à son tour du réfectoire, un paquet de Pueblo à la main. Elle se présente : « Gaëlle Bonnard. Enchantée. Clarisse m'a souvent parlé de vous. Elle adorait vos cours. La pauvre, elle a arrêté de fumer quand elle a commencé le traitement, avant l'insémination. Chacune son tour, vous savez : pour l'aîné, j'avais encore l'âge d'être enceinte. C'est une fille cette fois-ci. » Elle tire sur sa cigarette bio d'un air satisfait, sans remarquer ma propre bouche, soudain aussi béante que celle de Paul quelques minutes plus tôt.

VI

Les formalités nécessaires à la prolongation de mon séjour expédiées, je regagne l'abbatiale où Paul s'est déjà remis au dépouillement de son dossier secret. Après la révélation, par Gaëlle alias « Bénédicte », que mes boniments sur son couple avec Clarisse étaient tombés juste, j'étais un peu étourdie et j'ai fini le verre de vin de Paul en lui racontant mon coup de fil à France Leroy.

Je ne sais pas s'il était soulagé que je délaisse le sujet Kéké, qui l'avait rendu bien silencieux (aurait-il un lien avec le dossier « RHM 99.20 » ?), mais il s'est de nouveau enflammé à la perspective de cette visite, et m'a demandé s'il pouvait se joindre à moi : il doit passer le week-end chez sa grand-mère, ai-je cru comprendre, à quelques kilomètres du Neubourg, on pourrait faire la route ensemble dans ma vieille Twingo. Paul a son permis, pas depuis longtemps a-t-il précisé, mais il me relaierait volontiers au volant.

Je ne sais ni pourquoi j'ai accepté (j'aime bien faire de la route, mais seule, en mettant Nostalgie à fond, et, oui, parfois en chantant à tue-tête, et même en me trémoussant), ni surtout pourquoi j'ai sauté sur l'invitation de France Leroy sans prévoir la suite : du Neubourg, il me faudra bien trois heures pour rentrer à Saint-Pair demain soir, et, si je décide de dormir dans le coin, je n'ai plus beaucoup de chaussettes de rechange.

Ma récente exploration des ressources hôtelières de la région (qui ont fini par aboutir à la découverte du restaurant Beau Site de Cabourg, et à sa photo étrangement familière) m'a appris qu'elle regorge de « gîtes » et « maisons d'hôte » – encore une destination possible pour une grande baraque chère à chauffer. Je ne suis pas si pressée que ça de retourner à Saint-Pair. Lundi prochain, oui, pour mon rendez-vous du soir, mais pas nécessairement avant. Je pourrais trouver un hôtel près du Neubourg, et en profiter pour visiter samedi le château du Champ-de-Bataille, qui ouvre ses portes le week-end depuis le lundi de Pâques, à partir de 14 h 30, comme je le vérifie sur son site.

Avec l'âge, je suis devenue lente, je crois. Je passe bien une heure à naviguer d'offices du tourisme en classements cinq épis avant de me rappeler ce qu'on m'a dit, un jour, et qui est peut-être faux, ou plus vrai depuis longtemps : que « le Manoir » (comme on l'appelait à l'époque où j'y passais tous mes étés avec mes filles) a été racheté et transformé en hôtel après la mort d'Yvonne et Maggie. Je tremble brusquement. Pourtant la température à l'intérieur de l'abbatiale (pas torride, mais je suis bien équipée) n'a pas varié.

Mes tremblements ne cessent pas, tandis que j'active Google Earth et tape « Pont-sur-Risle ». Ni quand la Terre pivote, tournoie sous ma souris, et que je zoome, zoome encore et fonds à toute vitesse sur un point minuscule, à mi-distance du Neubourg et de Pont-Audemer. Le hameau, même si c'est la première fois que je l'observe vu d'avion, n'a pas l'air de s'être agrandi. Pas de lotissements aux alentours. Une seule route, étroite, le dessert. Je m'approche encore. Le petit bois et le champ qui séparent le Manoir de la rivière n'ont pas changé. Les quatre maisons paraissent en bon état, même si l'image, d'aussi près, est floue et granuleuse : « nos » toitures en tout cas sont intactes.

Je tire sur les manches de mon pull pour me réchauffer, comme si je ne savais pas que mes frissons n'ont rien à voir avec mes poignets découverts. Je commence à craindre que Paul, de l'autre côté de la table, et même Clarisse, installée derrière son jubé, ne les remarquent, et je me lève en faisant signe à Paul qu'il est inutile de me suivre. Je ne sais pas comment il fait pour aller si peu aux toilettes, mais il a compris que, pour ma part, je ne sortais pas seulement pour fumer (ce que j'ai, cette fois, l'intention de faire, mais seule). Je m'éloigne de quelques mètres en direction de la résidence, à découvert, malgré le vent qui souffle plus fort cet après-midi et m'oblige à m'y reprendre à plusieurs fois pour allumer ma Dunhill. Mes tremblements, sous ce vent froid d'avril, cessent pourtant, et je m'étonne de la gaieté juvénile qui s'empare alors de moi.

Je ne cultive pas la nostalgie des maisons où j'ai séjourné et où je sais que je ne retournerai plus. Je suppose que ce sont elles qui, dans mes rêves, finissent toujours par se transformer en ma villa de Saint-Pair, après des séquences étranges qui défigurent le front de mer pour les y implanter. Le Manoir a fait partie de ces rêves, j'en suis certaine, même si je ne garde le souvenir précis d'aucun.

Lorsque Yvonne et Maggie s'y sont suicidées, en 1986 ou 1987, je n'y allais déjà plus depuis quelque temps. Mes filles avaient grandi, s'y emmerdaient un peu, et préféraient accompagner leur père dans ses voyages promotionnels. Je ne me rappelle pas m'être sentie coupable de n'avoir ni donné signe de vie ni pris de leurs nouvelles, du moment où j'ai cessé de m'inviter là-bas pour les vacances.

Aucune contrainte de ce genre n'entrait dans les rapports qu'Yvonne et Maggie avaient avec nous. On téléphonait, toujours à peu près aux mêmes dates, et on s'annonçait. Trois ou quatre familles d'habitués, plus des gens de passage qui venaient un été, parfois deux, puis disparaissaient, et que je ne voyais jamais le reste de l'année. Beaucoup d'amis parisiens, à cette époque où tout le monde aimait faire de la route, venaient pour la journée. Ils fonçaient sur des nationales bordées de platanes, cigarette au bec, arrivaient dans un nuage de tabac froid, sortaient de leurs coffres quelques offrandes (des journaux, des livres, de la marijuana), forçaient sur le rouge à déjeuner, s'endormaient dans l'herbe du champ, le long de la rivière, en plein soleil, se réveillaient cramoisis de leur sieste, piquaient une tête dans l'eau brune de la Risle (avant 1976 et l'inauguration de la piscine : fierté d'Yvonne et Maggie de s'être enfin décidées à la faire construire pile l'année de la canicule !), acceptaient un café et repartaient à toute allure dans l'autre sens.

Je souris en imaginant ce qu'en penserait Paul, si je lui parlais de ces années 1970 telles que je les ai vécues, de ces étés. Je me demande s'il nous fantasmerait en communauté baba cool à moitié nue ou en groupuscule néorévolutionnaire lisant Mao sous les pommiers. Mis à part quelques joints, et encore, pas très souvent, ça ne ressemblait à rien de tout ça, chez Yvonne et Maggie.

Toujours aussi joyeuse, je file jusqu'à ma chambre pour faire pipi, puis retourne à mon poste de travail. Je me sens prête maintenant à approfondir mes retrouvailles virtuelles avec Pont-sur-Risle, sous les yeux interrogateurs de Paul. Je lui montre mes dix doigts tendus, les replie, les tends tous de nouveau (code convenu entre nous : une pause cigarette ensemble dans vingt minutes) et je lance Google StreetView.

Au début, j'ai du mal à me repérer, même si, en l'occurrence, à Pont-sur-Risle il n'y en a qu'une, de rue. Les bâtiments, à droite et à gauche de ce cul-de-sac, se ressemblent, et le petit bois qui entoure le hameau ne m'aide pas à apercevoir la rivière. Je tournicote sur moi-même quelques minutes avant de m'approcher d'un panneau de bois blanc, sur ma droite. Et là, je reconnais les piliers de vieilles briques, l'allée de tilleuls, la tourelle et son toit d'ardoises qui se dessine au fond. Google StreetView ne me permet pas d'emprunter l'allée, mais je peux, en revanche, lire ce qu'indique le panneau blanc.

Oui, c'est bien un hôtel qu'est devenu, sans changer de nom, « Le Manoir ». Sur son site internet, il y a toute une série de photos. Les quatre maisons indépendantes peuvent être louées aussi, et leurs occupants profiter de la piscine et des services de l'hôtel (petit déjeuner, wifi, etc.). Pendant que j'y suis, je vérifie les disponibilités pour demain soir : oui, il reste deux chambres libres, on peut même réserver en ligne.

J'hésite longuement entre « Cannelle » et « Acacias ». Je me réjouis comme une gosse à l'idée d'y dormir demain, moi qui n'y ai pas repensé depuis le siècle dernier, mais je ne voudrais pas occuper la chambre de Maggie ou d'Yvonne, même si personne ne m'a jamais précisé dans laquelle elles se sont suicidées.

La décoration a beau avoir complètement changé (pour satisfaire les attentes d'un public qui associe nécessairement, à un week-end normand, des visions de toile de Jouy et de vieux bonheurs-du-jour dont les tiroirs ne s'ouvrent ou ne se ferment plus), je suis certaine que « Cannelle » se trouve dans l'aile ouest, là où on se casait tous à l'étroit, les premiers temps, avant la restauration des autres maisons. Et « Cannelle », bien que plus petite et moins chère qu'« Acacias », donne sur la Risle. Je m'aperçois qu'il me faut ma carte de crédit pour m'inscrire, et qu'elle est dans mon sac, lui-même rangé dans mon casier. Je lève le nez et vois que Paul a repoussé son ordinateur et fermé sa chemise de papier bleu pâle. Il m'attend.

Résumé de notre pause : il est ravi que j'aie décidé de dormir à proximité du Neubourg et d'en profiter pour aller visiter le château du Champ-de-Bataille samedi après-midi. Il m'y retrouvera. Sa grand-mère lui prêtait déjà sa voiture avant qu'il ait son permis : « En vrai, y a pas de souci. » Je garde pour notre trajet de demain le récit de mes souvenirs du Manoir. Il faudra bien occuper ces deux heures de route, et je me suis déjà plus ou moins résignée à me passer de Nostalgie.

Rien dans le règlement de l'IMEC n'interdit d'entrer dans l'abbatiale avec sa carte de crédit. Je réserve donc « Cannelle » et décide, pour mériter cette escapade, de me replonger plus sérieusement dans le « RHM 79.5 ». Après tout, Paul ne m'a encore rien demandé, mais il est possible qu'il ait besoin d'y jeter un nouveau coup d'œil avant notre départ, et je n'ai pas pris beaucoup de notes.

Sans illusions sur l'usage que j'en ferai, je recopie donc, mot à mot, chiffre à chiffre, les contrats de production des *Petites Filles modèles*. Grâce à internet, je peux facilement convertir les sommes indiquées en euros d'aujourd'hui, mais comme je n'ai pas la moindre idée du budget moyen d'un film, ni maintenant ni alors, ça ne m'avance pas à grand-chose.

Tout en recopiant, ignare mais studieuse, je réfléchis pour la première fois à ce qui se passerait si ce film perdu, un jour, resurgissait. Les biographes de Rohmer ont l'air d'avoir enquêté sérieusement. Ils n'en ont retrouvé aucune trace. Le laboratoire qui l'a développé a fait faillite, et celui qui lui a succédé n'a rien de tel dans ses cartons. Tout de même. Si jamais. Paul prétend ne pas chercher à retrouver les films invisibles sur lesquels il travaille. Soit. Quant à moi, j'en serais bien incapable. Mais. Si, par miracle, ces bobines avaient été conservées, par un collectionneur par exemple, et refaisaient surface. Si le matériel était exploitable. Si *Les Petites Filles modèles* sortait en salle. En France mais aussi à l'étranger, où Rohmer, compte tenu des sujets qu'il traitait et des comédiens presque toujours inconnus qu'il dirigeait, avait un succès étonnant. Bref, à qui appartiendrait le film, et à qui risquerait-il de rapporter pas mal d'argent ? D'après les contrats que j'ai sous les yeux, à Joseph Kéké.

VII

Pendant le dîner, c'est surtout Paul qui a parlé. De ses grands-parents qui, apparemment, l'ont élevé (du moins n'a-t-il pas mentionné ses parents). Et de la région du Neubourg où il a passé beaucoup de temps en vacances, enfant, adolescent. Puis moins quand il s'est mis à voyager avec des potes. Depuis la mort de son grand-père, il y retourne plus régulièrement. Sa grand-mère ne se plaint jamais de sa solitude, mais lui, Paul, éprouve le besoin de renouer avec les habitudes et les distractions d'autrefois. À Freneuse, il a l'impression que son grand-père vit toujours, l'accompagne dans les parties de pêche ou de golf auxquelles il l'a initié, passe la porte de la cuisine quand ça commence à sentir la confiture, se lève le premier de son fauteuil, après dîner, quand les braises s'effondrent dans la cheminée et qu'il faut rajouter des bûches. Sa grand-mère ressent la même chose. Elle lui a confié qu'en son absence elle s'adresse à ce fantôme à haute voix : « Jean-Paul, il est l'heure de se servir un petit calva, et après, dodo. » Ce genre de choses.

En l'écoutant, j'ai pensé à mes propres petits-enfants, que je ne vois jamais ou presque. Ils sont trop nombreux. Est-ce que j'aurais pu jouer dans leur vie un rôle identique à celui de la grand-mère de Paul, une veuve tonique portée sur le calva, apparemment (« Je te laisse le volant, mon chéri, ton permis, tu l'as presque, et on ne risque pas de tomber sur des flics, il n'y a que quatre kilomètres d'ici au château, comme ça je pourrai prendre un digestif », quand de temps en temps ils vont déjeuner au restaurant du Bec-Hellouin) ? Les inviter plus souvent à Saint-Pair, mes filles, leurs premier, deuxième ou même troisième maris (Juliette est du genre à épouser) et leurs enfants, beaux-enfants ?

Ça m'est arrivé. J'ai parfois passé des semaines à prévoir des menus pour quatorze, à sortir des poubelles, à vider des lave-vaisselle en me faisant engueuler à longueur de journée par mes filles parce que j'en faisais trop. Les petits, eux, je les croisais à peine. Soit ils dormaient, soit ils allaient à la plage. Trop nombreux, oui, pour que je fasse vraiment leur connaissance. Pas de regrets. C'est mon côté « anti-Ségur ». Bon, d'accord, elle était plus « aidée ». Des domestiques partout, aux Nouettes. Mais, même « aidée », je ne crois pas que ça m'aurait plu, ces tripotées d'enfants en bas âge. Tout recommencer comme du temps où mes filles étaient petites : les promenades, les goûters, les déguisements, les rhumes, les parties de « Master Mind ». Non.

Pour une fois, nous sommes les premiers à quitter le réfectoire. Clarisse a remis en grande pompe à Paul la clef du Pressoir en quittant la bibliothèque. Il faudra qu'il se débrouille avec le matériel de projection, elle n'y connaît rien. Quant au chauffage, il nous suffira d'éteindre les trois radiateurs électriques en partant.

Je comprends, dès que Paul a réussi à déverrouiller la porte, que trois radiateurs électriques, ce n'est pas assez pour chauffer un pressoir, même transformé en salle de conférences. La machine elle-même (que fabriquaient les moines : du cidre ?), qui a donné son nom au bâtiment, a disparu. Et il ne doit pas faire plus de seize degrés. Je laisse Paul allumer le rétroprojecteur et brancher son ordinateur (*Jeu de massacre*, il l'a téléchargé en dix minutes avant de venir à table. Sans être attaqué par aucun virus. Salauds de jeunes !) et je remonte chercher un pull supplémentaire.

Heureusement, le film ne dure qu'une heure et demie. Heureusement parce que, même emmitouflée comme je le suis, le froid peut être rude, les soirs d'avril, en Normandie. Et aussi parce que ce n'est pas un chef-d'œuvre, selon moi. Ni selon Paul.

Quant à Ysmane My, elle conserve son mystère.

Il y a une scène dans une sorte de boîte de nuit (l'action se passe à Neuchâtel), où apparaissent quatre filles, des « entraîneuses » comme on disait encore à l'époque (« des putes, quoi », commente Paul), dont chacune pourrait être, ou ne pas être, celle que nous cherchons. Au générique figurent, sans que soit précisé le nom du personnage qu'elles jouent (et ces quatre entraîneuses n'ont effectivement ni prénom ni une seule ligne de dialogue), trois comédiennes, en plus d'Ysmane My : Régine, Ovo, et Hora.

Régine nous intrigue : s'agit-il de la chanteuse ? Si c'est le cas, ça nous permettrait déjà d'éliminer une possibilité. Nous nous repassons la séquence plusieurs fois, mais aucune des filles ne lui ressemble, dis-je assez fermement à Paul, bien que j'aie un peu oublié comment était Régine en 1967. Paul débranche son ordinateur, et suggère qu'on continue à en discuter dans un endroit mieux chauffé. À notre connaissance, rien n'empêche de prolonger la soirée dans la sorte de salon où nous avons pris le thé hier après-midi. Ni, même, ajouté-je, de nous faire une tisane si le réfectoire n'est pas fermé à clef.

« J'ai une meilleure idée », déclare Paul en installant son ordinateur sur la table basse du petit salon – mieux chauffé que le Pressoir, ce qui n'est pas difficile, et désert, ce qui ne signifie pas que nous n'y sommes pas admis.

Il s'éclipse, j'en profite pour aller poser une fesse sur un radiateur, et il réapparaît quelques minutes plus tard, une bouteille de vodka à la main. « J'avais prévu de l'offrir à ma grand-mère, mais elle comprendra qu'on l'ait entamée. Je vais voir à côté s'il y a des verres. »

On n'a en effet pas inventé mieux que la vodka pour lutter contre le froid, mais je n'en ai pas bu depuis plusieurs décennies et je me promets d'être raisonnable. Paul revient avec deux grandes tasses. « Vous aviez raison, il y a de quoi se faire une tisane. Mais pas de verres à shot, désolé. » Il nous sert à chacun l'équivalent d'un dé à coudre et rallume son ordinateur.

Nous trinquons, puis visionnons plusieurs vidéos de Régine qui datent des années 1960. Les enregistrements sont en noir et blanc et d'une qualité médiocre, mais la Régine de l'époque n'a effectivement rien à voir avec aucune des filles du film. D'ailleurs, pensant tout haut, je me demande si en 1967, alors qu'elle est devenue très célèbre comme chanteuse et tenancière de discothèques, elle aurait accepté de faire de la figuration pour Alain Jessua, sans même qu'au générique son nom soit accompagné d'une mention spéciale comme « avec l'amicale participation de », ou quelque chose comme ça. Non, juste « Régine », à égalité avec trois inconnues.

Ça étonne Paul aussi. Il vérifie rapidement sa fiche IMDb qui la crédite bien dans *Jeu de massacre*, mais ils peuvent s'être trompés. Il s'agit sans doute tout simplement d'une homonyme. D'ailleurs, enchaîne-t-il en naviguant sur la page, la vraie Régine avait déjà tourné en 1962 dans *La Gamberge*, et elle y jouait son propre rôle. Il essaie le site officiel de Régine, mais il n'y a rien sur sa filmographie. « On peut contacter le responsable du site, il y a une adresse mail et un téléphone à Nîmes. Ça vaut le coup d'essayer, non ? Ça a bien marché avec la mairie du Neubourg. »

J'ai fini mon fond de tasse plus vite que prévu

et la température de la pièce me paraît soudain très confortable. Je grommelle : « Mais pas avec Badinter. Pas encore. » Paul ne m'a pas entendue. Il a rouvert la bouteille et nous ressert, plus généreusement que la première fois on dirait. Je ne moufte pas. « On perd notre temps, dis-je plus fort. Qu'est-ce que ça peut bien nous faire, le rôle que jouait peut-être (mais sans doute pas) Régine la chanteuse dans ce film ? Vous croyez que, à supposer qu'elle nous réponde, et qu'elle ait bien joué dedans, elle se souviendra, quarante ans après, du nom des trois inconnues avec qui elle aurait partagé, quoi, une journée de tournage, deux à tout casser ? Non... » Je hoche la tête avec impatience. « Quant à *Frou Frou*... »

Paul lève les yeux de son écran et hausse les sourcils. « *Frou Frou.* Regardez. Si vous tapez Ysmane My, tout en bas de la page, il est question d'une revue des années 1950 associée à son nom. »

Paul s'exécute : « On me renvoie sur le site d'Amazon. 1955. Le numéro 20. “Les danseuses du Moulin Rouge, des athlètes complètes. Hélène Dorr, Ysmane My, Colette Andris. Novy Gilbert.” Malheureusement, ils n'en ont plus en stock. »

J'avale une bonne lampée de vodka et rajuste mon écharpe. « Si on se met dans l'embrasure de la porte, sans sortir vraiment, on pourrait fumer. J'ai l'impression que tout le monde est couché. »

Paul approuve. Les cinq ou six pas qu'il faut faire pour aller jusqu'à la porte me convainquent que je tiens toujours l'alcool. Ou bien est-ce que cette vodka est surtout occupée à compenser toutes les calories que j'ai laissées dans le Pressoir, et qu'elle a fort à faire avant de me monter au cerveau ? Prudence. Je boirai beaucoup d'eau et prendrai un Doliprane préventif en me couchant. Nous aspirons une première bouffée comme des ados, le corps à moitié incliné vers le jardin obscur. Paul ne s'avoue pas vaincu : « Même si on n'en trouve plus sur Amazon, il doit bien en exister un exemplaire quelque part, de cette revue. C'est con que ma grand-mère ne lise pas ce genre de presse. Elle garde tout. Heureusement qu'elle a de la place. »

Je m'étouffe soudain et recrache la fumée en toussant. Comme ça ne passe pas, je tends la fin de ma cigarette à Paul et rentre finir ma tasse de vodka. Je me rassieds, immédiatement guérie, et cette fois un peu étourdie. Mais pas par l'alcool.

Paul me rejoint et me dévisage : « Qu'est-ce qui ne va pas ? »

J'éclate de rire. « Tout va bien. Tout va bien. C'est juste que… je viens de penser à Guislaine Pottier. »

Je ris de plus belle. Paul doit regretter de m'avoir fait boire. Je décide que, après tout, je peux bien lui raconter « l'affaire Pottier ». Je sais que, à la fac, ils ont tout fait pour ne pas l'ébruiter, mais je m'en fiche, dans deux mois je serai à la retraite. Et si ça doit servir notre enquête, autant que Paul soit au courant. Je lui tends ma tasse qu'il remplit de quelques millimètres (la bouteille est maintenant plus qu'à moitié entamée, je me demande ce qu'en pensera sa grand-mère) et je me lance.

« Guislaine Pottier était une de mes collègues. Je ne la connaissais pas personnellement. C'était une historienne du cinéma, et jusqu'à cette foutue commande de Berkeley sur *Les Petites Filles modèles* de Rohmer, je n'ai jamais eu de contact avec aucun collègue de cinéma, ni à Caen ni ailleurs. Mais de toute manière, apparemment elle n'était plus en contact avec personne. Ou plutôt, elle était brouillée avec tout le monde. Bref. Le bâtiment B, où la majorité des profs de sciences humaines de Caen avaient jusqu'à aujourd'hui leurs bureaux, et où nous faisions la plupart de nos cours, va être entièrement reconstruit. Ça fait des mois qu'on nous incite à débarrasser nos affaires. Entre nous, je suis bien contente de partir à la retraite et d'éviter notre déménagement à l'autre bout du campus. Bon. Tout ça n'arrange personne, mais pour Guislaine Pottier, c'était un véritable drame. »

Mon fou rire me reprend. Paul m'observe d'un œil un peu inquiet. Il ne voit pas du tout où nous mène mon récit. Je me calme et poursuis : « Guislaine Pottier a réuni tout au long de sa carrière une collection INESTIMABLE (c'est plus fort que moi, je pouffe de nouveau)… Je m'excuse, je ne devrais pas, d'autant que c'est une histoire tragique… »

Je respire profondément. Il ne faudrait pas que, en plus, j'aie le hoquet.

« Une collection (j'évite de répéter "inestimable", trop dangereux) de magazines plus ou moins consacrés au cinéma. Je ne sais pas combien d'années elle couvre, mais il y en a, paraît-il, des centaines. Je suppose que Guislaine Pottier a passé sa vie à écumer les vide-greniers de la région, tous les week-ends, et à les acheter au poids à des adolescents peu soucieux de transmission dont les grands-mères n'avaient pas les goûts de la vôtre. »

Je marque une pause. Paul commence à comprendre où je veux en venir.

J'attaque la partie la moins plaisante de l'affaire : « Toujours est-il que sa collection remplissait trois immenses bibliothèques vitrées, dans un bureau commun aux enseignants d'arts du spectacle. Et qu'il n'était pas question de tout trimballer dans nos nouveaux locaux (enfin, pas les miens, grâce à Dieu, ceux où vont s'installer mes pauvres collègues : des préfabriqués situés à un ou deux kilomètres du bâtiment B). Guislaine Pottier a remué ciel et terre depuis la dernière rentrée de septembre. Alerté les services centraux. Contacté *Ouest-France*. Elle a tout essayé pour éviter à sa collection d'être entreposée au sous-sol des archives départementales, avec les vieilles copies de nos étudiants, leurs mémoires de master, toute cette paperasse accumulée dans nos placards. Elle a même sollicité l'IMEC. Rien n'y a fait. Alors, au début des vacances de Noël, elle s'est enfermée à clef de l'intérieur dans ce bureau, au milieu de tous ses magazines, sans téléphone, sans connexion internet, sans eau, sans rien, et elle a jeté la clef par la fenêtre. Elle avait envoyé, juste avant, un mail à tous ses contacts pour les prévenir qu'elle entamait une grève de la faim, et qu'elle continuerait jusqu'à ce que le président de l'université vienne en personne frapper à sa porte pour lui garantir que sa collection resterait accessible à tous les chercheurs (innombrables, d'après elle, en France et à l'étranger) susceptibles de s'y intéresser, non seulement accessible, mais dignement exposée. Par exemple, suggérait-elle, dans notre Maison de la Recherche en sciences humaines, où elle aurait tout à fait sa place à côté du "Plan de Rome" qui en est le fleuron (une énorme maquette, pas très bien éclairée, je vous la montrerai demain, parce que je vous parie que s'il y a un endroit où on a une chance de dénicher le numéro 20 de la revue *Frou Frou*, c'est bien là !). Bon, toutes ces exigences, on ne les a découvertes que plus tard parce que ce mail, aucun de ses destinataires n'a pris la peine de le lire, un vendredi 20 décembre, veille des vacances de Noël. Il faut dire que les mails de Guislaine Pottier (il m'est arrivé d'en lire un ou deux) étaient en général (et pas seulement dans le cas particulier de sa collection) des romans-fleuves, complètement paranoïaques. Et ça ne s'était pas arrangé depuis l'annonce du déménagement. On en recevait tous deux ou trois par jour, à notre adresse professionnelle. Donc, personne ne l'a lu. Je suis désolée. Je n'aurais pas dû rigoler comme ça. Ce n'est pas drôle du tout, vous allez voir. D'abord, elle a dû avoir vite très froid. La fac coupe le chauffage dès que possible (pas seulement pendant les vacances, même le week-end, et je vous garantis que quand on fait cours le lundi, l'hiver, on garde tous nos doudounes, les étudiants comme les profs). Mais, en plus, elle s'est déshydratée à toute vitesse. Elle n'est pas beaucoup plus jeune que moi. »

Je lampe une dernière goutte de vodka, ce qui laisse à Paul le temps d'intervenir :

— Vous dites « est » : j'en déduis qu'elle n'est pas morte ?

— Non. Mais il aurait peut-être mieux valu. Pour elle, j'entends. Au bout de deux jours, elle était déjà très déshydratée et extrêmement affaiblie, mais elle a réussi à se traîner jusqu'à la fenêtre et à l'ouvrir. Le campus était désert, et de toute façon elle n'avait sans doute même plus la force d'appeler au secours, alors elle a balancé tous les objets qu'elle avait sous la main, à l'exception, bien sûr, de ses magazines. Du matériel de bureau. Un rouleau de scotch, une agrafeuse, des ciseaux, ce genre de choses. Le lendemain, les pompiers de la fac, en faisant leur ronde, ont eu la présence d'esprit de s'inquiéter et de monter faire le tour des bureaux. Non. Elle n'est pas morte. Mais quand ils l'ont retrouvée, elle était dans le coma. Je ne crois pas que personne, à la fac, soit allé lui rendre visite à l'hôpital. Aux dernières nouvelles, elle attendait une greffe de rein. Mais, comme elle a aussi des séquelles cérébrales, elle ne s'en rend peut-être même pas compte. Je ne sais pas si elle pourra jamais rentrer chez elle. Ce que je sais, en revanche, c'est qu'elle a gagné la partie. Sa collection a été transférée à la Maison de la Recherche. Pas à côté du « Plan de Rome », faut pas exagérer non plus. Mais dans un local où les chercheurs du monde entier peuvent venir la consulter. Donc, mon cher Paul, demain matin à la première heure je téléphonerai à la Maison de la Recherche et demanderai qu'on nous ouvre les portes (je dis « les », mais bien sûr il n'y a qu'une porte, c'est un local modeste) de la « salle Guislaine-Pottier ». Ils n'ont rien trouvé de mieux, pour se faire pardonner, que de donner son nom à… Je crois que ce sont d'anciens W.-C. en fait… Mon rire repart de plus belle. Non, vous devez me trouver sans cœur, je sais, mais vraiment personne ne regrettera Guislaine Pottier, à la fac de Caen. C'était une fieffée emmerdeuse. Je dis « c'était » parce que, maintenant qu'elle est polyhandicapée, elle est normalement chiante, je suppose.

TROISIÈME PARTIE

LES PETITES FILLES MODÈLES

I

Je n'avais, miracle, pas du tout la migraine ce matin, mais j'ai passé une nuit agitée. J'ai fait de drôles de rêves, dont l'un où j'entendais Paul prononcer de longs discours en russe, très fort, comme s'il n'avait pas de micro. Celui-là m'a même réveillée, mais je devais être encore assez imbibée, parce que j'avais toujours l'impression d'entendre Paul parler très fort en russe, rompant le silence monacal de la résidence.

En prenant notre café dans le potager, nous avons convenu que je lui rendrais le « RHM 79.5 » au milieu de la matinée pour qu'il y vérifie deux trois bricoles, et qu'il me confierait alors le dossier qu'il a constitué, à partir notamment de photos du tournage et de photogrammes du film (« grâce à la scripte, je vous raconterai tout ça dans la voiture »). Là-dessus, il a consulté son smartphone qui a émis un bip. C'est une alerte info qui l'attriste énormément : Prince, le chanteur, vient de mourir.

— Vous écoutez Prince, Paul ? Ça n'est pas

vraiment de votre âge, pourtant. Vous n'étiez même pas né quand *Purple Rain* est sorti, je me trompe ?

— Et vous ? Vous n'écoutez jamais, je ne sais pas moi, Piaf ou Ella Fitzgerald ? Moi si.

À neuf heures et demie, avant d'entrer dans l'abbatiale, j'ai téléphoné à la Maison de la Recherche de la fac, où j'avais prévu de passer avant de prendre la route du Neubourg, et je me suis assurée qu'il y aurait quelqu'un à l'accueil à l'heure du déjeuner. J'espérais juste que la personne chargée du transport et du classement de la collection de Guislaine Pottier avait bien travaillé et que, si la revue *Frou Frou* en faisait partie, nous la trouverions rapidement.

C'est Paul qui a proposé qu'on se partage le « RHM 79.5 », mais je ne sais pas très bien quoi en tirer de plus, et je feins donc une grande concentration, tout en rêvant à mes retrouvailles avec le Manoir. Je feuillette une dernière fois les documents contenus dans la chemise bleu pâle : les articles de journaux, les lettres, les contrats. J'ai vraiment l'impression d'en avoir fait le tour, et qu'ils en savent moins long que la fiche Wikipédia du film, que j'ai laissée affichée sur l'écran de mon ordinateur, au cas où. Je reprends les cahiers où Rohmer a d'abord écrit le scénario, puis la version dactylographiée, la tête ailleurs.

L'heure tourne (c'est à onze heures que nous devons échanger nos butins respectifs), et c'est peut-être ce mélange d'urgence et de manque d'inspiration, cette attention flottante qui provoque enfin chez moi une sorte de déclic : à chaque page ou presque du scénario, manuscrit ou tapé à la machine, apparaît le nom d'Élisa, la bonne de Camille et Madeleine. Elle n'a pas beaucoup de texte, mais elle est présente dans presque toutes les scènes, ce qui est logique dans la mesure où une bonne d'enfants, dans la réalité et dans les romans de Ségur, a pour tâche de ne pas lâcher ses protégés d'une semelle. Or aucune Élisa, m'affirme Wikipédia, n'est créditée au générique. Je fouille dans les notes que j'ai prises, me reporte aux pages de la bio que j'ai photocopiées. Oui, comme je croyais bien m'en souvenir, c'est une jeune fille du Neubourg qui a été recrutée sur place pour jouer le rôle. Je me demande pourquoi son nom n'apparaît nulle part, elle qu'on aperçoit pourtant sur plusieurs photos illustrant le tournage. C'est une très jolie brune aux yeux clairs, aux joues larges et rebondies, coiffée d'un béguin de dentelle blanche.

Paul a l'air pressé maintenant de récupérer « RHM 79.5 ». Il expédie notre rituelle pause cigarette, éteint la sienne à demi fumée seulement et écoute d'une oreille distraite mes hypothèses sur la mystérieuse interprète d'Élisa. Je ne lui pose bien sûr aucune question sur le « RHM 99.20 », mais j'ai l'impression qu'il y a trouvé ce qu'il cherchait, et qu'il veut peut-être, maintenant qu'il en sait davantage, s'assurer en consultant l'un de « mes » documents (mais lequel ?) qu'il est sur la bonne piste.

Je commence à ressentir un léger agacement

à l'idée qu'il me cache quelque chose, même s'il n'est pour rien dans la clause de confidentialité qu'il a promise aux ayants droit. Comme il est interdit de pénétrer dans la bibliothèque avec quoi que ce soit d'autre qu'un ordinateur et un crayon à papier, il me prête son Mac pour que je puisse regarder le dossier de photos dont il m'a parlé.

J'en connais certaines, qui ont déjà été reproduites soit dans la biographie de Rohmer, soit pour illustrer les deux ou trois articles publiés sur le film. Mais il y en a plein d'autres, plutôt plus amusantes, où posent les comédiennes. Elles ont enfilé manteaux ou pulls en laine par-dessus leurs costumes d'époque, ce qui confirme mon intuition que l'automne 1952, comme beaucoup d'automnes normands, s'est brusquement refroidi autour de la Toussaint.

Ainsi emmitouflées, elles semblent plus proches de nous, de moi du moins, qui reconnais bien ces chandails en laine qui grattent, dont on tire vainement sur le col, rond, pour dégager la peau sensible du cou, et qu'on devine marronnasses, ou grisâtres, des couleurs associées dans ma mémoire aux cahiers de classe du même ton qu'on achetait, en même temps, avant la rentrée de septembre. Les visages des petites filles m'émeuvent, me rappellent mes propres photos de classe, où ne figurent pas plus de garçons. Elles ont l'air un peu las des comédiennes chevronnées, résignées à ce que, sur un plateau de cinéma, leur principal rôle consiste à attendre.

Mais on ne voit pas Élisa vêtue autrement qu'en soubrette, sur les quelques photogrammes, seuls vestiges du film disparu, ou posant, entre deux prises, mais à l'intérieur du château (où il devait faire moins froid).

Je n'ai jamais assisté à aucun tournage, et j'ai du mal à évaluer l'importance de l'équipe : il y a un perchman (je crois que ça s'appelle comme ça), grimpé sur une armoire, qui tend comme il peut son micro au-dessus d'un lit à baldaquin sommaire où Élisa est assise avec trois des gamines. On aperçoit aussi Godard, mais je sais, par la bio, qu'il n'a fait que passer, Rohmer n'ayant pas pu le recruter officiellement. Godard qui s'est fendu ensuite d'un article assassin où il dénonçait les conditions grotesquement « professionnelles » imposées à son ami, entrave caractérisée à la liberté créatrice de l'artiste, ce qui n'a pas contribué à détendre l'atmosphère, au Neubourg, lorsque l'article en question a paru.

Je reviens toujours à Élisa, et projette d'interroger France Leroy, ce soir : si c'était bien une fille du coin qu'on avait choisie pour interpréter la bonne (au passage, je me demande s'il faut voir là une intention réaliste, les bonnes de Ségur étant aussi, sans doute, des Normandes pur jus, ou un réflexe de classe : pas besoin d'une Parisienne pour jouer une domestique ?), France Leroy la connaissait peut-être. À la fin du fichier de photos de Paul, je vois qu'il a pris le temps d'ajouter des captures d'écran réalisées à partir de *Jeu de massacre*, et montrant les quatre comédiennes qui pourraient être Ysmane My. Ça nous fera gagner du temps, tout à l'heure, si on réussit à mettre la main sur le n° 20 de *Frou Frou*.

Lorsque je rejoins Paul à l'accueil avec mon bagage, il a déjà réglé ses frais de séjour. Il y a deux personnes devant moi, dont « Fonds Violette Leduc », et la responsable n'a pas l'air pressée. Du coup, je donne à Paul la clef de la Twingo pour qu'il aille y mettre nos sacs et lui suggère de m'y attendre à l'abri du vent qui souffle fort, ce matin, sur la plaine de Caen.

J'ai d'autres raisons pour l'éloigner ainsi. Il me reste une dernière chose à faire avant de quitter l'IMEC, qui me permettra, en plus, d'éviter la conversation de « Fonds Violette Leduc ». Dès qu'il a tourné le dos, je m'éclipse et me dirige vers le mémorial consacré aux soldats d'infanterie canadiens qui jouxte le potager.

Maggie parlait rarement de son fils, mais je sais son histoire, comme tous les habitués du Manoir, par Yvonne. J'en avais complètement oublié les détails jusqu'à hier après-midi, et le nom de famille de Maggie ne me revient toujours pas, pas plus que le prénom de son fils, capturé à dix-huit ans, le 7 juin 1944, en attaquant la division allemande qui occupait l'abbaye d'Ardenne, et exécuté quelques jours après, avec une douzaine d'autres prisonniers. Mais je garde l'espoir qu'il figure sur le monument, et que je le reconnaîtrai en le voyant. Je reste un moment devant la plaque commémorative, en vain. Je suppose qu'il faisait partie des *North Nova Scotia*

Highlanders, parce que Maggie venait de Halifax, de cela je suis certaine, mais la liste des cinq victimes ne m'évoque rien.

Je n'ai pas prié depuis que, vers treize, quatorze ans, mon père m'a enfin dispensée d'aller à la messe avec ses sœurs, avec qui nous passions une partie de l'été dans la villa de Saint-Pair, et je me recueille donc à ma manière, laïque, davantage pour honorer la mémoire de Maggie que celle du fils dont elle parlait si peu, puis, m'arc-boutant contre le vent, je retourne à l'accueil. La voie est libre, maintenant, et la responsable, sans doute pressée d'aller déjeuner, se montre incroyablement efficace.

En m'approchant de la Twingo, j'ai la surprise d'entendre, d'assez loin malgré les vitres fermées, la voix de Jean-Pierre Mader scandant le refrain de *Macumba*. La surprise aussi de voir Paul secouer les épaules et battre le tableau de bord du plat de la main, en rythme. Mon autoradio est toujours réglé sur la fréquence de Nostalgie. Je suis partagée entre un léger malaise (ai-je vraiment envie qu'il découvre mes piètres goûts musicaux ?), et un soulagement ravi (on va donc pouvoir mettre Nostalgie pendant le trajet, apparemment Paul partage lesdits piètres goûts musicaux).

Il baisse néanmoins le volume (et cesse de jouer de la batterie sur le tableau de bord) quand je me mets au volant. « C'est ti-par ! » s'exclame-t-il.

C'est la première fois, depuis que nous avons fait connaissance, que Paul recourt à un vocabulaire de jeunes que je ne connais pas, et tout en manœuvrant pour sortir du parking, je suis obligée de lui demander de traduire. « C'est du verlan », explique-t-il, légèrement embarrassé. « Ça veut dire : c'est parti ! On est loin de la fac ? » « À cinq minutes », fais-je en attachant ma ceinture d'une main et en me rappelant cette impatience des enfants, toujours si pressés d'arriver au Manoir, à une époque où il n'y avait ni autoroute ni besoin d'une station dédiée aux vieux (mais donc aussi à certains jeunes) nostalgiques pour écouter ces chansons, que diffusaient alors RTL ou Europe 1. Je me concentre sur la route. Le périphérique est chargé, il s'est mis à pleuvoir, et Christophe, qui a succédé à Mader, dira « les mots bleus » à la fille qui sortira de la mairie : ceux qu'on dit avec les yeux. « Le vent d'hiver souffle en avril. » Comme souvent à mon avis, le hasard ou le programmateur de Nostalgie font bien les choses.

Paul n'est heureusement pas de ces passagers, invités, sans qu'on les connaisse très bien, à entrer dans votre voiture et donc dans votre intimité, qui se croient obligés de faire continûment la conversation. Son silence s'explique peut-être autrement ? Les révélations que recèlerait le « RHM 99.20 » ? Ou un problème avec sa « femme » ?

En y repensant, je me dis que je ne peux pas avoir rêvé cette discussion animée, en russe, la nuit dernière. Et que, si plus personne ne parle aussi fort au téléphone, on hausse maintenant le ton quand on skype. Je ne sais pas pourquoi, mais je sais que je le fais avec mes filles quand je voyage et les appelle, de loin, comme si cette absurde tendance des vieux à crier dans le combiné, survivance d'un temps où il y avait souvent des interférences, de la friture sur les lignes, avait curieusement resurgi et concernait maintenant tous les utilisateurs, quel que soit leur âge, de ce logiciel de visioconférence. Il est donc possible que j'aie vraiment entendu Paul parler, tout seul, et trop fort, en russe.

Je n'ai pas le temps de m'interroger davantage : « Nous y sommes », dis-je à Paul en m'engageant dans l'allée qui mène au parking du campus 1, et en cherchant en même temps, d'un geste bien rodé, mon badge dans le vide-poches. Je recule prudemment la tête et tends le bras, que j'ai heureusement long, pour éviter de me faire rincer en brandissant mon badge devant le lecteur. Mais, le temps que je trouve une place pas trop loin de la MRSH (le petit nom par lequel nous désignons ici la Maison de la Recherche en sciences humaines), la pluie cesse tout à fait.

II

« On peut laisser nos affaires dans la voiture ? » me demande Paul. On peut. Je continue à espérer que nous ne mettrons pas plus de quelques minutes à dénicher le n° 20 de *Frou Frou*. Ce qui traîne, en revanche, c'est la cérémonie de remise des clefs, à l'accueil. La responsable a dû oublier que je venais et partir déjeuner. Comme il n'y a pas beaucoup d'autres endroits, dans le coin, pour se restaurer, et que les tarifs de la cafétéria, au deuxième étage, sont assez compétitifs, j'abandonne Paul dans le hall et pars à sa recherche. Elle n'y est pas. Comme souvent, la cafétéria est apparemment réservée, aujourd'hui, au jury et à la famille d'un quelconque thésard. Après une soutenance qui a dû durer toute la matinée, ils se jettent maintenant sur des assiettes de Tuc et des plateaux de charcuterie industrielle, un verre à la main.

Mais, en redescendant, je vois, à travers la porte vitrée, qu'elle a réintégré son bureau et, munie du précieux sésame qui va nous ouvrir la porte de la salle Guislaine-Pottier (pas eu besoin de demander à la dame de l'accueil où elle se trouvait, je me souviens parfaitement de l'emplacement des anciens W.-C.), je retrouve Paul plongé dans la pénombre et la contemplation du « Plan de Rome », son smartphone à la main.

Il a l'air de s'amuser comme un fou, et me lit et commente les nombreuses informations délivrées par le site de l'université sur cette « maquette en plâtre de près de 70 mètres carrés » devant laquelle je suis passée un nombre incalculable de fois sans lui accorder un dixième de l'attention studieuse que lui porte soudain Paul. « Le truc est quand même classé à l'Inventaire des monuments historiques ! "Classé", et pas seulement "inscrit", c'est carrément plus chic. Attendez, je regarde sur Wikipédia. Le mec, Paul Bigot, c'était un Normand. Il a été prix de Rome en 1900 et il a passé toute sa vie à travailler à ce truc. Chaque fois qu'on découvrait de nouvelles ruines, il le remaniait. Un grand obsessionnel, on dirait. »

Je l'écoute à moitié et gravis rapidement l'escalier, soudain anxieuse à l'idée que je pourrais croiser un de mes collègues. Je n'ai aucune envie d'expliquer ce que je fais là, ni qui est le jeune barbu, inconnu de nos services doctoraux, qui poursuit son topo :

— Il n'est jamais arrivé à terminer le moulage en bronze qu'il devait en faire, tellement il était perfectionniste. Je reviens sur la page Unicaen. Hé ! Il a même un compte Facebook, votre plan ! Et vous ne devinerez jamais combien il a de *likes*.

— De quoi ?

— De *likes*. De gens qui l'aiment. Vous n'êtes pas sur Facebook ?

Non. Je ne suis pas sur Facebook. Je n'ai jamais vraiment compris de quoi il s'agissait, même s'il est apparu indispensable, il y a quelques années, qu'y figure notre Département de lettres modernes. Un outil de communication gratuit et plus efficace, disait-on, pour attirer de nouveaux étudiants qu'une annonce publicitaire hors de prix dans *Ouest-France*. Rien, bien sûr, ne doit y préciser que nos salles de cours sont à peine chauffées, ni qu'on va de toute façon les détruire et nous reloger pour quatre ans dans des préfabriqués à la périphérie du campus, ni que, depuis la loi LRU, notre équipe d'enseignants et le personnel administratif fondent comme neige au soleil. Je m'en fous. Je pars à la retraite. « 663 *likes* ! » s'exclame Paul, sincèrement impressionné.

Nous sommes enfin parvenus devant la porte de la salle Guislaine-Pottier. Il y a longtemps que les anciens W.-C. sont désaffectés. On en avait déjà ôté le carrelage et le mobilier pour en faire un bureau, quand « l'affaire » a éclaté. Ils n'ont eu qu'à installer des étagères le long des murs et à poser une plaque imposante en l'honneur de notre collègue jusqu'au-boutiste. La pièce n'est pas aussi exiguë que je l'imaginais, et elle dispose d'une porte-fenêtre qui donne sur la terrasse intérieure du bâtiment. Chouette, on va pouvoir sortir fumer ! Les magazines ont été correctement rangés sur les rayonnages : les *Cinémonde* en occupent six, les *Ciné Revue* quatre, viennent ensuite des titres moins connus, et, je m'en étonne à peine, je n'ai jamais douté que nous mettrions la main dessus, oui, il y a bien, sur l'étagère du haut, à droite de la porte, une cinquantaine de *Frou Frou.* Paul, sans moi, aurait peut-être eu du mal à les atteindre, mais je suis grande, et j'ai mes lunettes, aussi n'ai-je aucun mal à extirper délicatement, et non sans émotion, le n° 20, daté de 1955.

Il fait maintenant un vrai soleil de printemps, et nous décidons de nous installer sur la terrasse pour examiner notre précieuse archive. Les meubles de jardin sont plus ou moins protégés de la pluie par des auvents et ils sont presque secs. Nous commençons par allumer chacun une cigarette, et nous penchons côte à côte sur la une : on y voit Martine Carol, à peine vêtue d'une robe sans manches au décolleté vertigineux, surmontant le slogan du journal qui nous fait bêtement pouffer : « Magazine parisien, froufroutant et honnête. » Il paraît le 1er de chaque mois et coûte 150 (anciens) francs. Je tourne scrupuleusement les pages et commence à comprendre le sens de la précision : si *Frou Frou* est « honnête », c'est qu'on n'y trouve pas de nu intégral, sauf de dos, mais ce sont des reproductions de tableaux de Courbet, donc du cul intello. Pas de nu intégral, mais « ça froufroute quand même un max », résume Paul. En effet, toutes les femmes dont on nous dresse le portrait sont aux trois quarts dévêtues : Martine Carol, bien sûr, et un tas de starlettes qui ne sont pas restées dans les annales, comme Rita Cadillac (sous-titre de l'article : « Une carrosserie super-luxe sur un châssis de vedette »), Candida Pojarsky (« Bombe anatomique »), ou Linda Gloria (« Des jambes, un sourire et un cœur »). Les deux seules de ces playmates avant la lettre que nous identifions sans mal sont Annabel, qui chantait alors dans des boîtes de Saint-Germain-des-Prés, et n'avait pas encore épousé Bernard Buffet, et une certaine Dalila Landi (« Nymphe 1955… qui ne pêche pas par la ligne ») et qui n'est autre que la jeune Dalida.

Je ne sais pas combien de chercheurs français ou étrangers vont se précipiter pour consulter la collection de Guislaine Pottier, mais s'il y en a qui s'intéressent à *Frou Frou*, je les soupçonne d'être, comme d'ailleurs les lecteurs de l'époque, des obsédés sexuels hypocrites qui ont besoin, pour satisfaire leur goût des beaux derrières, d'une sorte de caution morale : en effet, il y a beaucoup de textes aussi, aux prétentions littéraires affichées. Sur Courbet par exemple (titre : « Gustave Courbet s'est vengé des bourgeois en déshabillant leurs épouses »), l'article commence ainsi : « Le petit Gustave naquit à Ornans. C'était en 1819. Les printemps tournoyaient, les étés furent florissants, les automnes mirifiques, les hivers pleins de biches folles. » Tout un programme.

Nous finissons par trouver, dans les dernières pages, l'enquête journalistique très sérieuse dont l'un des volets (« Les danseuses du Moulin Rouge sont-elles des "athlètes complètes" ? ») était associé au nom d'Ysmane My, sur internet. Nous lisons attentivement l'encadré accompagnant une photo représentant les danseuses du Moulin Rouge (prise en contre-plongée, la photo, commente Paul, évidemment, ça reste « honnête » mais comme ça on devine presque la raie de leurs fesses, sous les culottes volantées). Il n'y est pas question d'Ysmane My. Mais, sur la même double page, il y a un autre article consacré à des artistes du même genre : « Le rideau du plaisir se lève sur le quartier de l'Opéra ». Et là, à la toute fin, ces lignes :

« N'oublions pas la ravissante danseuse Ysmane My, dont le corps sculptural s'accommode fort bien d'une tenue des plus simplifiées. Ysmane est une jeune femme étrange, qui préparait une licence ès lettres quand le démon du music-hall l'arracha à ses chères études. Elle a obtenu la seconde place au dernier concours du “plus beau modèle de Montparnasse”, et depuis, les cabarets ne cessent de lui faire de très honnêtes propositions. Outre “La Taverne du Coq d'Or”, Ysmane se produit à “L'Heure bleue” et au “Caprice viennois”. Mais elle n'a pas oublié qu'il ne lui manquait qu'une inscription pour décrocher sa licence. Aussi rêve-t-elle d'écrire des romans et des pièces de théâtre. Suivra-t-elle les traces de son illustre devancière, la danseuse nue-romancière Colette Andris ? C'est la grâce qu'on lui souhaite, à elle qui en possède déjà tant ! »

« Bingo ! » ne puis-je m'empêcher de m'écrier.

Il y a trois photos, sur la page de gauche. Elles ne sont pas légendées, mais nous n'avons pas un instant de doute : c'est bien notre Ysmane, cette blonde aux longues jambes, en slip lamé, le bout des seins pudiquement caché par des bijoux en forme d'étoiles de mer, tenant un éventail de plumes. Elle a douze ans de moins que dans *Jeu de massacre*, où (Paul a sorti son Mac et affiché la capture d'écran correspondante) elle a les traits creusés et les cheveux desséchés par l'abus de teintures bon marché. Ces douze années n'ont pas dû être très marrantes, et sa moue, sa cigarette brune, son maquillage outré trahissent toutes sortes de déconvenues : elle n'a percé ni comme danseuse ni comme romancière, et renoncé à ces deux carrières sans doute, même si elle fait l'actrice pour Jessua. Sur la photo noir et blanc de *Frou Frou*, son visage, plus jeune, est encore plus émouvant : elle affiche du mieux qu'elle peut un regard optimiste, mais où une tristesse affleure, et c'est peut-être la honte de s'exposer, quasi nue, non seulement au public de « La Taverne du Coq d'Or », mais aux lecteurs du magazine (on l'aura prévenue, avant de monter sur scène, qu'un photographe serait dans la salle) qui se lit dans la bouche déjà un peu contractée. Nous ne rions plus du tout.

Absorbée par la contemplation de la jeune Lucette, alias Ysmane My, je n'ai pas vu arriver le danger. Le danger se matérialise donc trop tard devant moi, en la personne d'un collègue dont le visage ne m'est pas inconnu, mais que je n'associe pas à la fac de Caen. Je crois me souvenir l'avoir croisé il y a quelques années dans un colloque, et qu'il exerce dans une université du sud de la France, mais laquelle ? Il se penche pour m'embrasser sur la joue, s'assied sans y être invité, et pose sur la table humide un gobelet en plastique et une bouteille de blanc largement entamée.

À son élocution, je devine qu'il en a déjà bu une bonne quantité avant de fuir les autres membres du jury de thèse que j'ai aperçus tout à l'heure à la cafétéria, et de se réfugier sur la terrasse pour fumer une cigarette. Il ne prête aucune attention à Paul, qui disparaît discrètement dans la salle Guislaine-Pottier avec son ordinateur et le numéro de *Frou Frou*. De toute manière, je n'aurais pas pu les présenter, je ne me souviens plus du tout du nom de l'importun qui semble ravi de tomber sur moi. Il tire une bouffée avide, remplit son verre et se lance dans un discours que je n'entends pas (et qu'il ne tient pas) pour la première fois. C'est un refrain très consensuel, ces temps-ci, dans le milieu universitaire.

« Une thèse assommante. Et tes potes, là, les autres mecs du jury, tu peux m'expliquer pourquoi ils se croient obligés de parler si longuement ? On aurait dû expédier ça en deux heures. Je devrais déjà être à la gare. Au lieu de quoi… Heureusement, le père de la candidate a bien fait les choses, question bibine. Le buffet est pas terrible, mais le sancerre est correct et surtout il y en a plein. Très sympa le père. On a parlé chevaux. Il en élève, apparemment. » Il se ressert, écrase sa cigarette et en allume aussitôt une autre. « Tu prends ta retraite, il paraît ? Veinarde. Moi, il me reste minimum quinze ans à tirer. Si je ne meurs pas d'un infarctus ou ne saute pas par la fenêtre avant. Parce que la souffrance au travail, ici à Caen je ne sais pas, mais chez nous, ça dévisse bien. Un AVC et un suicide rien que depuis le début de l'année. Quand j'ai été recruté, il y a vingt ans, j'espérais que ça s'arrangerait. Mais ça ne fait qu'empirer. Je ne te parle même pas des étudiants. Ils écrivent tellement mal que, maintenant, quand je corrige un paquet de copies, je me demande une fois sur deux si je n'ai pas affaire à un Erasmus, tellement y a de fautes. Non, ça, encore… Mais nos conditions de travail ! Quatre-vingt-dix pour cent des collègues sont comme moi : bac plus quatorze, les diplômes les plus prestigieux que l'Université française puisse délivrer, tout ça pour passer notre vie dans des trains et gagner à peine deux fois le SMIC. O.K. On le savait avant de signer. Comme on est bien élevés, on a fermé nos gueules, tous, depuis vingt ans, pratiqué la méthode Coué. Supporté les dix pour cent qui ne se plaignent jamais, eux, parce qu'ils n'en reviennent toujours pas d'être là, d'avoir eu un poste. Et qui ont raison, d'ailleurs, de ne pas s'en être remis, parce que ce sont des tocards qui n'auraient jamais dû y arriver. Non, c'est tout le reste. Depuis que cette salope, pardonne-moi mais quand je parle d'elle j'ai du mal à rester correct, cette salope de Pécresse, qui s'y connaît autant en recherche universitaire que moi en management, c'est dire… une ancienne d'HEC, qu'est-ce que tu veux qu'elle y comprenne ? Depuis que cette salope, téléguidée par le nain, là, celui qui devrait être en prison, nous a pondu la LRU, on n'a plus un rond. On les comprend, note. De leur point de vue, les sciences humaines ne servent à rien, sinon à fabriquer des penseurs qui les contredisent systématiquement quand ils racontent des bobards, c'est-à-dire tout le temps. Plus un rond. Donc plus de secrétaires. Et bientôt plus de bureaux, ni de salles de cours, ni de bibliothèque. Toi tu t'en fous, tu prends ta retraite, mais j'ai averti tes collègues : si ça se passe comme chez nous, ils ne sont pas près de le récupérer, leur bâtiment B (c'est comme ça qu'il s'appelle, non ?). Nous aussi, on nous a demandé de déménager. On nous a dit que ce serait provisoire, qu'il fallait faire des travaux, tout ça. Résultat, on vient d'apprendre, quasi par hasard, que la présidence de la fac avait d'autres grands projets. Je ne devrais pas en parler, ça me donne envie de pleurer. » Il repose la bouteille vide et finit son verre. « On a eu beau alerter la presse locale, ça m'a l'air foutu. À la place de la bibliothèque, par exemple, ils vont installer une cafétéria. Il y en a déjà une vingt mètres plus loin, mais pas assez chic, apparemment. La nouvelle sera connectée. Comme si les étudiants s'inscrivaient à la fac pour y trouver ce qu'il y a partout en ville. Je ne sais pas. Je suppose que le président a trop regardé *Hélène et les garçons* quand il était ado, et qu'il croit que c'est ça, la vie des étudiants en sciences humaines : une éternelle récré. Tu me diras, la réforme Fioraso c'est pas mieux. On nous oblige, comme vous d'après ce que j'ai compris, à nous associer avec d'autres départements – chez nous c'est les psychologues – et à proposer une licence commune. On a réussi à élaborer une offre de formation super. Mais elle ne rentre pas dans “Giroflée”. “Giroflée”. Sans rire. C’est le nom du logiciel chargé d’évaluer le coût de la nouvelle maquette. Et comme “Giroflée” n’est pas d’accord, on doit tout recommencer depuis le début. » Il réprime un hoquet et se lève en chancelant. « Excuse-moi, je crois que je vais aller vomir. »

Seul point positif : il n’a pas l’air au courant, pour « l’affaire Pottier ». Pour le reste, sa rengaine ne m’est que trop familière, je l’entends à peu près depuis que j’enseigne, elle date sans doute du Moyen Âge et de la fondation de cette université, mais elle s’exprime, il est vrai, avec de plus en plus de violence et je me félicite de quitter le navire.

Je me réjouis aussi que Paul n’ait pas assisté à la scène. Même si je ne me fais pas beaucoup d’illusions sur les chances qu’ont les jeunes thésards de décrocher un poste, ni sur ce qui attend les rares élus qui y parviendront (passer le balai eux-mêmes dans les salles après les cours ? on n’en est pas loin), il est possible que Paul, lui, y croie encore, et j’aurais eu beau incriminer pour le rassurer le sancerre, ça n’aurait pas suffi à atténuer l’effet produit sur lui par les propos désespérés de mon collègue du Sud.

Mais Paul a disparu. Il n’est pas dans la salle Guislaine-Pottier. Je décide de l’y attendre et m’assieds sur un tabouret aimablement mis à la disposition des chercheurs du monde entier attirés là par la consultation de magazines de cul rétro. Il ne tarde pas à réapparaître, et me montre fièrement une liasse de photocopies couleur qu’il sort de son sac à dos. Je n'en reviens pas. Lorsque j'ai besoin d'imprimer ou de photocopier quelque chose, je me rends en général dans une des échoppes de la rue qui longe le campus, et je paye avec ma carte d'abonnement : à la fac, les machines réservées aux enseignants ne marchent jamais. Comment s'y est-il pris ? Tout simplement, m'explique-t-il, en demandant gentiment à la dame de l'accueil. « Je l'ai un peu baratinée », admet-il en souriant. Je replace donc le magazine original à sa place, sur l'étagère du haut, et referme soigneusement la porte des anciens W.-C. derrière nous.

— Il était bourré votre ami, non ?

— Ce n'est pas mon ami. Mais bourré, oui, il l'était. Ce que c'est de boire à jeun.

Je m'avise alors, en descendant l'escalier devant Paul, que si j'ai l'habitude moi-même de sauter le déjeuner, lui doit avoir faim, et je retrouve à la fois mes réflexes de mère et le souvenir de délicieux goûters dans la campagne, derrière Beuzeville, dans les environs du Manoir. « On file, lui dis-je, et si ça roule bien je vous invite dans la meilleure crêperie de l'arrière-pays. »

III

J'ai pas mal menti par omission au professeur Bogoroditsk. Et je ne parle pas, évidemment, du « RHM 99.20 », dont j'ai juré de ne rien dire. Je n'ai pas eu l'occasion de lui révéler que je suis allergique aux crêpes. Et je ne lui ai pas tout raconté, pour Marina. Mais je la soupçonne de me cacher des trucs, elle aussi. Entre autres, la raison pour laquelle elle a filé dès que j'ai tourné le dos vers le jardin des Canadiens, tout à l'heure, à l'abbaye d'Ardenne.

Elle conduit vite, mais bien. Mais vite. Je ne suis pas sûr que je saurais me débrouiller avec sa Twingo, qui ne ressemble ni à la vieille CX de ma grand-mère ni aux modèles flambant neufs sur lesquels j'ai appris, à l'auto-école du Neubourg. Quand elle m'a rejoint dans la voiture, j'étais un peu mal à l'aise, parce que je n'aime pas spécialement qu'on me voie me dandiner sur *Macumba*. Mais après, en la voyant remuer les lèvres sur la chanson de Christophe, je me suis dit qu'une prof qui connaît *Les Mots bleus* par cœur ne doit pas être si différente que ça de ma grand-mère, et, avec ma grand-mère, qui elle aussi écoute toujours Radio Nostalgie en voiture, nous adorons accompagner à tue-tête Jean-Pierre Mader, entre autres.

C'est la première fois que je viens à la fac de Caen. Elle ressemble beaucoup aux centres d'archives que j'ai fréquentés à Moscou. Je ne saurais pas dire de quand datent les bâtiments, mais Anaïs, mon ex-petite amie, qui étudie l'architecture et qui est venue me rendre visite une fois pendant mon séjour en Russie, les aurait (si j'ai bien retenu ses leçons) qualifiés de « brutalistes ». La « MRSH », comme l'appelle Sophie, doit être plus récente, et ressemble à une soucoupe volante telle qu'on les représentait dans les feuilletons de science-fiction des années 1970 (la combinaison de pompiste blanche de Barbara Bain dans *Cosmos 1999* : mon premier grand émoi érotique !), rediffusés sur le câble, que je regardais, adolescent, avec mon grand-père, les après-midi d'été où il pleuvait trop pour aller à la pêche ou jouer au golf.

Pendant que Sophie part à la recherche de la clef de la salle Guislaine-Pottier, je repère, derrière une baie vitrée, le fameux « Plan de Rome » qu'elle a mentionné hier, en me racontant l'affaire. Il est mal éclairé, en dehors des heures de visite, mais j'arrive assez vite à y repérer le quartier où on louait un Airbnb, avec Anaïs, la dernière fois qu'on a passé des vacances ensemble. Je reste un long moment plongé dans la contemplation de ce plâtre ocre et dans mes souvenirs : les balades en Vespa dans le centre, les glaces à la crème sur la

Piazza Navone, les crises de rire, dans l'appart, le soir où on a forcé sur la grappa. Ça non plus ça ne regarde pas Sophie, et, quand je la vois revenir, triomphante, une clef à la main, je fais semblant de m'intéresser au latiniste totalement perché qui a fabriqué cette horreur.

Il y a très, très longtemps que j'ai passé l'âge de me branler sur des magazines de cul, mais je trouve à *Frou Frou* un charme troublant, bien supérieur à celui des images plus crues que les adolescents de ma génération traquaient sur internet. Et je partage l'émotion visible qui s'empare de Sophie lorsque nous tombons enfin sur la photo d'Ysmane My. En même temps, je me demande un peu à quoi tout ça nous mène. Sophie, je ne sais pas, mais moi je suis sûr de n'en rien pouvoir exploiter dans ma thèse. Et, depuis que j'ai relevé ma boîte mail, ce matin, quand j'étais à la bibliothèque, je réfléchis sérieusement à la possibilité de fausser compagnie à Sophie dès que nous serons arrivés au Neubourg. Je pourrais la laisser interviewer France Leroy sans moi, emprunter la voiture de ma grand-mère et être à Paris en fin de journée. Je serai revenu au plus tard demain en début d'après-midi, comme ça, au moins, je pourrai faire comme convenu la visite du château du Champ-de-Bataille avec elle.

Je suis sur le point de rallumer une cigarette quand un grand blond, assez beau gosse, d'une petite cinquantaine d'années, fond sur nous, l'air sérieusement éméché. Je me ravise aussitôt et range ma clope dans le paquet : je connais bien l'expression qui s'affiche sur le visage de Sophie, elle ne se souvient plus du nom du type et s'inquiète de ne pouvoir faire les présentations, quand bien même il ne prête aucune attention à moi. En espérant que leur conversation ne va pas s'éterniser, je décide de la mettre à profit pour aller photocopier les pages de *Frou Frou* qui nous intéressent.

J'ai bien conscience que l'accueil de la MRSH n'est pas prévu pour dépanner les inconnus en quête d'une photocopieuse, mais je suis assez confiant : j'ai réussi à obtenir des faveurs presque aussi exceptionnelles de la part de babouchkas beaucoup plus coriaces, quand j'étais à Moscou. Je suis parfaitement capable de jouer le gendre idéal, quand il le faut, et cette fois encore ça fonctionne sans problème. Quand je monte retrouver ma coéquipière, je constate qu'elle s'est débarrassée du poivrot. Tout irait donc très bien, si elle ne prononçait pas le mot « crêperie » qui me fait immédiatement venir un haut-le-cœur. Je n'ai jamais compris si c'était le froment ou le sarrasin, mais ce qui est sûr c'est que, chaque fois qu'on m'a traîné, enfant, dans une crêperie, j'ai été malade. Sophie a l'air ravie de son idée, et je n'ai pas le courage de la décevoir.

Sur l'autoroute, Nostalgie toujours, mais en sourdine. *Little Red Corvette* : on va en bouffer, du Prince, ce week-end. Ensuite, *O.K. Fred*, un reggae assez mauvais, il faut en convenir, mais que j'aime bien ; et puis *Quand la musique est bonne* de Goldman, que Sophie connaît aussi par cœur (mouvements silencieux des lèvres, tête oscillant irrépressiblement d'avant en arrière). C'est elle, au péage de Dozulé, qui se décide enfin à m'adresser la parole. Jusque-là, j'ai préféré garder le silence et me concentrer sur sa conduite, de plus en plus rapide à mesure que nous nous éloignons de Caen.

— On va sortir à Beuzeville et couper par l'intérieur. On ne sera plus qu'à un quart d'heure de ma crêperie, si elle existe toujours. Et après, on rejoindra Le Neubourg par les petites routes. Vous m'allumez une cigarette ?

J'obtempère. À l'odeur de tabac froid qui règne dans la Twingo, j'ai tout de suite compris qu'on pourrait y fumer pendant le trajet, mais je n'en aurais jamais pris l'initiative, surtout sur l'autoroute, où on ne peut pas ouvrir les vitres (même fermées, tout vibre dès que la Twingo dépasse le cent dix à l'heure, je n'ose pas imaginer ce que ça donnerait, avec ce vent, si on les baissait). Je lui passe une Dunhill et m'allume une Marlboro.

— J'ai repensé à ce film, enchaîne-t-elle, sa clope entre les lèvres, sans lâcher le volant, même d'une main. Le Jessua. Ce n'est pas bon, d'accord. Mais le sujet ? Cette idée que nos vies réelles peuvent rejouer, point par point, des aventures fictives écrites par d'autres ? Je ne parle pas de simples coïncidences, comme celles que vous avez soulignées, en me racontant votre mariage blanc, avec la biographie de Ségur. D'abord, la vie de Ségur et de son mari n'est pas une fiction. Ensuite, je vous soupçonne d'avoir exagéré les ressemblances. Non. Ce que je me demande, c'est si, sans être aussi pathologiques que le personnage du Jessua, qui se prend vraiment pour un héros de bande dessinée, nous n'avons pas tous tendance à nous raconter nos vies en prenant modèle sur des histoires que nous avons lues, ou vues.

— La vôtre ressemble aux romans de la comtesse de Ségur ?

— Certainement pas. Et la vôtre aux films de Rohmer ?

Je ne réponds pas. La fumée de nos deux cigarettes me pique très fort les yeux et j'écrase la mienne, non sans difficultés tant le cendrier est déjà plein de vieux mégots. Sophie, téméraire, baisse un instant sa vitre pour jeter le sien à l'extérieur. Je suis terrifié à l'idée que le vent le rabatte, encore rougeoyant, à l'arrière de la voiture, mais non. Nous avons à peine fait une embardée quand le vent s'est engouffré, et la vitre remonte déjà. Je réfléchis sérieusement à la question. Je ne me l'étais pas posée, mais, au fond, ma vie sentimentale actuelle aurait peut-être pu, en effet, inspirer un scénario à Rohmer. Quel dénouement lui aurait-il inventé ?

Sophie n'insiste pas. Elle se contente de monter le son de la radio, où passe maintenant une chanson de William Sheller dont je ne connais pas le titre, mais où il est question d'une fille qu'il essaie de retrouver à Paris, à Neuilly, à Passy, à Lagny, à Bondy, à Grigny… et après à Bangkok, à New York, à Rabat, à Djerba, à Oslo, à Tokyo, et à Kyoto.

— Vous saviez que Sheller avait écrit une chanson intitulée *Les Petites Filles modèles* ?

Sophie fait non de la tête.

— Et Jean Ferrat aussi. Mais ni l'une ni l'autre n'a eu de succès. Elles ne passent jamais à la radio.

L'autoroute se met à dessiner de belles courbes, la Twingo plonge et remonte d'une colline à l'autre, la forêt nous protège du vent, qui nous bouscule de nouveau au moment de traverser une large étendue de prés. Au loin, à droite, on aperçoit un immense château du XVIIe siècle, en pierre blanche.

— J'aurais dû vérifier qu'elle existe toujours, cette crêperie. La dernière fois que j'y suis allée, c'était il y a plus de trente ans.

J'ai à peine le temps d'imaginer à quelles occasions le professeur Bogoroditsk a fréquenté les crêperies du bocage. Des dîners de fin d'année avec les collègues ? La tiédeur des soirées de juin, dernières copies corrigées, grandes tablées, discours pour ceux qui partent à la retraite ? Non. Trop loin de l'université, même s'ils se contentaient de cidre, même si à l'époque tout le monde conduisait saoul.

— Je venais très souvent dans la région quand j'étais jeune. Bien avant d'être recrutée à Caen. Des étés entiers, parfois aussi à Pâques. Les années 1970 comme vous les rêvez : une sorte de communauté hippie.

Sophie, presque d'un même mouvement, met son clignotant à droite et baisse le son de la radio pour éviter la longue coupure publicitaire (conventions obsèques, incontinence urinaire, nous ne sommes ni l'un ni l'autre tout à fait la cible de Nostalgie, du moins à cette heure – le soir, ils passent plus de funk et recommandent plutôt des marques d'essuie-glaces ou d'apéritifs). Nous sommes déjà à Beuzeville.

Je me demande si elle se moque de moi.

— Enfin, pas exactement hippie. Ça vous amuse que je vous raconte ?

Ça m'amuse. Je le lui dis et prends la liberté de baisser ma vitre. La route de campagne où nous nous engageons est tout à fait abritée du vent et ça pue vraiment dans la voiture. Sophie doit croire que j'ai envie de fumer et elle me fait signe qu'elle en veut bien une aussi, mais elle ne me demande pas de remonter ma vitre, heureusement.

— J'avais à peine plus de vingt ans, déjà deux petites filles, et c'est un ami de mon ex-mari qui nous a invités, le premier été, chez Yvonne et Maggie. Elles me paraissaient tellement vieilles, à l'époque. En fait, Maggie était un peu plus jeune que moi aujourd'hui, et Yvonne avait, quoi, cinquante, cinquante-cinq ans ? On ne se demandait même pas si elles formaient ou avaient formé autrefois un couple. Elles faisaient chambre à part, dans un ravissant manoir très délabré qu'elles avaient acheté pas cher, avec ses dépendances, quatre en tout, mais alors presque en ruine, les dépendances. Elles s'étaient connues en juin 1954. Yvonne travaillait à la mairie d'Arromanches et elle participait à l'organisation des célébrations officielles, pour le dixième anniversaire du Débarquement. Maggie était venue de Halifax, pour la première fois, voir où son fils unique était mort, en juin 1944. Elle est revenue pour Yvonne, une fois par an, et elle a fini par rester. Elle a trouvé un boulot de prof d'anglais dans un lycée de Caen. Quand elles ont acheté le Manoir, dans les années 1960, elles ont eu besoin d'aide pour le retaper et pour réaménager les dépendances, alors elles ont commencé à faire appel aux anciens élèves de Maggie : ceux qui continuaient leurs études avaient de longues vacances, et elles offraient leur hospitalité et leur vin à qui voulait bien monter des murs, réparer des toitures, repeindre des volets, ou s'occuper du jardin. Même plus tard, quand ces anciens élèves, souvent devenus profs à leur tour, ont eu des enfants. Qui étaient très vite mis à contribution. Au début, on campait. Et puis, au fil des ans, notre travail a payé : le confort s'est nettement amélioré. Je suis assez nulle en bricolage, mais mon ex-mari avait un CAP de charpentier, et même après notre divorce, j'ai continué à y être la bienvenue : j'ai toujours aimé conduire, alors j'étais chargée du ravitaillement. C'est pour ça que je connais ce coin. Bon, je suppose que la plupart des fermes où j'allais n'existent plus. Et je ne vous garantis rien pour la crêperie.

Elle remonte légèrement le son. La pub est finie et elle a dû reconnaître les premières mesures de la drôle de vie de Véronique Sanson.

— Yvonne et Maggie se sont suicidées ensemble, en 1986, ou 1987, je ne sais plus. Ça faisait déjà longtemps que je n'y allais plus. Elles ont laissé une lettre qui parlait de maladie incurable, mais sans préciser laquelle des deux était atteinte. C'est là que je vais dormir, ce soir. Au Manoir. C'est devenu un hôtel. Ah, attendez ! Oui, elle est toujours là ma crêperie, regardez ! Vous voyez cette enseigne, à droite, avec une galette dessinée dessus ? Je meurs de faim, pas vous ?

Incroyable. Je ne suis plus allergique aux crêpes. J'ai commencé par espérer qu'il y aurait une alternative, au menu (salades ? pizzas ?), et tant pis si ça risquait de vexer Sophie, que je ne mange pas de crèpes. Mais de toute manière il n'y avait rien d'autre. Alors, foutu pour foutu, j'ai commandé la « Normande », une énorme galette (froment ou sarrasin, je n'ai même pas fait gaffe, puisque je n'ai jamais cherché à savoir lequel me faisait gerber) aux pommes de terre et au camembert. C'était délicieux. Elle s'est contentée d'une crêpe à la gelée de pommes, mais, en me voyant dévorer, elle a insisté pour m'offrir aussi un dessert, et j'ai craqué pour celle au Nutella.

Pendant que je m'empiffrais, Sophie a continué d'évoquer ses souvenirs. En fait de communauté hippie, je serais déçu si je m'étais fait des années 1970 une idée aussi stéréotypée qu'elle semble le croire – ce qui n'est pas le cas. Mais il y a de l'exotisme, malgré tout, dans ces étés interminables (on ne rentrait en classe que fin septembre, à cette époque), ces familles nombreuses dormant par terre dans de vieilles écuries, les enfants livrés à eux-mêmes tant qu'ils restaient à l'écart de la Risle, dont on leur interdisait de s'approcher.

— C'est comme ça que j'ai décidé de travailler sur Ségur. Comme la moitié des dix-neuviémistes, j'aurais préféré étudier Flaubert (l'autre moitié, c'est Balzac), mais j'avais peur. De la concurrence. Et peut-être aussi d'en venir à moins aimer Flaubert. Et puis il y a eu cet été où je me tâtais… L'aînée de mes filles avait sept ans, la dernière quatre, elles avaient moins besoin de moi, allaient toutes à l'école, et il faudrait bien qu'un jour je reprenne mes études et fasse une thèse, je n'allais pas vivre éternellement aux crochets de ma mère, qui était déjà bien gentille de m'héberger, avec les enfants, après mon divorce. Mon ex-mari ? Non, non, il n'était pas charpentier de profession. Il était urbaniste. Et puis, mais ça c'était bien plus tard, il est devenu poète, et ça a sacrément bien marché, sa poésie. Même vous, vous en avez sans doute entendu parler : George Bog, ça ne vous dit rien ?

Bog. Pour Bogoroditsk. Je n'aurais jamais fait le rapprochement. J'ai avalé la dernière bouchée de ma « Normande » et répondu, soucieux, comme le bon élève que j'ai toujours été, de ne pas décevoir la prof.

— Si. J'en avais un sur ma liste de textes, au bac de français.

— Hum. Ça ne m'étonne pas. On l'a traduit dans toutes les langues. Il vit en Suisse, maintenant. Il n'a rien publié depuis longtemps. Il a fait fortune. Où est-ce que j'en étais ? Ah oui, mon sujet de thèse. J'hésitais : Flaubert ? Pas Flaubert ? Et puis, cet été-là, ma fille aînée est allée farfouiller dans la bibliothèque du Manoir, qu'Yvonne et Maggie alimentaient exprès en littérature jeunesse, et elle a commencé par la comtesse de Ségur. Elle ne faisait rien d'autre, et, à force de la voir traîner avec tous ces vieux volumes de la Bibliothèque Rose, je me suis demandé s'il n'y avait pas quelque chose à en tirer. De Ségur. Si je n'avais pas intérêt à me lancer là-dedans. Au moins, je serais seule sur le coup. Ah, merci Madame, c'était exquis. Juste un café, pour moi, mais vous, Paul, prenez-en une sucrée.

Je me suis donc laissé tenter. Quand on m'a apporté ma crêpe au Nutella, le portable de Sophie s'est mis à sonner et elle l'a sorti de son sac en se confondant en excuses. Mais au lieu de l'éteindre, elle s'est dépêchée de sortir du restaurant, où nous étions pourtant seuls et où elle n'aurait dérangé que moi, sans même prendre la peine d'enfiler son imperméable. Par la fenêtre minuscule, je l'ai regardée répondre, puis rougir, manifestement intimidée. Elle est rentrée presque aussitôt, au mépris de toutes les règles de savoir-vivre qu'elle avait scrupuleusement respectées en s'éloignant quelques minutes avant, s'est rassise en face de moi et a fouillé fébrilement de sa main libre à l'intérieur de son sac, d'où elle a extrait une feuille de papier blanc et un bic. Je ne sais pas lire à l'envers, et je ne voyais donc pas ce qu'elle notait. La conversation a duré six ou sept minutes. Enfin, conversation est un grand mot, car Sophie se contentait le plus souvent de bredouiller des « Ah bon ! », ou des « Merci infiniment, vous m'êtes d'une grande aide ». Quand elle a raccroché, son café était froid.

IV

J'ai reconnu immédiatement sa voix. Ou plutôt : j'ai deviné que c'était lui.

Je ne crois pas avoir reçu de ma vie coup de fil plus impressionnant. « Allô. C'est Robert Badinter. » Rien que ça. Et si vite après avoir reçu ma lettre, qui l'a beaucoup amusé, dit-il. Il se souvient parfaitement de l'affaire Kéké, même s'il n'est plus sûr de la date, et qu'il ignorait tout de ses activités de producteur. Mais moi, j'ai déjà une idée, pour la date : Badinter a soutenu sa thèse en décembre 1952, et n'a donc pu avoir Kéké pour étudiant que plus tard ; je dirais à partir de la rentrée 1953, ce qui invalide la possibilité, formulée dans la bio de Rohmer, que l'affaire « Kéké contre Ysmane My » soit à l'origine de l'interruption des *Petites Filles modèles* (hypothèse qui n'explique d'ailleurs pas la disparition du film inachevé).

À voix haute, histoire que Paul ne se sente pas exclu, je relis et complète mes notes :

— Joseph Kéké était très, mais alors vraiment très beau. Un physique d'athlète. Il mesurait au moins un mètre quatre-vingt-dix. Il venait d'une excellente famille du Bénin. Là, j'ai eu droit à un petit topo sur ces élites bourgeoises des pays d'Afrique noire qui envoyaient alors leurs fils étudier en métropole, fils qui, revenus chez eux, sont souvent devenus des personnalités politiques de premier plan. Bref, Kéké a bien été son étudiant, probablement en 1953, quand Badinter est devenu maître de conférences. C'était, dit-il, un très bon étudiant, un très bon juriste – il l'a répété plusieurs fois. Allez savoir si son jugement n'est pas influencé, rétrospectivement, par la carrière de Kéké, qui a effectivement été le premier garde des Sceaux de la République du Dahomey, après son indépendance en 1960 ; c'est-à-dire à trente-deux ans. « Il l'a été bien avant moi ! » Texto. Kéké a d'ailleurs écrit à Badinter, en 1981, quand il a lui-même occupé cette fonction, une lettre « fort aimable ».

Quant à l'affaire « Ysmane My », Badinter est formel : Kéké était innocent. Dans son souvenir, et j'ai tendance à lui faire plus confiance qu'au journaliste dont l'article conservé à l'IMEC n'est pas très cohérent, la plaignante l'accusait de viol. Kéké est allé trouver son ancien prof, qui n'a jamais cru à sa culpabilité. « C'était un chantage éhonté. » Il n'a même pas eu besoin de plaider. L'accusation est tombée. Non-lieu. Acquittement. « Ça s'est bien terminé. » Kéké n'a donc pas eu à débourser les deux millions d'anciens francs de dommages et intérêts mentionnés dans l'article. Et ce n'est pas pour ça qu'il a brusquement décidé de ne plus financer le film. En revanche, Badinter admet spontanément que sa famille, au Dahomey, en avait peut-être marre de lui envoyer de l'argent, et pourrait lui avoir intimé d'arrêter les frais.

— Paul, si vous êtes d'accord pour prendre le volant, je me commanderais bien un petit calva, pour me remettre. Vous voulez un café ?

Paul est d'accord. Pour le volant et pour le café. Mais il a l'air moins passionné que moi par ce rebondissement africain. Sans doute parce que ce n'est pas lui qui vient d'entendre, comme moi, un témoin si prestigieux.

— C'était une fausse piste, quoi…

— Je n'en sais rien. Ce qui m'ennuie un peu, c'est que c'était la parole d'une strip-teaseuse, certes étudiante en lettres, mais strip-teaseuse quand même, contre celle d'un jeune homme très riche et très beau, noir, certes, mais très riche et très beau, qui plus est assisté d'un futur ténor du barreau. Et moi, quand je regarde le visage d'Ysmane My, en 1955, ou en 1967, ce que je vois, c'est une victime. Pas une affabulatrice machiavélique capable de traîner un riche pigeon devant la justice.

Je consulte ma montre et avale mon calva cul sec.

— Bon. C'est ti-par, Paul. Je paye directement à la caisse, je vais aux toilettes et on y va. On est pressés.

Au début, j'ai regretté amèrement ma proposition. Paul a calé trois fois avant même que nous soyons sortis du parking. Chaque fois, il s'est montré tout confus, a incriminé le « point de patinage », difficile à repérer (première nouvelle !) sur la pédale d'embrayage de ma Twingo. On a traversé le village à quinze à l'heure, et j'ai bien cru qu'on passerait la nuit arrêtés à l'entrée du rond-point, pourtant pas très fréquenté, par lequel il fallait passer pour rejoindre la route du Neubourg. Et puis ça s'est arrangé. D'abord, ses cours de conduite encore très récents l'ont dressé à obéir aux injonctions de sa copilote. Et puis j'ai vite compris qu'il se détendait dès qu'il se mettait à parler d'autre chose, ce à quoi je l'ai donc encouragé.

Comme promis (*I Will Survive* en sourdine), il me raconte sa rencontre avec Sylvette Baudrot, la scripte des *Petites Filles modèles*. Une légende vivante, qui a travaillé jusqu'à l'âge de quatre-vingt-cinq ans, et avec les plus grands metteurs en scène : Tati, Hitchcock, Resnais, Polanski. L'équivalent de Badinter, dans son domaine. Sauf qu'elle ne se souvenait pas de grand-chose. *Les Petites Filles modèles*, c'était son deuxième, ou son troisième tournage, et pas le plus mémorable. D'une bonne volonté désarmante, à part ça. Et comme elle vit dans un appartement labyrinthique, où la place ne manque pas, elle a gardé un nombre de trucs… Des annuaires professionnels de l'époque, et surtout des photos, prises par elle ou par son mari, Pierre Guilbaud, qui était conseiller technique sur le Rohmer. « On s'est escrimés sur un vieux meuble à tiroirs dont les tiroirs ne s'ouvraient plus. J'étais tout le temps tenté de laisser tomber, parce que, quand on avait réussi à en forcer un, c'était finalement pour exhumer une petite carte postale reçue de Gene Kelly, qui la félicite pour une naissance, ou tout un paquet de photos de son voyage de noces, rien qui ait à voir avec mon sujet. Mais bon, je suppose que la rigueur et la persévérance font partie des qualités d'une bonne scripte. C'est elle qui avait raison, et qui savait s'y retrouver dans son bordel. Au bout d'une heure, dans le tiroir le plus récalcitrant, nous attendaient deux enveloppes épaisses qui contenaient plein de photos du tournage. Ce sont celles que vous avez vues ce matin. Je continue tout droit ? J'espère pour vous que cette France Leroy a une meilleure mémoire. Mais, il faut que je vous dise, Sophie, je ne pense pas que je vais pouvoir vous accompagner. J'ai reçu un SMS de ma grand-mère, pendant que vous étiez aux toilettes, et elle insiste pour que j'arrive plus tôt. Si ça ne vous dérange pas d'y aller toute seule, vous n'aurez qu'à me laisser sur la place du Neubourg, et elle viendra me chercher. »

Ça ne me dérange pas plus que ça. J'ai bien vu que « ma » conception de l'enquête, qui consiste essentiellement pour l'instant à collecter les souvenirs des survivants, n'est pas celle de Paul. Je commence à mieux comprendre toute la liberté que lui donne le sujet de thèse qu'il a choisi. Montrer qu'on peut analyser un film sans l'avoir vu, ça laisse une sacrée marge à l'invention. Tandis que moi, avec mes tentatives bébêtes pour remplir les blancs, j'essaie juste de mériter mon automne californien. Je ne tente même pas de le faire changer d'avis, ce qui semble le soulager à l'extrême. Il en conduirait presque bien.

Joe Dassin chante l'été indien, les villages se succèdent, plus soignés et plus laids qu'au temps du Manoir : partout, des murets de briques neuves dessinent des parcours piétonniers sur les places pourtant minuscules, les mairies rivalisent de folies horticoles, les abords se sont construits, civilisés, à force de lotissements, pavillons pimpants, salles des fêtes aux toits de tôle plats. Il faut attendre de plonger au nord dans la vallée de la Risle pour que je reconnaisse enfin mon territoire : les vaches posément accrochées à des champs pentus, les pommiers, les moulins à eau. Je tourne vivement la tête à gauche en apercevant le panneau indiquant Freneuse-sur-Risle. « Vous ne voulez pas y aller directement ? Je peux reprendre le volant, vous savez. J'ai eu largement le temps de digérer mon calva. »

Paul sourit. « Ça fait des siècles que ma famille n'habite plus le château de Freneuse. La maison de ma grand-mère est très jolie, mais ce n'est pas un château, même si les voisins l'appellent comme ça, pour rire. C'est à côté du Neubourg. Et vous, votre manoir, il est où ? »

On vient de passer devant le cul-de-sac qui mène à Pont-sur-Risle. Mais j'ai soigneusement évité de regarder dans cette direction. Chaque chose en son temps. D'abord France Leroy.

Je m'avise subitement que je n'ai pas du tout préparé les questions que je voudrais lui poser.

Et, j'ai beau dire, le calva m'a un peu engourdi le cerveau. Je compte sur sa mémoire (« pas du tout gâteuse », a bien précisé l'adjoint aux affaires culturelles de la mairie du Neubourg) et sur ma faculté à improviser. Nous traversons la Risle sur *Babacar*, de France Gall.

La rive nord est plus triste, succession de villages ruinés par le déclin de l'industrie textile, parcs de caravanes miteuses, puis, à Brionne, bifurcation vers Le Neubourg. Je n'ai plus besoin d'indiquer la route à Paul, il est chez lui. Pas moi, qui poussais rarement de ce côté, quand j'assurais le ravitaillement : moins de grosses fermes, moins de contacts, trop à l'est pour Yvonne et Maggie, qui n'y connaissaient (et n'y étaient connues de) personne.

La Twingo rugit encore un peu quand Paul passe les vitesses : sur le plateau, au-dessus de Brionne, on y voit à des kilomètres. Rien à l'horizon. Paul ose la cinquième. Maxime Le Forestier regrette le frère qu'il n'a jamais eu. Au fond, je ne suis pas mécontente de voir Madame Leroy en tête-à-tête. Je baisse ma vitre et allume une cigarette.

V

J'ai décidé de m'arrêter dans un café du Neubourg pour noter tout ce que France Leroy vient de me raconter, et qui avait trop peu de rapport avec mes recherches et le but avoué de ma visite pour que je le consigne devant elle. Ce qu'elle m'a dit de sa vie à elle était beaucoup plus intéressant que ses commentaires respectueux sur Monsieur le duc et Madame la duchesse.

Elle m'attendait à l'heure convenue devant son pavillon, à la sortie du bourg, accompagnée d'une jeune femme qu'elle m'a présentée comme sa petite-fille, qui nous a escortées à l'intérieur et qui est restée avec nous quelques minutes, sans doute, me suis-je d'abord dit, pour s'assurer que je n'avais pas de mauvaises intentions. J'ai compris plus tard que c'était sa grand-mère qui veillait sur elle, et non l'inverse.

En y déposant Paul, j'avais trouvé sur la place du Neubourg une pâtisserie où j'avais choisi en vitesse une boîte de pâtes de fruits pour ne pas arriver les mains vides, mais je ne suis pas sûre que mon cadeau ait produit le moindre effet sur mon hôtesse, qui s'est contentée de le poser sur le rebord d'un grand meuble vitré, avant de m'inviter d'un geste brusque à m'asseoir avec elle à la table de la salle à manger. J'ai dû rester à peu près une heure, et durant tout ce temps la télévision est restée allumée dans la cuisine. Le volume était bas, pas fait pour qu'on entende quoi que ce soit, juste pour animer la maison, simuler une présence – habitude des gens seuls que j'ai tendance à contracter moi aussi, lorsque je suis à Saint-Pair.

Du tournage de Rohmer, France Leroy n'a pour ainsi dire rien vu.

Elle s'est montrée très choquée par la description du château qui figure dans la bio, et que je lui ai lue. Comment ça, vétuste ! Son père s'en est occupé aussi bien qu'il a pu, pendant et après la guerre.

Elle se rappelle avoir assisté à la chute de Sophie et Marguerite dans la mare, épisode dramatique dont les fillettes sortent heureusement indemnes, et que la scène était éclairée par des projecteurs.

Elle se rappelle aussi l'accident de calèche, qu'elle a cru réel.

Elle se rappelle les dentelles et la broderie anglaise des robes que portaient les comédiennes. Elle a travaillé toute sa vie dans la couture, et avait déjà l'œil, pour ça.

Elle se rappelle enfin cette toute petite fille qu'on avait surnommée « le bébé liseur ». Elle ne jouait pas dans le film, mais sa mère faisait partie de l'équipe et la traînait partout avec elle. La petite devait avoir à peine cinq ans et France Leroy a connu, depuis, des enfants précoces qui savaient lire, eux aussi, à cet âge, mais celle-là était spéciale. Elle lisait tout le temps, et de vrais livres.

Elle affirme qu'une projection a été organisée pour les gens du village, au cinéma La Croix. Je vérifie sur mon smartphone : l'actuelle salle du Neubourg s'appelle Le Viking, et date de 1957. Je déduis habilement de son nom que La Croix était administré par la paroisse, mais je suppose qu'on n'y a projeté que des rushes. Rien dans la bio ne donne à penser que Rohmer serait retourné au Neubourg, une fois le film presque achevé, pour le montrer aux autochtones. Quant aux rushes, Rohmer lui-même n'a pas pu les voir avant la fin du tournage. C'était son producteur (pas Kéké, qui ne faisait que signer les chèques, l'autre, le mystérieux Guy de Ray) qui allait régulièrement les visionner à Montreuil. Je fais pourtant confiance à la mémoire de France Leroy, très exacte sur tout le reste.

Je lui ai demandé naïvement si elle avait des photographies prises pendant le tournage, mais elle m'a ri au nez. Non, personne dans son entourage ne possédait d'appareil photo, en 1952. En revanche, elle en a plein du château, conservées dans un dossier cartonné qu'elle a préparé à mon intention. Elle m'en présente religieusement le contenu : dépliants touristiques plutôt récents, programme du premier spectacle organisé par Monsieur le duc, après la restauration du château (lancement du Festival de l'Eure : *Le Bourgeois gentilhomme*, 1956), et des pages de magazines, soigneusement découpées, consacrées à la famille d'Harcourt, celle qu'ont servie ses parents jusqu'à leur mort.

L'un de ces articles comporte une photo représentant la duchesse dans les années 1960. On lui a demandé de poser dans la salle à manger, entre deux portraits d'ancêtres, un adolescent emperruqué du XVIIIe siècle, et une jolie brune dont le décolleté n'a rien à envier à celui de Martine Carol en une de *Frou Frou*. Pas impossible qu'il s'agisse de la duchesse elle-même, quelques années plus tôt. Je me demande si elle s'apprête vraiment à recevoir des invités ou si tout ça (les douze assiettes en porcelaine émaillée, les couverts de vermeil, les verres en cristal, les trois gros bouquets, la nappe de brocart damassé jaune bouton-d'or assortie aux rideaux) est une mise en scène. La duchesse, la quarantaine élancée, chignon banane, pendants d'oreilles en diamants, tend élégamment la main vers une fleur, comme pour la redresser, et elle est d'une élégance audacieuse, presque aussi sexy que la brune décolletée du portrait. Sa robe longue semble faite d'étoffes superposées ; on ne distingue pas bien le fourreau qui lui moule le corps, et qui est peut-être couleur chair, dissimulé par une sorte de cape en tulle blanc très transparente où s'entrecroisent des rubans de satin, blancs eux aussi. Je ne l'ai pas dit à France Leroy, mais elle a vraiment des airs de James Bond girl, sa duchesse (Claudine Auger dans *Opération Tonnerre*, très exactement).

J'ai compris assez vite que je n'en apprendrais pas beaucoup plus sur *Les Petites Filles modèles*. Mais mon témoin me plaisait. Malgré sa réserve, son austérité, la propreté implacable de sa robe d'intérieur et de son pavillon, qui auraient pu me décourager de nouer un vrai contact avec elle. Comme l'histoire du château (dont je ne connaissais jusque-là que la fiche Wikipédia, plutôt elliptique) est aussi la sienne, j'ai recueilli toutes sortes d'informations utiles et surtout inutiles, que je tape de mémoire sur le clavier de mon Mac Air, seule, dans ce café du Neubourg, à m'être assise à une table. Les autres clients, des hommes de mon âge, ou plus jeunes mais abîmés, sont tous debout au bar. La seule, aussi, à boire du thé.

Avant la guerre, le château servait d'hospice pour les indigents. C'est à cette époque que les parents de France Leroy ont été recrutés, le père pour entretenir le domaine, la mère pour aider au service.

Sur une carte postale extraite de son dossier, elle m'a montré du doigt l'aile où vivait sa famille et où, au nez et à la barbe des soldats allemands cantonnés dans le bâtiment d'en face, à moins de cinquante mètres, ses parents cachaient des parachutistes, des maquisards et des armes. Nouvelle question candide de ma part : elle en parlait avec eux ? Non, certainement pas. D'ailleurs, d'une manière générale, dans sa famille on se taisait.

Et après ? J'ai vu sur Wikipédia que le château était devenu une prison pour femmes, de 1944 à 1947, et sur ce chapitre France Leroy se fait soudain éloquente. Oui, c'étaient des femmes accusées, à des titres divers, d'avoir frayé d'un peu trop près avec l'occupant. C'est là qu'elle a définitivement gagné ma sympathie : ces trente femmes tondues, réunies en chemise à l'aube dans la cour, dans le froid, pour saluer le drapeau, elle les absout. Elle m'a cité l'exemple d'une boulangère à qui on reprochait d'avoir donné son pain aux Allemands. Comme si elle avait le choix. Alors que tant d'autres, des hommes surtout, qui avaient fait bien pire, n'étaient pas inquiétés. Ses yeux brillaient d'indignation, sous son impeccable chignon blanc.

Cet accès de franchise a dû la libérer : elle s'est alors lancée dans la brève histoire de sa vie. En 1952, elle travaillait déjà depuis deux ans comme apprentie chez une couturière du Neubourg, où elle faisait notamment des robes de mariée. C'est pour ça qu'elle n'a pas grand-chose à me dire sur le tournage du Rohmer. Elle habitait le château, mais se levait tôt, faisait le trajet à pied, par tous les temps, cousait, rentrait tard. Et puis elle s'est mariée avec un militaire qu'elle a suivi en Algérie. Quand il est mort (je n'ai pas osé lui demander comment), leur petit garçon n'avait que dix-huit mois, et elle est rentrée, veuve, avec son bébé, chez ses parents, au château. Ses parents gardaient l'enfant. Elle a repris le travail au Neubourg, employée à la Maison Jeanne, spécialisée dans le linge de maison. Et puis, en 1958, on a créé le département de mode féminine, et confectionné huit manteaux, ce premier hiver ! Depuis qu'elle est à la retraite, elle continue de coudre, à la demande, pour des particuliers, et garde aussi des enfants, parce que sinon elle s'embête. C'est comme ça qu'elle a pu se faire une opinion, rétrospectivement, sur celle qu'on appelait « le bébé liseur ». Son fils est parti vivre dans le Nord, il est mort lui aussi, et elle n'a plus que sa petite-fille, que j'ai vue tout à l'heure, qui a des problèmes (France Leroy n'a pas dit lesquels), et qui est revenue s'installer au Neubourg, mais pas chez elle, elle tient trop à sa solitude. Le récit de cette enfance silencieuse et menacée, de ces violences injustes faites à des innocentes, de son veuvage, à vingt ans, de la perte de son fils unique, jamais elle n'y a mis le moindre pathos. C'est une survivante d'un mètre quarante, invulnérable et droite dans sa robe d'intérieur et son chauffe-épaules en crochet, dans son grand pavillon tout propre, une femme qui se considère apparemment comme chanceuse : elle aime sa solitude, troublée volontairement par les enfants qu'elle accueille, son indépendance, le carré de jardin qu'elle entretient elle-même, toute seule, et parfaitement. Quand elle m'a raccompagnée au portail, je n'ai pas résisté, je l'ai embrassée sur les deux joues.

Il fait encore grand jour quand je range mon ordinateur et finis mon thé, mais il est déjà presque six heures et demie, et je voudrais passer au magasin de lingerie que j'ai repéré, au bout de la grand-place, m'acheter une culotte et une paire de chaussettes avant qu'il ne ferme.

J'y reste plus longtemps que prévu, et pas seulement parce que l'éventail du choix en matière de sous-vêtements y est étonnamment étendu, pour un bled comme Le Neubourg. La vendeuse qui m'accueille est jeune et vient de Louviers, mais la patronne, qui finit par lever le nez de son tricot en me voyant prête à craquer pour un lot de culottes en coton blanc et hésiter, même, devant un peignoir éponge gris anthracite, semble plus locale, et assez âgée pour que j'aie envie de l'interroger – sur la Maison Jeanne, par exemple. La boutique est fermée depuis un an, mais, oui, on ne peut pas avoir vécu, comme elle, soixante ans au Neubourg sans avoir possédé au moins un manteau fabriqué par France Leroy.

C'est en bavardant avec elle que je suis soudain pétrifiée par mon manque d'à-propos : j'ai complètement oublié de demander à Madame Leroy si elle avait entendu parler d'Élisa. Est-ce qu'elle aurait eu l'idée de le mentionner, d'elle-même, si elle connaissait l'identité de la jeune fille recrutée ici pour jouer la bonne des *Petites Filles* ? Est-ce qu'elle s'est tue exprès ? Si le vrai nom d'Élisa n'apparaît nulle part, est-ce voulu ? Et, si oui, par qui ? Tant pis, je pourrais toujours téléphoner à France Leroy plus tard, pour lui poser la question. En attendant, je me fais empaqueter aussi le peignoir, paye, et sors sur la grande place ovale où le vent s'est enfin calmé.

VI

Peut-être les avais-je trop anticipées. Toujours est-il que mes retrouvailles avec le Manoir ne me procurent pas les émotions escomptées. Si nous n'étions pas en avril, s'il y faisait une chaleur d'août… non, même comme ça je ne suis plus sûre que ça aurait donné quoi que ce soit. Je m'aperçois que je me souviens de tout, précisément, et que rien, du coup, n'est laissé au hasard d'une reconnaissance involontaire.

Comme prévu, l'ombre géométrique du Manoir sur la pelouse, à l'est, s'allonge, à l'heure où j'y arrive, jusqu'au labyrinthe des ifs. La Risle bouillonne d'un ton monocorde, si différent de mes marées saint-pairaises. La vieille cloche en cuivre (mémorable expédition à Villedieu-les-Poêles, Pâques 1973) retentit pour prévenir que le dîner est prêt au moment exact où je pose mes bagages dans la chambre « Cannelle ». Et tout ce que j'éprouve, c'est le même bizarre mélange de soulagement (ça y est, on y est !) et d'appréhension (est-ce qu'on ne va pas s'embêter un peu, cette fois ? toute cette verdure oppresse, les filles ont déjà lu tout ce qui les tentait, l'été dernier, est-ce qu'il va faire beau ?) qui m'étreignait à l'époque, en défaisant nos valises.

J'ai de la chance, m'a annoncé le réceptionniste : l'hôtel ne fait table d'hôte que sur demande, mais ce soir il y a un groupe, alors on va pouvoir me servir quelque chose à dîner. J'ai faim, mais pas spécialement envie de me joindre au « groupe » (des propriétaires de voitures de collection de la même marque, qui sillonnent ensemble la Normandie : ça explique l'allure étonnante du parking, pas du tout conforme, lui, à mes souvenirs, où j'ai garé ma Twingo tout à l'heure, Twingo qui détonne, assurément, au milieu de ce brillant équipage).

Je négocie une petite table pour moi toute seule, près de la cheminée si possible (le Manoir n'a jamais été très bien isolé, et les aménagements récents n'y ont pas remédié). En plus, ça me permet de fixer mon attention sur le feu, et d'oublier les pauvres conversations, dans un pauvre *global english*, qu'entretiennent péniblement, installés à une immense table ronde au centre de la salle à manger, une dizaine de couples de nationalités différentes qui n'ont en commun que leur amour des bagnoles (et encore, je parierais que la majorité des épouses s'en fichent, des bagnoles, et qu'elles se contentent de suivre leur mari en prenant des photos des hôtels où ils s'arrêtent, ça complétera la documentation qu'elles constituent en prévision de futurs week-ends, en amoureux ou en famille).

Nous aussi, on faisait souvent du feu, même l'été. Au début, les pièces du rez-de-chaussée n'avaient pas d'affectation précise. Il n'y avait pas de « salon », ni de « salle à manger » ; juste une enfilade de salles, que seul distinguait l'avancement des travaux en cours ; et ce qui commandait notre décision de passer la soirée, et souvent une partie de la nuit, dans telle ou telle, c'était les relatives solidité du parquet, ou absence d'odeur de peinture. Yvonne et Maggie avaient investi très vite dans des literies neuves, pour tout le monde ou presque, mais gardé les vieux matelas bourrés de crin, qui traînaient en bas, entre les escabeaux et les boîtes à outils, et nous tenaient lieu de canapés. Les plus jeunes des enfants somnolaient dans nos jambes. Les plus grands restaient dans les dépendances, à écouter de la musique sur leur magnétophone à piles, ou allaient s'embrasser dans le petit bois. Nous, nous éclusions la cave d'Yvonne et Maggie, à la lueur du feu, les fenêtres ouvertes sur le crépuscule, en fumant parfois des joints – seule concession aux mœurs du temps telles que se les figure sans doute Paul.

Ceux qui venaient là pour s'envoyer en l'air repartaient généralement bredouilles. Bog et moi, on a longtemps continué à passer nos vacances ici, ensemble, avec les filles, bien après notre divorce. Il amenait sa petite amie du moment, pourvu qu'elle sache manier une scie sauteuse ou au moins faire la cuisine pour vingt-cinq. À part l'année mémorable (« L'Été de la Folle », comme l'avaient baptisée les filles) où il s'était entiché d'une certaine Monica qui était polyallergique (aux insectes, aux coups de soleil, mais surtout à tout ce qui pouvait ressembler à un travail manuel), ça se passait très bien. S'il y avait une chose dont j'étais sûre, à l'époque, et suis toujours sûre aujourd'hui, c'est que nous avions bien fait de nous séparer. En voyant Bog aller se coucher avec Monica, Lydie ou Véronique, tout ce que je ressentais, c'était un soulagement infini à l'idée que j'étais pour toujours dispensée de subir ses interminables préliminaires, et leur conclusion expéditive. En ce sens, c'est vrai, notre génération ne ressemblait pas à celle de nos parents. Mais, en gros, nous étions tous très sages, sagement mariés, sagement divorcés, sagement célibataires. Ou alors est-ce moi qui n'ai rien vu ?

J'ai fini ma soupe de poissons. Je remarque qu'à la musique de chambre, diffusée en sourdine par de petits haut-parleurs installés aux quatre coins du plafond, s'est substituée une compilation de vieux tubes qui n'a rien à envier à Nostalgie. Sur *YMCA* de Village People, quelques épouses du « groupe » se mettent à se trémousser discrètement. Je me demande s'ils vont boire assez pour terminer la soirée par une boum improvisée, et je soupçonne, si tel était le cas, qu'ils se montreraient plus dévergondés que nous ne l'étions du temps d'Yvonne et Maggie, qu'il y aurait des mains aux fesses dans la pénombre du hall, peut-être même des pipes vite faites dans le parking (« Venez donc comparer nos calandres… »), peut-être même par des maris à d'autres maris.

Je crois que j'ai bu un peu trop de vin blanc. Je n'ai vu pour l'instant, pour tout personnel, que le réceptionniste, qui se charge de servir le dîner. J'espère, mais le doute est permis, tant le service est lent, que ce n'est pas lui qui a réchauffé les soupes parce que, s'il s'occupe aussi de cuisiner le carré d'agneau annoncé ensuite, nous sommes vingt-trois, je ne suis pas près d'aller me coucher. Je me lève, attrape mon verre et mon paquet de Dunhill et traverse dignement la salle à manger sous le regard intrigué des cinq ou six convives qui se font le plus chier, hésitent à se demander franchement ce qu'ils foutent là.

En passant par le hall, je jette un coup d'œil vers l'aile nord – la dernière que nous ayons restaurée : fin du chantier principal, le Manoir, grande fête organisée, autour du 15 août 1973, avant d'attaquer sérieusement les dépendances. Sur la porte, fermée, est apposée une plaque « Privé ». Je m'aventure dehors, sur le perron rectangulaire. Il fait nuit noire et le parc, à cette heure, n'est éclairé que là où on peut en profiter, là où ça justifie la dépense, c'est-à-dire en face de la salle à manger, et pas ici. Mais je connais par cœur la largeur des marches, me rappelle que le côté où la pierre est le moins humide, parce que plus longtemps exposé au soleil, est à ma gauche, je m'assieds machinalement sur la dernière, je pose mon verre, j'allume une cigarette, j'appuie mon épaule à la rambarde de fer forgé, froide comme je m'y attends, et rescellée par mes soins (septembre 1975), et je joue, du talon de ma basket droite, avec les gravillons que j'ai vus dispersés sur le terre-plein, tout autour du bâtiment, un après-midi de juin 1976, « Écartez-vous, les enfants ! »

Soit le « groupe » ne compte pas de fumeurs, soit ils ont choisi de sortir du côté où le parc est éclairé, mais personne ne vient me déranger. De loin, j'aperçois les toits des quatre dépendances. J'avais une préférence pour l'ancienne grange, plus sèche, plus chaude, même si on a mis des années à y monter des cloisons, et qu'elle faisait office de dortoir. J'étais jeune. Je me fichais royalement de mon intimité. Je n'avais pas besoin de boules Quies, de masque, de Stilnox. Le joint, si j'avais tiré dessus, le vin et un vieux bouquin chipé dans la bibliothèque de Maggie m'abrutissaient suffisamment. J'écrase ma cigarette, range le mégot dans mon paquet presque vide, finis mon verre et décide d'aller voir si le carré d'agneau a progressé. En retraversant le hall, je me demande soudain si la bibliothèque existe toujours, et si j'ai vraiment lu, à l'époque, tout ce qu'y avait rangé Maggie.

Dans la salle à manger, l'atmosphère s'est réchauffée (et pas grâce au feu, que le réceptionniste n'a pas le temps d'entretenir, en plus du reste). Blondie hulule (*Heart of Glass*, premier tube important dans la vie de ma fille aînée, cassette rembobinée deux cents fois dans l'autoradio, sur la route entre Paris et le Manoir, pour n'écouter que ce morceau-là : été 1978, ou 1979 je dirais). *Sweet Dreams*. La moitié de la grande table ronde se dandine maintenant en rythme. Les bouteilles se sont vidées. Toujours pas trace de carré d'agneau.

Pour me donner une contenance, maintenant que le feu s'est quasi éteint, je sors ma tablette de mon sac, rajuste mes lunettes et reprends mon enquête sur Joseph Kéké, inopinément relancée, même si pas vraiment légitimée, par le coup de fil de Badinter.

Quand nos assiettes finissent par arriver (le réceptionniste est secondé par un homme plus âgé, en tablier blanc, qui doit être à l'origine du carré d'agneau), j'ai énormément progressé. Pour commencer, le « A ». Sur internet, la plupart des entrées correspondant à Joseph Kéké le désignent sous le nom de Joseph A. Kéké. Quelques clics m'ont permis d'établir que son second prénom était (est ? après tout il vit peut-être encore : quatre-vingt-sept ans, c'est fort possible) Adjignon. Joseph Adjignon Kéké. C'est ainsi qu'il se présente sur sa page Facebook (seulement 14 *likes* : qu'en penserait Paul ?). Je suis également en mesure d'affirmer – grâce à un projet, soutenu par l'Union européenne, destiné à recenser le patrimoine « culturel du Bénin, qu'il soit naturel, matériel ou immatériel », et à sa base de données, accessible sur le net – que Joseph Adjignon Kéké a acquis, à une date indéterminée, une maison coloniale à Bonou, à l'intérieur des terres, dont je peux admirer, sur mon petit écran, la structure en bois et briquettes de terre cuite. La fiche correspondant à ce « bien matériel » précise qu'il appartient toujours à Kéké, et elle a été publiée en 2015 : s'il est mort, ce n'est donc pas depuis longtemps.

Les deux autres sites que je consulte m'apprennent que la famille Kéké jouit encore au Bénin d'une grande notoriété, pas toujours pour de bons motifs, cependant. Il y a d'abord un long article, paru en 2008 dans un quotidien, du moins je suppose que c'est un quotidien parce qu'il s'appelle *La Presse du jour*, et consacré à un micmac politico-judiciaire pittoresque, intitulé « Avrankou : les querelles politiques FCBE transposées dans la famille Kéké ».

Comme je ne connais, pas plus que vous, les partis politiques béninois, je me renseigne sur la FCBE, acronyme qui désigne la Force Cauris pour un Bénin Émergent. « Cauris », contrairement à ce que je pensais, n'est pas le nom de son fondateur mais d'un coquillage qui est l'emblème du parti. Je ne suis pas sûre d'être capable (ni d'avoir envie) de m'informer suffisamment sur la FCBE pour bien comprendre le contenu de l'article en question :

« Les querelles politiques entre le ministre Noudégbèssi et le député Hélène Aholou Kèkè viennent d'être transposées dans la famille Kèkè. Hier, 4 proches de Noudégbèssi appartenant à la famille Kèkè ont annoncé à la presse que le député Kèkè veut se saisir d'une affaire de vente de parcelle de leur père pour les emprisonner. Rencontrée au parlement, l'honorable Kèkè a estimé que c'est une affaire d'héritage commun bradé par un groupuscule que les politiciens essaient de récupérer contre elle.

La rivalité politique entre le député Hélène Aholou

Kèkè et le ministre François Noudégbèssi fait des ravages dans la famille Kèkè à Avrankou. En effet, les sieurs Mathieu Gbègninkin, Bruno Fassinou, Tito Benjamin et Paul Hossou, tous héritiers de Adjignon Kèkè, sont montés au créneau hier pour appeler le chef de l'État au secours car ils seraient menacés par le cabinet de Me Hélène Kèkè qui tirerait les ficelles d'une affaire de vente de parcelle dans le seul but de les enfermer tous. Mais de quoi est il question réellement ? »

De quoi, en effet ? La suite ne m'éclaire pas davantage, mais j'y lis que la députée Hélène est la nièce de mon Joseph, et qu'ils sont quarante-huit héritiers du grand-père, Adjignon Kéké, à se disputer ces parcelles : il doit être bien loin, le temps de la splendeur, pour la plantation d'huile de palme de la famille Kéké. Qui s'appelle donc en fait Kèkè.

Le second article mettant en cause ses membres date de 2015 et a paru dans un autre quotidien (là encore, c'est son nom qui me rend si perspicace) : *24 heures au Bénin*. L'affaire, cette fois, a lieu à Cotonou, sur le littoral, là où est censé se trouver toujours le cabinet d'avocat de Joseph Kéké, ancien garde des Sceaux, ancien chef de l'Ordre des avocats, ancien et éphémère producteur du premier film de la Nouvelle Vague, et peut-être ancienne victime d'un « chantage éhonté » de la part d'une strip-teaseuse, ou au contraire ancien coupable de coups et blessures à son endroit. L'article, qui s'intitule « L'épave d'un avion sur la plage », me donne à penser que, si la plantation a sans doute périclité, et que les années ont passé, les Kéké restent, dans leur jeunesse, de gais lurons :

« Mais alors comment se fait-il qu'un avion se retrouve dans le sable sur le chemin de terre en allant du supermarché EREVAN vers FIDJROSSE côté plage ?

Pour quelles raisons l'épave de ce GROS AVION ROUILLÉ, visible depuis des années par-dessus la clôture du domaine de l'aéroport se retrouve-t-il à l'extérieur ce dimanche 8 février 2015 ?

La sortie de cette épave d'avion s'est déroulée dans la nuit du samedi 7 au dimanche 8 février 2015, en catimini pour profiter du calme de circulation lié au repos hebdomadaire des travailleurs. De la sorte, ils seront ainsi mis devant le fait accompli, à la reprise de la circulation du lundi matin, ce qui constitue un autre avantage pour la réussite de l'opération.

En attendant de plus amples informations, certains médias avancent des noms dont celui de l'un des enfants de Me Joseph Adjignon Kèkè, avocat et homme politique bien connu à Cotonou. De même, les rumeurs courent sur l'ouverture prochaine d'une boîte de nuit haut de gamme sur la plage dans cet avion. Voilà les faits et les informations qui circulent au moment où j'écris ces lignes. Qu'en est-il ? »

Qu'en est-il ? Je n'en sais rien. En revanche, ce que je sais, c'est que mon carré d'agneau vient enfin de se poser sur ma table, accompagné d'alléchants haricots verts. *Fever*, version Peggy Lee. Je ne vais pas prendre de dessert, j'ai trop peur que le « groupe » ne se mette à danser.

Je dévore ma viande en quelques minutes, finis ma demi-bouteille de blanc (oui, je sais, c'est mal, sans compter le calva cet après-midi, mais ils n'avaient qu'à ne pas nous faire attendre si longtemps) et me lève de table sans tituber du tout. Je retourne sur le perron fumer une cigarette, et là je tombe sur le réceptionniste, qui peut enfin se poser tranquille, et fume lui aussi, assis à « ma » place sur la dernière marche. Je lui demande s'il y a quelque part dans les pièces du rez-de-chaussée une bibliothèque, et si elle contient des livres. Oui, mais dans la partie réservée aux propriétaires de l'hôtel. « En vrai, ils doivent dormir à cette heure-ci, si vous voulez aller jeter un coup d'œil, c'est juste dans le premier salon en entrant, à droite, quand vous passez la porte "Privé". Elle n'est pas fermée à clef. »

VII

Allongée dans la chambre « Cannelle », j'attends je ne sais quoi exactement pour prendre mon Stilnox, enfiler mon masque et enfoncer mes boules Quies. Sans vent, sans pluie, la nuit émet des bruits qui m'étaient autrefois familiers et qu'on n'entend pas chez moi, à Saint-Pair : chouettes, ânes, grenouilles. Saison des amours. Vers minuit, un train longe la rive nord de la Risle, qui passait déjà à cette même heure, il y a quarante ans.

J'ai nié sans hésiter, cet après-midi, quand Paul m'a demandé si ma vie ressemblait à un roman de Ségur. Je comprends seulement maintenant à quel point la vie inventée ici par Yvonne et Maggie ressemblait en fait à celle des mères dans *Les Petites Filles modèles* : comme Mesdames de Fleurville et de Rosbourg, unies par un lien qui n'avait pas de nom, elles se passaient de maris, régnaient sur leur domaine, adoptaient sans cesse de nouveaux membres. Les journées étaient rythmées par toutes sortes de tâches domestiques, et faisaient la part belle à des repas constitués à peu près des mêmes mets : fruits, crème, pain bis.

J'ai très peu pensé à elles ces dernières années, mais ce soir je les revois nettement. Je ne sais pas comment elles étaient, jeunes, mais à l'époque où je les ai rencontrées pour la première fois, on aurait dit deux sœurs. Maggie était plus grande, plus baraquée, plus intello. Yvonne plus mélancolique, plus maniaque. Mais, à force, elles avaient fini par parler avec la même pointe d'accent, l'anglais de Halifax, se coiffaient et s'habillaient pareil. Et surtout elles avaient le même rire qui les secouait souvent ensemble, comme deux adolescentes attardées.

Dans leur bibliothèque, j'ai retrouvé intacte la collection disparate où il m'arrivait de piocher, les jours pluvieux où il était impossible de poursuivre les chantiers entamés dehors : les livres de Maggie (beaucoup de classiques en anglais, certains en anglais et en traduction, pour qu'Yvonne puisse les lire), des best-sellers des années 1970 abandonnés là par des visiteuses de passage (*Les oiseaux se cachent pour mourir*, *Scrupules*), tout un lot de bouquins sur la Chine (de Mao à Peyrefitte), où Yvonne et Maggie avaient sérieusement projeté de se rendre avant d'y renoncer, des polars. Et puis, exactement à l'endroit où ils étaient rangés autrefois, sur l'étagère la plus basse, pour que les enfants se servent librement, tous les romans de Ségur.

On m'a si souvent demandé comment, pourquoi j'en étais venue à me spécialiser dans leur étude, et j'ai si souvent répondu, comme à Paul tout à l'heure, en invoquant les premières lectures de ma fille aînée (l'été de ses sept ans, l'idée subite d'aller vérifier s'il y avait là-dedans matière à un travail de thèse), que mon récit s'est figé et me dissimule sans doute une partie de la vérité.

En revoyant les exemplaires dépareillés (certaines éditions du XIXe, d'autres des années 1930, d'autres encore plus récentes) alignés à la hauteur de mes genoux, je n'ai rien ressenti de particulier. Si j'ai eu alors, comme je le prétends depuis quarante ans, un déclic, si c'est ici que je les ai relus, un par un, à la grande satisfaction de ma fille, ravie de partager avec moi une expérience qui excluait ses petites sœurs (nous nous faisions régulièrement réprimander par tous, tant Ségur nous absorbait, tant elle nous éloignait de nos tâches quotidiennes), ce déclic, je ne le ressens plus. Je me suis contentée de m'accroupir, d'en sortir deux ou trois pour voir si leur couverture éveillerait en moi quelque émotion. Rien. Je me suis relevée trop vite, mes genoux ont grincé, et j'ai finalement opté pour un vieux Ruth Rendell, en poche, dont j'ai depuis longtemps oublié l'intrigue et le dénouement, et que je n'ai même pas vraiment l'intention d'ouvrir, maintenant qu'il est posé sur ma table de nuit, entre mon masque et ma boîte de boules Quies.

Je repense à Joseph Kéké, à sa brillante carrière au Bénin, à son attachement durable à la France, à son intérêt pour ce qui s'y passait (n'a-t-il pas écrit, en 1981, à Badinter une lettre « fort aimable » ?). Je me dis qu'il devait peut-être lire un peu la presse française. Si c'est le cas, aura-t-il suivi la carrière de Rohmer ? A-t-il pu ignorer le succès de ses films suivants, et pas seulement en France ? S'est-il un jour préoccupé du sort des *Petites Filles modèles*, qui lui appartiennent, selon les termes du contrat conservé à l'IMEC ? Avait-il si peu besoin d'argent, qu'il n'ait même pas essayé d'en retrouver la trace et de l'exploiter ?

Je songe aussi à Élisa. Il faut vraiment que j'appelle France Leroy.

Il est une heure du matin quand j'avale mon Stilnox. Je ne me retranche pas encore derrière mon masque, ne bouche pas mes oreilles. Je parcours distraitement les premières pages du Rendell. Je m'endors dessus, lampe de chevet allumée, lunettes glissant sur l'arête du nez. Vers trois heures, je me réveille en sursaut, la bouche sèche (maudit vin blanc), je me relève pour boire trois grands verres d'eau, reprends un demi-Stilnox, décide de tenter une nuit sans masque ni cire. Les rideaux de cretonne sont doublés et les animaux se sont tus. Dans la somnolence chaotique qui suit la prise du somnifère, j'ai soudain une idée bizarre : et si Kéké, pour une raison ou pour une autre, avait cédé les droits du Rohmer à quelqu'un ? Et s'il n'était plus dans le coup depuis longtemps ?

VIII

Je n'ai pas répondu, cet après-midi, quand Sophie m'a demandé si ma vie ressemblait à un film de Rohmer. Sûrement plus qu'à un Eisenstein, un Jerry Lewis ou un Hitchcock. Et si j'ai choisi ce sujet de thèse absurde, c'était évidemment plus pour Rohmer que pour les autres, je peux me l'avouer, ce soir. Au point où j'en suis, autant en profiter pour clarifier le maximum de trucs.

J'ai menti par omission à Sophie, et pas seulement à propos des crêpes. Et pas seulement à Sophie. Je me suis menti à moi-même, j'ai menti à Marina, à Anaïs, et même à ma grand-mère. Les personnages des films de Rohmer ne deviennent jamais vraiment lucides. Ils passent leur temps à s'introspecter, la vérité les éprouve, ils souffrent, mais je n'ai pas souvenir d'aucun dénouement qui leur ouvre les yeux.

Les miens sont grands ouverts dans l'obscurité de la chambre de Marina, mais je ne suis pas sûr qu'ils soient pour autant parfaitement dessillés.

Quand je dis qu'avec Marina notre « nuit de noces » a foutu la merde, je suis sincère, mais pas très explicite. En général, ça suffit à mes interlocuteurs, qui comprennent quelque chose d'assez bateau : que le sexe, ça peut énormément compliquer une relation avec quelqu'un que par ailleurs on aime bien. Si j'étais entré dans les détails, peut-être que ma grand-mère, ou même Sophie, m'aurait expliqué ce que j'ai mis des mois à comprendre.

Comme dans un film de Rohmer, la topographie est très importante, dans mon histoire. L'appartement de la rue d'Alésia, que le père de Marina a hérité d'un lointain cousin, une branche de sa famille émigrée depuis des décennies à Paris, et qu'il devait me donner une fois que sa fille aurait ses papiers et qu'on aurait divorcé, cet appartement a été entièrement retapé par ledit cousin pas longtemps avant qu'il ne meure. Il avait décidé d'arrondir ses fins de mois en le mettant sur Airbnb, et, pour ça, l'avait transformé en un machin bizarre : on entre directement dans une immense cuisine, avec îlot central et équipement high-tech, qui donne sur un encore plus immense salon très peu meublé. Et, à chaque bout du salon, il y a une chambre et sa salle de bains « en suite ».

Au début, ça a évidemment simplifié la cohabitation avec Marina. Elle à un bout, moi à l'autre, chacun sa baignoire, chacun ses W.-C. L'appartement rêvé pour les héros de *Belle du Seigneur*, sauf que nous, on avait zéro glamour à préserver, on s'entendait bien mais il n'y avait jamais eu la moindre ambiguïté, comme on dit. Marina savait que j'avais une copine, elle avait même fait sa connaissance. Quand Anaïs est venue me rendre visite à Moscou, elle m'a accompagné une fois chez Marina, où elle a attendu, le temps de sa leçon de français (c'était avant que son père me demande en mariage). Quand je suis rentré à Paris et que je me suis marié, j'ai continué à voir Anaïs, mais, je ne sais quel scrupule me retenait, je ne l'ai jamais invitée rue d'Alésia. On dormait chez elle. Je prévenais toujours Marina quand j'avais prévu de découcher. Tout se passait à merveille.

Le soir où on s'est bourré la gueule à la vodka, j'étais déprimé. Anaïs était partie en vacances avec des potes pour un mois. J'avais vu mon directeur de thèse dans l'après-midi, et j'étais sorti de là convaincu que mon sujet, il n'y croyait pas vraiment, que les pages que je lui avais données à lire, il ne les avait pas lues, bref, ç'avait été un fiasco. Marina, elle, était très gaie. Elle pensait avoir enfin trouvé un truc intéressant, en rapport avec les spins d'électrons, ou avec les boîtes quantiques couplées, je suppose. C'était son anniversaire. Et, pour fêter ça, elle avait préparé du bortsch. Ça sentait le chou depuis l'avenue du Général-Leclerc.

Le bortsch, la vodka et l'enthousiasme de Marina n'ont pas tardé à me remonter le moral. Au bout de deux heures, on s'est mis à improviser un *blind test* musical : chacun son tour faisait deviner à l'autre le titre d'un morceau à partir des seules premières mesures. On avait un répertoire commun réduit (interdiction évidemment, pour elle de recourir à la pop russe, pour moi à la variété française) et essentiellement anglo-saxon. Je me suis découvert des lacunes, lui ai découvert des compétences également étonnantes. Son fou rire, combien elle s'est moquée de moi quand elle a fini par admettre que je n'avais jamais entendu *Smooth Operator* de Sade. J'ai grommelé que je n'étais pas né et que ça ne passait jamais à la radio (c'est vrai, Nostalgie ignore absolument Sade). En Crimée, m'a-t-elle expliqué dans son français de moins en moins hésitant, quand elle y allait, ado, en vacances, c'était LE slow sur lequel les garçons essayaient de vous embrasser. Je ne sais pas si c'est à ce moment-là que j'ai commencé à me dire que ça semblait une bonne idée, de l'embrasser.

Ce dont je suis sûr, c'est que c'est elle, quand on a eu fini de ranger la cuisine, en se déhanchant tous les deux sur *Stayin' live* qu'on avait décidé de laisser filer en entier pendant qu'on remplissait le lave-vaisselle, qui a proposé d'aller finir la bouteille de vodka dans le salon. C'était la première fois, je crois, qu'on s'y tenait tous les deux. D'habitude, on ne se croisait que dans la cuisine, où on bouffait en vitesse des plats tout préparés. Et le salon, en fait d'ameublement, est assez rudimentaire. En gros, il n'y a qu'un endroit où s'asseoir, et c'est un énorme canapé en velours rouge en forme de bouche. En plus, le système d'éclairage est très sophistiqué. Il n'y a pas de lampes, que des spots intégrés un peu partout et commandés par des interrupteurs trop nombreux et trop bien dissimulés pour qu'on réussisse à obtenir autre chose qu'une lumière extrêmement tamisée (on avait déjà pas mal bu, ça n'a pas aidé).

Toujours est-il. Le bortsch et la vodka nous avaient donné chaud. On était tous les deux pieds nus, et Marina (ou moi), l'un de nous deux, franchement je ne sais plus lequel, a proposé qu'on se masse réciproquement les orteils. L'autre truc dont je me souviens (mais je me trompe peut-être, c'est peut-être plus tard, une autre fois, que ça m'a frappé), c'est qu'elle avait les cheveux d'une douceur incroyable, et qu'elle était à la fois moins expérimentée et plus aventureuse qu'Anaïs. Parce que, oui, il y a eu une autre fois, mais bien plus tard. Ce matin-là, quand le mal de crâne m'a réveillé, à l'aube, j'étais dans son lit. Elle dormait profondément, sur le ventre, le visage enfoui dans son oreiller. J'ai paniqué. Je me rappelais quelques épisodes de la nuit passée, mais pas qu'elle m'ait invité à dormir avec elle, et je me suis enfui, tout penaud, à l'autre bout du grand salon, dans « mes » appartements.

Maintenant que je suis de nouveau dans son lit, invité officiellement à y dormir avec elle (qui d'ailleurs dort déjà, dans sa position favorite, à plat ventre, le visage invisible, les fesses cambrées sous la couette), je me dis que j'ai vraiment été con, aussi con en tout cas qu'un personnage de Rohmer. Les jours qui ont suivi, en dehors du fait qu'elle ne me parlait plus qu'en russe, elle a fait comme si de rien n'était, et du coup moi aussi. J'étais persuadé qu'elle regrettait, et moi je me sentais coupable comme si j'avais commis une lourde infraction à notre contrat (alors que rien, jamais, n'avait clairement interdit que nous consommions notre mariage). Je ne lui avais pas dit qu'Anaïs était partie en vacances. Marina m'a révélé hier soir, par Skype, qu'elle avait d'abord cru que j'avais rompu avec Anaïs, et attendu que je lui en parle. Puis elle a cru au contraire que j'étais toujours avec Anaïs, et n'osais pas le lui avouer. Elle a passé des jours et des semaines à se demander pourquoi je ne disais rien. Sa concentration en souffrait, au labo. La vérité, c'est que je ne savais pas quoi dire. J'avais honte vis-à-vis d'elle et vis-à-vis d'Anaïs. De ce côté-là, les choses se sont arrangées beaucoup plus vite : à son retour de Corse, Anaïs m'a annoncé qu'elle avait rencontré quelqu'un d'autre, mais qu'elle serait ravie de continuer à me voir de temps en temps, en tout bien tout honneur, bref c'est elle qui m'a plaqué. Je n'en ai pas parlé non plus à Marina. D'ailleurs, on ne se parlait presque plus, avec Marina. Et seulement en russe. C'était la seule conséquence visible de notre nuit de noces.

L'autre fois, c'était la veille de mon départ pour les États-Unis. Je devais y rester un mois ou deux, ça dépendrait de ce que je trouverais sur le Jerry Lewis. C'était au tour de Marina d'être de mauvaise humeur. Pendant que je faisais ma valise, je l'ai entendue rentrer et tournicoter dans la cuisine. Les portes des placards claquaient, les bacs à couverts cliquetaient. Je suis sorti prudemment de ma chambre, j'ai traversé le salon dont j'avais fini par maîtriser l'éclairage, et que j'illuminais conscienciеusement, quand je savais qu'elle rentrerait à la maison, ne resterait pas dormir à Saclay, comme elle le faisait de plus en plus depuis notre dérapage. Je me disais que, sans lumière tamisée, le salon et son canapé obscène risquaient moins de nous donner de mauvaises idées.

Ce n'est pas là que ça a re-dérapé, mais dans la cuisine. Quand j'y suis entré, Marina se débattait avec une bouteille de lait qu'elle n'arrivait pas à ouvrir. Je l'ai entendue maugréer, en français, exceptionnellement, « "Ouverture facile" ! Mon cul, ouais ! » Il faut dire que son français progressait surtout dans deux directions, depuis son arrivée à Paris : dans le domaine de la physique nucléaire, et dans celui des gros mots, influence conjuguée de ses collègues et de son mari. Je la lui ai doucement retirée des mains, suis venu à bout du bouchon en deux secondes et lui ai tendu la bouteille, mais, au lieu de la prendre, elle a brusquement fondu en larmes et s'est blottie dans mes bras. Nous étions tous deux parfaitement sobres. Je n'avais aucune excuse pour profiter de son coup de cafard, et, durant tout mon séjour aux États-Unis, je me suis de nouveau senti honteux.

Je suis sûr que n'importe quel spectateur, si nous avions été les personnages d'un Rohmer, aurait compris depuis longtemps que nous étions tous les deux tombés amoureux, et que seules notre immaturité et la bizarrerie de notre situation matrimoniale nous empêchaient de nous en apercevoir. Anaïs, avec qui je prenais un café ou une bière de temps en temps, s'en était aperçue (il faut dire qu'elle n'est pas n'importe quelle spectatrice : quand on sortait encore ensemble et que je l'emmenais au cinéma, elle comprenait tout plus vite et mieux que moi). Lorsque je suis rentré des États-Unis (je n'avais donné aucune nouvelle à Marina, elle ne m'avait pas fait signe non plus), j'ai trouvé son mot, sur l'îlot central, à l'endroit même où on avait fait l'amour la deuxième fois, avant de nous rajuster en rougissant et de nous retirer, affamés mais incapables de rester une minute de plus ensemble dans la cuisine, dans nos chambres respectives : elle avait ses papiers. Elle demandait le divorce.

Hier soir, dans ma cellule de l'IMEC, je n'avais pas du tout sommeil. J'ai commencé par essayer de regarder la version érotique des *Petites Filles modèles* en streaming, histoire de compléter ma culture générale. L'effet sur moi, sans doute pas celui que recherchait son metteur en scène, s'est avéré plutôt soporifique. J'ai été tiré de ma somnolence par le bip m'annonçant la réception d'un mail. J'ai quitté sans regret Dailymotion et ouvert ma boîte : c'était un message de Marina, long, et écrit dans un français presque parfait. Elle avait croisé Anaïs par hasard dans le métro. Anaïs l'avait invitée à dîner, lui avait fait des œufs brouillés et lui avait expliqué que j'étais un crétin, mais gentil, et indubitablement amoureux d'elle, Marina. Marina s'était alors dit que c'était peut-être aussi de l'amour, ce sentiment d'irritation obsédant qu'elle éprouvait pour moi. Comme son père vient passer le week-end à Paris, qu'il arrive samedi, et qu'il faudra qu'elle lui parle de notre divorce, elle voulait s'assurer d'abord qu'Anaïs n'avait pas raison, après tout, qu'on n'était pas en train de faire une connerie beaucoup plus grave que celle qu'on avait cru faire en couchant ensemble sur le canapé rouge.

Je n'ai pas pris le temps de réfléchir, je l'ai skypée. Elle m'a répondu tout de suite. On a dû parler plus d'une heure. Sur l'écran de mon ordinateur, seule source lumineuse de ma cellule, posé sur les cuisses, je reconnaissais, derrière Marina, le dossier rouge du canapé. Par moments, nous effleurions chacun le visage de l'autre du bout des doigts. J'esquissais un geste pour repousser la longue mèche blonde qui lui tombait sur l'œil droit, elle faisait mine de caresser la main que je passais sur son front. Faux contacts infiniment plus intenses que les grivoiseries datées dont j'avais interrompu le cours pour lire son mail. On a fini par décider de ne rien décider tout de suite. Elle m'a promis qu'elle m'écrirait le lendemain. De mon côté, je calculais que j'avais le temps de faire un aller et retour à Paris avant l'arrivée de son père. Il était urgent qu'on se voie et qu'on reprenne tout à zéro. Avant de raccrocher, on a simultanément, mais sans concertation, posé chacun un baiser furtif sur notre écran. J'ai dormi comme un bébé. Ce matin, dans la bibliothèque de l'abbatiale, j'ai reçu son mail. Elle proposait de me rejoindre où je voudrais. J'ai répondu que ce serait plus simple si je rentrais.

Cet après-midi, j'ai attendu que Sophie aille aux

toilettes, à la crêperie. J'ai appelé ma grand-mère pour lui demander de me prêter sa voiture. J'ai envoyé un SMS à Marina pour la prévenir que je serais à Paris en fin de journée. Et j'ai menti à Sophie, pas seulement par omission, cette fois.

Il est plus de minuit et on n'a toujours rien décidé. On n'a pas eu vraiment le temps de discuter, depuis mon arrivée. On a pourtant commencé par aller se promener dans les rues, où le printemps est venu d'un coup, depuis le week-end dernier, histoire de parler sérieusement, sans risquer d'être tentés de faire autre chose. Ça n'a pas marché. On est remontés vers la place Denfert-Rochereau en silence, puis jusqu'au Luxembourg, toujours en silence mais en se donnant la main. Le jardin était encore ouvert, horaires d'été ou presque, mais il n'y avait pas grand monde, sans doute à cause des vacances scolaires. Devant la fontaine Médicis, elle s'est arrêtée et a posé la tête sur mon épaule, après quoi on n'a plus rien fait d'autre que s'embrasser, tout en marchant. Quand on a fini par rentrer à l'appartement, la discussion prévue avait perdu tout caractère d'urgence. Et maintenant, après qu'elle m'a clairement demandé de rester dormir dans sa chambre, et qu'elle a sombré, épuisée, sur le ventre, avec sa jambe droite repliée qui accentue sa cambrure, sous la couette, je souris tout seul dans le noir. Il ne faudra pas que j'oublie de remercier Anaïs, dont l'intervention m'a évité de rester, comme la plupart des héros rohmériens, dupe de mes propres raisonnements.

IX

J'ai été réveillée tôt par la procession des Jaguar qui quittaient en grondant le parking. J'ai ouvert les rideaux et su aussitôt que la journée serait magnifique. « Cannelle » donne au nord, sur la rivière, mais je reconnais bien les indices favorables : la lumière est déjà aussi nette, les couleurs aussi contrastées qu'au mois de juin.

Le réceptionniste avait disparu. À sa place, une femme blonde d'une quarantaine d'années a immédiatement accepté que j'emporte, sur un plateau, une thermos de café au lait, et m'installe dehors pour y prendre mon petit déjeuner. Quelques tables en fer sont disposées devant le perron de la salle à manger, à l'est. Du temps d'Yvonne et Maggie, rien de solide n'était prévu pour les moments de détente, à l'extérieur. Les plus flemmards finissaient quelquefois par craquer et par aller acheter des chaises longues pas chères, qui tenaient rarement plus d'un été. Mais il n'y avait pas de mobilier de jardin digne de ce nom.

J'ai allumé une cigarette et rouvert le Ruth Rendell

au début (j'avais complètement oublié les premières pages relues hier soir). J'en étais au début du troisième chapitre quand la blonde m'a rejointe et s'est assise à son tour, à une table voisine de la mienne, mais en me tournant à demi le dos, signifiant ainsi qu'elle ne voulait pas m'obliger à lui faire la conversation. Je me suis resservi une tasse et me suis replongée dans mon livre, tout en l'observant du coin de l'œil. Elle aussi a allumé une cigarette et elle s'est carrée confortablement dans son fauteuil, tête légèrement rejetée en arrière, paupières closes, sur les lèvres le sourire entendu des vraies amatrices de la Normandie, conscientes du prix d'un pareil soleil. De toute évidence, il ne s'agissait pas d'une employée de l'hôtel. Vraisemblablement la propriétaire.

Je ne suis pas pressée. Quand j'ai laissé Paul hier après-midi sur la place du Neubourg, nous avons convenu de nous retrouver directement au château du Champ-de-Bataille et de déjeuner ensemble au Café Garcia. Il est à peine dix heures. Je n'aurai pas le temps de finir mon polar, mais j'ai bien l'intention de profiter de ce temps estival pour oublier momentanément Rohmer, Kéké et même Élisa. Mon smartphone émet un léger bip. Un SMS de Paul : sa grand-mère veut qu'il l'accompagne au marché de Pont-Audemer. Ils ne seront pas rentrés à temps pour qu'il déjeune avec moi au Café Garcia. Il me rejoindra pour le café. Il est désolé.

Je range mon téléphone. J'ai l'habitude de prendre mes repas seule, y compris au restaurant.

La défection de Paul ne me dérange donc pas plus que ça. En revanche, il y a dans son SMS quelque chose qui me fait tiquer, et que je mets une dizaine de secondes à identifier. Non, je ne peux pas croire que sa grand-mère aille au marché de Pont-Audemer. Pas ce matin. Ce n'est pas à moi, qui ai passé tant d'étés ici, la plupart du temps chargée du ravitaillement, qu'on réussira à faire croire que le jour de marché, à Pont-Audemer, est le samedi. Non. Le samedi, c'est Bernay. Ces repères-là n'ont vraiment aucune raison d'avoir changé. Il n'y a peut-être pas plus immuable, à la campagne.

Mais je décide de laisser sa chance à Paul. Je n'ai pas l'idée de vérifier sur internet. Ma question jaillit sans que j'aie le temps d'évaluer le risque que je prends (je ne souhaite pas particulièrement faire connaissance avec la blonde) : « Pardon, mais vous savez, vous, quel est le jour de marché, à Pont-Audemer ? » Elle rouvre les yeux, se tourne vers moi et répond : « Le vendredi. Dommage : vous auriez voulu y aller ? Vous avez raison, moi aussi c'est mon préféré. Aujourd'hui, vous avez Bernay, qui est plus grand, mais moins charmant.

— Oui. Non. En fait j'ai rendez-vous pour déjeuner au Neubourg. Ça me mettrait en retard. »

Après tout, moi aussi je sais raconter des bobards (plus personne ne m'attend pour déjeuner). Je me méfie maintenant de tout ce qu'a pu me dire Paul depuis que je l'ai rencontré. La blonde désigne ma thermos en souriant : « Vous en avez assez ? Je peux aller vous en refaire, si vous voulez. » Je décline et rouvre ostensiblement mon livre. Mais il est trop tard. La blonde a légèrement déplacé son fauteuil pour me faire face. Je suis bonne pour un brin de causette. « Il est très bon. Si vous restiez une nuit de plus, ça vous laisserait le temps de le finir. »

Je me sens soudain idiote de relire un polar, et encore plus idiote de ne pas oser avouer à cette parfaite inconnue (qui s'en fiche, qui ne le répétera à personne) que je l'ai déjà lu. Résignée à ce dialogue, je lui explique que j'adorerais rester, mais que je dois être ce soir dans le Sud Manche, chez moi, près de Granville. Second bobard. Rien ne m'oblige à rentrer à Saint-Pair avant lundi. Lundi soir, oui, c'est impératif. Hors de question que je manque un rendez-vous que j'attends depuis presque un an. Comme elle n'a a priori aucune raison de me mentir, elle, je décide d'en profiter pour renouer le fil interrompu, pour moi, de la biographie du Manoir. Presque trente ans ont passé depuis la mort d'Yvonne et Maggie. Je serais incapable de dire qui m'a appris qu'il y avait là un hôtel, ni quand on me l'a appris. Je n'ai pas besoin de révéler à la blonde que je suis venue ici autrefois. Elle ne se sentira sûrement pas obligée non plus de me révéler qu'il y a eu un double suicide, dans une chambre du premier étage (omission raisonnable, si elle est bien la patronne : le suicide, même simple, n'est pas un argument très commercial).

Elle ne m'en parle effectivement pas. Elle se contente de souligner que, lorsque son mari et elle ont décidé de l'acheter et d'y ouvrir un hôtel, ça faisait longtemps que le Manoir était en vente. Une « succession compliquée » (je l'imagine aisément, même si je suppose qu'Yvonne et Maggie ont fait tout leur possible, avant de mourir, pour la simplifier). Un « bien pas si facile à placer ». Son mari en sait quelque chose. Il a commencé comme agent immobilier. C'est lui qui était chargé de l'affaire. Le prix a fini par baisser tellement qu'ils ont décidé de faire le saut, il y a quinze ans. Ils ont redécoré une partie du rez-de-chaussée et une quinzaine de chambres, installé dans chaque dépendance une kitchenette, agrandi la piscine. Ils sont très bien notés sur différents sites par les usagers. Et, en privatisant le tout la plupart des week-ends de juin et septembre, pour des mariages, ils s'en sortent. S'il n'y avait pas son beau-père, tout irait bien.

Je hausse poliment un sourcil, bien qu'elle n'ait nul besoin que je la relance. Son beau-père, le père de son mari, a fait un AVC l'année dernière. Il est encore valide, mais aphasique. Il avait déjà du mal à vivre tout seul, depuis son veuvage, mais là, il a fallu qu'ils le prennent chez eux. Son aphasie ne l'empêche apparemment pas de se mêler de tout. Il communique avec son entourage grâce à une petite ardoise sur laquelle il passe son temps à griffonner des messages désagréables, et qu'il essuie rageusement de sa manche avant d'en griffonner de nouveaux. « Je ne devrais pas en dire du mal, il souffre beaucoup de son handicap, je n'aimerais pas être à sa place. Mais il a toujours été difficile, et on ne peut pas tout lui pardonner simplement parce qu'il est malade. Notamment ses dérapages politiques. Il est profondément xénophobe, homophobe, misogyne et raciste. Ce qui est gênant quand on a des clients étrangers, comme hier soir. C'est pour ça que Romuald a dû se débrouiller tout seul avec le service. Mon mari n'est pas là en ce moment, et c'est moi qui ai passé la soirée à essayer de calmer son père. Il vitupérait contre les Russes et voulait descendre les mettre dehors. J'ai fini par lui faire une piqûre. Du coup, ce matin, il est un peu zombiesque. J'en profite. Vous trouvez que j'exagère ? »

Je ne trouve pas. Je lui demande, comme ça, pour avoir l'air de m'intéresser, ce qu'il faisait comme métier, ce monsieur, avant de tomber malade.

— Oh, il était déjà à la retraite depuis un moment. Il a fait toutes sortes de métiers. Un caractère vraiment difficile, comme je vous l'ai dit. Mais, pour vous donner une idée du bonhomme, le métier qu'il a préféré, il n'hésite pas à le proclamer (enfin, je me comprends, mais si vous pouviez voir la taille des lettres qu'il griffonne sur son ardoise, « proclamer » est le mot juste), c'est gardien de prison. Et pas n'importe quelle prison. Une prison pour femmes. Je n'ai pas de preuves, mais différentes rumeurs prétendent qu'il a été viré tellement il les traitait mal. Et pourtant, dans ces années-là (c'était juste après la guerre), on ne devait pas être trop regardant sur les traitements réservés aux femmes coupables d'avoir collaboré. Si cette histoire est vraie, il a dû aller vraiment très loin.

Je sursaute. Cette longue confidence que je n'ai pas désirée, encore moins sollicitée, recoupe le témoignage de France Leroy. Sans vouloir lui montrer combien ce dernier détail m'a excitée, j'enchaîne en lui disant que je vais justement déjeuner au restaurant du château du Champ-de-Bataille, dont on m'a dit qu'il avait servi de prison pour femmes, après la guerre. C'est là que son beau-père a « travaillé » ?

— Vous n'avez quand même pas trouvé ce renseignement sur le site du Café Garcia, si ? Moi, je ne mettrais pas ça, à leur place. Ça n'est pas spécialement vendeur.

Elle rit, mais un peu jaune : elle aussi, elle a son boulet, l'infamie qu'il faut dissimuler à la clientèle, la mort (que je juge, pour ma part, absolument romantique) d'Yvonne et Maggie.

« Oui, c'était au château. Mon beau-père, comme mon mari d'ailleurs, est du Neubourg. Moi je suis née à Rouen, ajoute-t-elle en se rengorgeant. Il a d'ailleurs eu d'autres occasions d'y travailler, par la suite. Du temps du duc. Il servait de rabatteur, pendant la saison de la chasse. Il y avait un monde fou qui venait là, à l'époque. Il aimait bien aussi. Sauf les invités étrangers. Mais il n'y a jamais eu d'incident, à ma connaissance.

— Est-ce que vous croyez que je pourrais échanger quelques mots avec lui ? Enfin, je veux dire, lui poser quelques questions auxquelles il me répondrait par écrit ? Vous n'êtes pas obligée de lui dire que je m'appelle Bogoroditsk… Je fais des recherches pour un livre. » J'improvise totalement. « Sur les châteaux de l'Eure. »

La blonde n'a pas l'air emballée à l'idée de me

présenter son beau-père. Elle rallume une cigarette et ferme de nouveau les yeux, offrant son visage au soleil. Je sais qu'elle va me répéter qu'il est « un peu zombiesque », ce matin, je prends donc les devants. « Rien ne presse. Mais peut-être dans une heure ou deux, avant que je parte ? »

Ce répit l'amadoue. Elle hoche la tête en signe d'assentiment. « Vous pouvez toujours essayer. Il est odieux, mais il a toute sa tête. » Je me replonge dans le Ruth Rendell pour me donner une contenance, mais je suis incapable de fixer mon attention. Je fais mentalement une liste des questions que je pourrais poser à l'aphasique : le tournage du Rohmer bien sûr ; mais aussi la bonne, Élisa ; et pourquoi pas, pendant que j'y suis, la famille de Freneuse, dont je ne sais que le peu que m'a raconté Paul, Paul à qui je ne fais plus aucune confiance.

X

Marina est déjà levée quand je me réveille. Je l'entends s'affairer dans la cuisine en chantonnant le refrain de *Smooth Operator* dans un anglais approximatif. Je suis un peu jaloux. Il va falloir qu'on trouve une autre chanson, pour « nous ». Sur celle-là, elle a déjà roulé des pelles à trop de garçons, en Crimée. Je regarde ma montre. Je suis un des rares membres de ma génération à avoir une montre. Elle appartenait à mon grand-père et c'est lui qui m'a appris à lire l'heure dessus. Déjà dix heures. L'avion du père de Marina n'atterrit que vers midi. Il ne sera pas là avant une heure de l'après-midi (je suis aussi un des seuls membres de ma génération à dire « une heure de l'après-midi », et pas « treize heures », encore la faute à mon grand-père). Si je veux être à temps au Café Garcia pour déjeuner avec le professeur Bogoroditsk, il faudrait que je me dépêche.

Marina entre dans la chambre, une théière dans la main droite, deux mugs dans la gauche. Elle est entièrement nue, mais ce qui m'émeut le plus, en la voyant, c'est l'agilité sereine avec laquelle elle a passé ses jolis doigts dans les anses de la théière bouillante et des deux mugs. Pendant qu'elle les pose sur sa table de nuit, j'attrape mon smartphone et écris un SMS à Sophie. Je viens de gagner deux heures mais je ne garantis pas qu'on va les consacrer à « discuter » de quoi que ce soit, Marina et moi.

XI

Je monte dans la Twingo. Ma radio s'allume dès que je mets le contact, mais ce matin je décide de l'éteindre. D'abord la réception est très mauvaise, au creux de la vallée, je l'ai constaté déjà quand je suis arrivée hier soir au Manoir (Claude François : *Un lundi au soleil* en petits morceaux). Ensuite j'ai besoin de réfléchir à ce que m'a « dit » mon nouveau témoin.

J'ai maintenant une réelle compassion pour sa belle-fille. À sa place, je crois que j'aurais depuis longtemps forcé sur les calmants qu'elle lui administre, quitte à le tuer. « Caractère difficile » est un euphémisme, même si je pense avoir bénéficié d'un traitement de faveur (c'est en tout cas ce que m'a dit la blonde : « Il vous a pas foutue à la porte, c'est énorme. »)

Il vit reclus dans une chambre de plain-pied, dans l'aile nord, où, comme chez France Leroy, la télé est allumée en permanence. Mais lui, il la regarde. Exclusivement les courses hippiques. Il a pourtant daigné répondre à mes questions avec une violence laconique.

J'ai commencé par le tournage du Rohmer. Il a semblé m'écouter à peine, les yeux toujours fixés sur l'écran où discourait un expert en trot attelé, mais a soudain attrapé son ardoise et un bout de craie rouge : « Dans le milieu du cinéma, y a que des pédés. » J'ai encaissé sans mot dire, tandis que sa belle-fille, plantée derrière lui, haussait les épaules d'un air impuissant à mon intention. Pas découragée, j'ai enchaîné sur Élisa. La blonde lui a aussitôt tendu une petite éponge, mais il l'a dédaignée et a frotté énergiquement la manche de son pull sur l'ardoise, effaçant son message précédent. « Les actrices sont toutes des putes. » J'ai accusé le coup, jeté un regard compréhensif à la blonde, et me suis lancée une dernière fois. Avait-il entendu parler de la famille de Freneuse ? Là, il a enfin détourné les yeux de la télé et les a plantés dans les miens, bleu délavé sous des sourcils touffus, traversés d'éclairs de démence. Résignée, sa belle-fille a laissé tomber l'éponge, tandis qu'il essuyait l'ardoise avec une rage assez inefficace. Il a tiré sur la manche de son pull, déjà pleine de poussière de craie rouge, pour en utiliser un bout encore à peu près propre. « Bande de nègres », a-t-il barbouillé fiévreusement avant de lâcher l'ardoise, d'émettre des bruits de gorge inquiétants et de s'agiter dans son fauteuil. J'ai fait prudemment un mètre en direction de la porte, tandis que sa belle-fille tentait de le calmer. « Un peu zombiesque. » Je n'ose pas imaginer comment il est d'habitude.

J'ai regagné le hall où j'avais laissé mes bagages, et j'ai attendu quelques minutes. Elle a réapparu, l'air soucieux. « C'est vous qui avez insisté pour le voir. Je vous avais prévenue. Il vous a pas foutue à la porte, c'est énorme. J'espère que vous garderez tout de même un bon souvenir de votre séjour ici… » Je lui ai assuré que je ne mentionnerai jamais cette entrevue, que je recommanderai l'hôtel autour de moi, et que, par ailleurs, j'admirais sa patience. J'ai réglé ma note et me suis hâtée de gagner le parking, en me demandant si le vieux fou m'observait, de sa chambre.

Si les deux premiers jugements qu'il a portés sur les gens de cinéma ne m'étonnent pas particulièrement (il se contente, sur ce point, de partager un avis sans doute assez répandu, du moins chez les gens de sa génération, a fortiori à la campagne), je m'interroge sérieusement sur sa troisième réponse. « Il a toute sa tête », m'a assuré la blonde, qui le connaît bien. Alors, que signifie cette association d'idées immédiate entre les Freneuse et des « nègres » ?

Je traverse la Risle. Plus qu'une vingtaine de kilomètres avant d'arriver au Neubourg. J'allume une cigarette et remets Nostalgie. Oui, ici ça capte mieux. Michel Fugain. « C'est un beau roman, c'est une belle histoire. » J'ai bien conscience que moi aussi j'ai tendance à me raconter un roman (et même un roman policier, sans doute l'influence du Ruth Rendell que je n'ai pas eu le temps de refinir), mais je ne peux m'empêcher d'être troublée par le mensonge de Paul.

J'ai bu trop de café, mes neurones se connectent

à toute vitesse, un peu n'importe comment. Je récapitule les points de mon enquête qui restent encore obscurs et les hypothèses que j'ai jusqu'ici seulement effleurées : *Les Petites Filles modèles* ont disparu. Les droits du film appartenaient intégralement à Joseph Kéké, qui ne s'est pourtant jamais soucié de son sort. Paul de Freneuse a choisi un étrange sujet de thèse. Sa grand-mère possède toujours une maison à deux pas du château du Champ-de-Bataille. Elle est probablement assez âgée pour se souvenir du tournage, si elle était déjà mariée à un Freneuse et venait déjà en vacances ici. Et, sans hésiter un instant, l'aphasique, en m'entendant prononcer ce nom, a parlé de « nègres ».

Je n'ai pas pensé à interroger France Leroy là-dessus, mais un article, dont j'ai trouvé une copie à l'IMEC, consacré au film par François Thomas et publié en 2005, signale que Joseph Kéké est venu à plusieurs reprises sur le plateau. À part quelques soldats américains, on n'avait pas dû croiser beaucoup de Noirs, au Neubourg, au début des années 1950. Est-ce à Kéké que songeait le vieux du Manoir, sans doute le premier « nègre » qu'il ait eu l'occasion de voir de près ? Kéké fréquentait-il les Freneuse ? Aurait-il, pour une raison ou pour une autre, décidé de céder les droits du film à un membre de cette famille ? Paul serait alors l'héritier d'un potentiel trésor. Et ses recherches, maquillées en travail universitaire, auraient un tout autre objectif : il a beau avoir nié avec véhémence, s'il était tout simplement à la recherche du film perdu ? La lecture du confidentiel dossier « RHM 99.20 » lui a-t-elle révélé quelque chose ? Suit-il, depuis que je l'ai déposé sur la grand-place du Neubourg, hier après-midi, une piste qu'il s'applique à me cacher ? Il pourrait par exemple être question, on ne sait jamais, dans l'essai manuscrit consacré par Rohmer à Ségur, et tenu relativement secret par ses ayants droit, de l'interprète d'Élisa. Parce que cet anonymat continue de me chiffonner.

Je freine brutalement dans la descente, à l'entrée de Brionne, vingt bons mètres après avoir dépassé le panneau m'intimant de ralentir. Dalida. *Il venait d'avoir dix-huit ans*. Je monte le son. Je bascule dans la fiction, mais en toute lucidité : Élisa a eu une aventure avec Kéké. Elle est tombée enceinte. Sur les rushes projetés dans la salle paroissiale, La Croix, sa grossesse est visible, du moins aux yeux du producteur. Il n'a pas intérêt à ce que sa famille, là-bas, au Dahomey, sache qu'il couche avec une petite Normande. Il se retire du projet et s'arrange pour escamoter les bobines du film. Pour se donner bonne conscience, il cède les droits à la future mère, on ne sait jamais, ça vaudra peut-être un jour quelque chose. Bon. Mais alors, quel rapport avec les Freneuse ?

Eddy Mitchell et sa fille aux yeux menthe à l'eau. Je sors de Brionne et file à toute allure sur la route qui traverse le plateau, là où même Paul, hier, a passé la cinquième. Il faut vraiment que je téléphone à France Leroy.

XII

Je n'ai pas réservé au Café Garcia, mais je m'aperçois en y pénétrant que je vais probablement, en effet, y déjeuner seule. Pas seulement parce que ce cachottier de Paul m'a fait faux bond : le restaurant est désert. Je me demande quel genre de public il pourrait d'ailleurs attirer. Aménagé dans les anciennes écuries du château, c'est une grande salle voûtée, toute en longueur, dépourvue de fenêtres. La déco est, comme je l'imaginais, assez prétentieuse : sièges bas tapissés de velours taupe, lustres vénitiens à pendeloques de cristal, gibier empaillé, tableaux représentant des scènes de chasse. Sur la table vernie qui barre l'accès de la salle, face à l'entrée, sont exposés des articles dont les prix m'inspirent un début de fou rire que je réprime pour ne pas désobliger l'hôtesse qui vient à ma rencontre, perchée sur des talons de quinze centimètres, et me laisse généreusement choisir ma table. Elle n'y est pour rien, la pauvre, si on lui fait vendre (mais, grands dieux, à qui ?) des sachets de lavande à, respectivement, 85 euros (le petit format), et 147 euros (le grand format). Heureusement, les tarifs indiqués sur le menu gigantesque qu'elle me tend sont plus raisonnables.

Je commande un gaspacho de betteraves et des tempura de poisson accompagnés d'une purée de panais, et puis, merde, je ne vais pas reprendre le volant tout de suite, un verre de chablis. En mon honneur, l'hôtesse a mis en marche l'inévitable musique d'ambiance. Un opéra baroque, je dirais. En attendant mon déjeuner, j'essaie d'imaginer les lieux du temps où France Leroy y vivait. Je me demande ce qu'elle en penserait. Et si, au lieu de lui rendre visite, je lui avais proposé de venir boire un thé ici ? Quelque chose me dit qu'elle aurait ri, elle aussi. Tout ce qui subsiste des écuries, ce sont les hautes voûtes en briquettes roses et les poutres sculptées qui les soutiennent.

On m'apporte une corbeille de pain et du beurre salé sur lesquels je me jette, soudain affamée. Je sors mon ordinateur et, tout en me faisant une tartine, je relis les notes que j'ai prises hier, après avoir vu France Leroy. Oui, comme je m'en souvenais, elle mentionne un unique cheval, confisqué par les Allemands. Les écuries ne servant plus à rien, était-ce là que les Leroy planquaient des maquisards ? Je lève les yeux vers les voûtes roses, essaie de faire abstraction du décor chichiteux qu'elles surplombent. Je sens que le service va traîner en longueur. Heureusement, mon chablis arrive.

Je range mon ordinateur dans ma sacoche d'où dépassent quelques feuillets : les photocopies de *Frou Frou* que m'a laissées Paul. Histoire de m'occuper (le gaspacho, ils n'ont même pas besoin de le réchauffer, pourtant ?), je sors la liasse et parcours de nouveau les titres qui nous ont amusés, hier, à la MRSH, avant que nous ne tombions sur la photo d'Ysmane My.

Je n'ai que le temps de poser les pages, à l'envers, sur mes genoux : un serveur a surgi, portant un énorme plateau d'où il soulève respectueusement un verre de la taille d'un dé à coudre, ou presque. C'est ma soupe. Deux cuillerées plus tard, il revient me débarrasser du verre vide et, quasi du même mouvement, soulève une cloche d'argent pour me révéler une assiette, heureusement plus copieusement servie, de tempura et de purée. Ouf. J'ai médit. Ils sont assez rapides, finalement.

Avant d'attaquer, je reprends ma liasse de photocopies et me décide pour une double page intitulée : « Les désirs du Lido / Enchantement des sens ». Le texte est à l'avenant. J'engloutis mes croquettes de poisson pané-purée insuffisamment réchauffées au micro-ondes et repousse mon assiette. Le serveur se matérialise aussitôt devant moi et me propose de consulter la carte des desserts. Je parie qu'ils ont des « cafés gourmands ». Pari gagné. Comme le resto fait aussi salon de thé, j'ose espérer que les gourmandises sont maison, même si, « en vrai », comme dirait Paul, je n'ai plus très faim.

J'ai laissé l'article sur le Lido en évidence sur la table. J'ai fini mon chablis et me fous de ce que le serveur pensera d'une dame d'âge mûr et d'allure respectable (même si habillée comme une randonneuse) qui lit des magazines coquins. À supposer qu'il trouve coquines les grandes photos qui l'illustrent et où figurent des danseuses de french cancan, parisiennes, froufroutantes, mais honnêtes, surtout pour un garçon de sa génération. Mon regard glisse d'abord sur les visages des danseuses sans vraiment les voir. Je remarque plutôt les costumes, jupons, volants, culottes de grands-mères, et les accessoires (les balançoires, notamment, sur lesquelles les filles rejouent *L'Escarpolette* de Fragonard en beaucoup plus acrobatique).

Je manque faire voler la tasse de café que je viens de porter à ma bouche lorsqu'un visage me saute aux yeux. Sur la page de gauche, une rangée de danseuses soulèvent leurs jupes en souriant. Et celle du milieu, je la reconnaîtrais entre mille, n'est autre, sous ce déguisement différent, que la bonne des *Petites Filles*, celle que j'ai surnommée, comme son personnage, Élisa.

Je repose prudemment ma tasse et rajuste mes lunettes. Pas de doute : les joues pleines, le regard clair et juvénile, les épais cheveux bruns qui dépassent du bibi à plumes, c'est bien le même visage que j'ai longuement scruté hier. Je me cale dans mon fauteuil trop bas, étends mes jambes ankylosées et bois lentement mon café avant de vérifier si l'article ne mentionnerait pas l'identité des danseuses. Je m'octroie même un léger délai supplémentaire : la minuscule portion de Tatin aux poires va refroidir. Je n'en fais qu'une bouchée, puis je jette un regard méfiant au fondant au chocolat, que je préfère tiède, et à la verrine de fromage blanc aux fruits rouges, qui attendra aussi. Enfin, je survole le texte (conforme au style du magazine : « la griserie », « l'enchantement des yeux », « la magie des couleurs ») à toute vitesse, à la recherche des majuscules signalant les noms propres. C'est au début du troisième paragraphe : la capitaine de quadrille « d'un remarquable entrain » s'appelle Élisa de Freneuse. Je fais signe au serveur. Il va me falloir un deuxième verre de chablis.

XIII

J'ai bien roulé. Personne à la sortie de Paris. Même pas obligé de prendre « l'autoroute des riches », de son vrai nom l'A14, cette bretelle à laquelle un péage supplémentaire vaut d'être moins encombrée que l'A13. Moi aussi, même sans ma grand-mère, j'écoute parfois Nostalgie. Mais ce matin je préfère brancher mon smartphone sur l'autoradio et mettre le dernier album d'Alex Beaupain. Je me dis que le film de Christophe Honoré, *Les Malheurs de Sophie*, dont Beaupain a fait la B.O., passe peut-être au Viking et que je vais essayer d'y emmener ma grand-mère, demain après-midi. Je me dis d'autres choses très gaies mais très intimes, relatives à Marina. À Louviers, je quitte l'A13 et redeviens prudent. Il y a des radars partout, dans le coin, et je suis parfaitement dans les temps : je prévois d'arriver au Café Garcia un quart d'heure avant le début de la visite guidée du château. Je n'ai pas déjeuné, mais pas faim du tout non plus.

Je n'ai pas l'habitude d'arriver par là. De chez

mes grands-parents au golf qui jouxte le parc du château du Champ-de-Bataille, il y a un raccourci qui traverse la forêt, et que j'ai pris souvent, même à pied c'est faisable. Alors je me perds un peu à la sortie du Neubourg avant de dénicher le panneau indiquant Sainte-Opportune-du-Bosc (c'est le nom, pittoresque, de la commune dont dépend le château). J'ouvre grand ma vitre et allume une cigarette. Il fait un temps sublime. Je fredonne les paroles de la première chanson de l'album de Beaupain, « Loin », que j'ai mise en *repeat* depuis Louviers. C'est bizarre, que je m'identifie aussi facilement au point de vue d'un quarantenaire légèrement dépressif : « Avons-nous grandi trop vite ?... Voilà. On est loin de se douter qu'on en est déjà là, entamés plus qu'à moitié, tout ça pour ça... On est loin des peaux fruitées, gel douche à la mangue, dans quel sens faut-il tourner, dans ta bouche, ma langue ? » Je comprends que c'est justement parce que je ne m'en sens plus loin du tout, ce matin, de mon adolescence (même si je n'ai jamais utilisé ni connu personne qui utilisait de gel douche à la mangue), que l'écouter me rend moins nostalgique que joyeux.

Je ralentis avant de tourner dans le parking du château, et suis d'abord trop occupé à écraser ma cigarette dans le cendrier et à débrancher mon smartphone pour remarquer Sophie, debout à côté de sa Twingo, un verre de vin posé sur le toit de la voiture, et une cigarette allumée à la main. Elle n'a pas l'air contente du tout. Je regarde l'heure : deux heures, je suis plutôt en avance. Je me gare en épi bataille, par l'arrière comme on m'a appris à l'auto-école, ça me prend un tout petit peu de temps. Sophie fond sur moi au moment où je pose le pied gauche sur le gravier, encore assis au volant. Les pans de son imperméable battent violemment contre ses jambes, la lanière de son sac manque dégringoler. Elle n'est pas « pas contente », elle est carrément furax.

— Alors comme ça, vous vous passionnez pour des films invisibles ! Mais uniquement d'un point de vue théorique ! Et pas spécialement pour *Les Petites Filles modèles* ! Vous n'avez aucune raison personnelle d'enquêter sur ce film de Rohmer ! Ce n'est pas du tout, je dis ça comme ça, une question d'argent, hein ? Vous n'espérez pas du tout mettre la main sur le film et faire du fric avec, vous, ou quelqu'un de votre famille ? Vous allez arrêter de me prendre pour une gourde, maintenant. Vous aviez l'intention de me dire quelque chose ou vous trouvez ça drôle de faire semblant d'être aussi paumé que moi ? Déjà, le marché de Pont-Audemer, c'était con, mais votre grand-tante, là, ou arrière-cousine, j'en sais rien, la strip-teaseuse quoi, vous auriez d'abord pu vérifier qu'on n'en parlait pas dans le même journal qu'Ysmane My. Parce que, si ça se trouve, elles se connaissaient les deux. En tout cas, elles connaissaient toutes les deux Kéké. Et ne faites pas cette tête-là, vous avez l'air d'un abruti. Ce que vous êtes. En plus de mentir mal et de conduire comme un veau.

Elle réprime un hoquet qui insiste et elle est obligée, enfin, de se taire pour essayer de le calmer.

Pendant qu'elle prend une longue inspiration, les mains à hauteur du diaphragme, j'en profite pour en placer une : « Sophie, je suis désolé. Effectivement, je n'étais pas à Pont-Audemer, mais à Paris avec ma femme. C'est compliqué, enfin plutôt moins compliqué qu'avant, et je vous jure que ça n'a strictement rien à voir avec aucun film de Rohmer, heureusement d'ailleurs. Bon. Pour le reste, le mieux ce serait que je vous présente ma grand-mère. J'ai beau conduire comme un veau, je suis plus sobre que vous, apparemment, alors soyez gentille, montez dans ma voiture, on visitera le Champ-de-Bataille plus tard, je vous emmène au "château de Freneuse". Mais ne vous emballez pas, comme je vous l'ai dit, si les voisins l'appellent comme ça, c'est plutôt pour se moquer. »

QUATRIÈME PARTIE

OUT OF AFRICA

I

Avoir le hoquet figure en haut de la liste des choses que je déteste le plus au monde, surtout devant témoin. Ça, plus le calme absolu avec lequel Paul a réagi à mes accusations, m'ôte toute envie de répliquer, j'obtempère donc, contourne la CX impeccable de sa grand-mère en respirant aussi calmement que possible et m'installe à côté de lui. Prévenant, il me tend une petite bouteille d'eau minérale qui n'a pas l'air d'avoir encore été ouverte et branche Nostalgie, ce qui me permet d'une part de tenter une technique non respiratoire pour faire passer mon hoquet et, d'autre part, en attendant que ça marche, d'avoir moins honte, le bruit de mes hoquets étant maintenant couvert par Michel Sardou (*Les Lacs du Connemara*). Je bois une très large gorgée et me concentre, pleine d'espoir. Il me faut quelques minutes pour être certaine que la crise est passée. Dans l'intervalle, ma pugnacité m'a abandonnée, et je me résigne à me fier à Paul, ou plutôt à sa grand-mère, puisque c'est donc elle qui semble détenir toutes les réponses aux questions que je me pose depuis que j'ai lu son nom, imprimé noir sur blanc au-dessus de la photo d'Élisa, ses jupons relevés jusqu'au menton.

Le trajet est court, et la forêt que nous traversons me plaît. Le feuillage des arbres est déjà suffisamment fourni pour lui donner des airs de plein été. Je ne suis pas certaine que Rohmer ait tourné ici les scènes dont il reste quelques photogrammes, et où les fillettes se perdent (climax du roman), mais il aurait pu. J'éprouve un rassurant sentiment de déjà-vu : le décor semble tout droit sorti des descriptions et des illustrations de Ségur.

— Vous pourriez peut-être la prévenir que nous arrivons ?

— Elle doit être dans son jardin. Elle n'entendrait pas le téléphone. Mais ne vous inquiétez pas, elle est cool. Et puis je lui ai déjà parlé de vous, je suis sûr que vous vous entendrez très bien.

Je n'y connais pas grand-chose en architecture, mais la maison que Paul me désigne, par-dessus une haie impeccablement taillée, ne ressemble en rien à un château, en effet. Des nombreuses demeures que j'ai visitées virtuellement ou « en vrai » depuis trois jours, celle que le « château de Freneuse » me rappelle le plus est la villa acquise par Joseph Kéké à Bonou, et inscrite au patrimoine culturel du Bénin. Toute de bois blanc, elle est ceinte d'une galerie couverte au rez-de-chaussée, scandée de piliers néoclassiques. On se croirait chez un prospère planteur du temps des colonies, les palmiers en moins.

Paul exécute une manœuvre aussi irréprochable

qu'inutilement sophistiquée pour se garer sous un saule pleureur et, sans m'attendre, s'avance dans le jardin en appelant « Ève » assez fort pour que je soupçonne sa grand-mère d'être un peu sourde. Au passage, je remarque qu'il fait partie de ces nouveaux petits-enfants qui dédaignent les classiques « Mamie » d'autrefois, remplacés, souvent à l'initiative des mamies elles-mêmes, par leur prénom. Les miens m'appellent Fifi, ce qui n'est pas beaucoup mieux. L'aîné ne s'est pas donné le mal d'apprendre à prononcer « Sophie » en entier, et ça m'est resté.

Je suis Paul, qui longe l'arrière de la maison et se dirige vers un bosquet d'où émerge, souriante, et très « cool », en effet, Ève de Freneuse. Elle doit mesurer trente centimètres de moins que moi, porte des pantalons baggy coupés sous le genou et une chemise d'homme également délavés, couleur de la terre dont ses mains sont couvertes, des bottillons informes et un tablier épais avec une poche ventrale dans laquelle elle a rangé ses outils. Ses cheveux gris fer sont coiffés comme ceux des héroïnes de Ségur dans l'édition des années 1930, un carré très court, la raie d'un côté, une petite barrette de l'autre. Elle ouvre les bras pour embrasser son petit-fils puis hoche vigoureusement la tête dans ma direction :

— Hello ! Désolée, je ne peux vraiment pas vous serrer la main ! Vous êtes le professeur au nom compliqué dont Paul m'a parlé, je parie ?

— Sophie. Enchantée. Je ne voulais pas débarquer à l'improviste mais Paul m'a assurée que…

— Paul et Sophie ! C'est trop mignon, ça, comme dans *Les Vacances*. Moi, c'est Ève. Dis donc, toi, je vais me laver les mains, je finirai plus tard, de toute façon je commence à avoir mal au dos, et pendant ce temps-là tu vas aller nous chercher quelque chose à boire. J'ai du cidre ou du Coca, qu'est-ce que vous préférez ?

— Du Coca, merci, ce sera parfait.

— Un verre de cidre, pour moi, Paul. Et prends un cendrier.

Nous remontons la pelouse en pente et nous rapprochons de la galerie. Dans la partie qui donne sur le jardin, elle est aménagée comme une véranda, avec une balancelle et deux chaises longues en teck garnies d'épais matelas. Ève dénoue la ceinture de son tablier, le pose sur la balustrade, va se rincer les mains à un robinet extérieur surmontant une vasque ancienne, et se laisse tomber sur l'une d'elles en m'invitant du geste à en faire autant.

« La balancelle, c'est la place de Paul. Alors, ça vous a plu le château du Champ-de-Bataille ?

— Je n'ai vu que l'extérieur. C'est somptueux. Mais on a remis la visite à plus tard. » Je ne sais plus du tout comment aborder le sujet *Frou Frou*. Heureusement, c'est elle qui enchaîne.

« Je ne comprends rien à ce que fabrique mon petit-fils. Il m'a quasi volé ma voiture, hier, tout ça pour revenir si vite. Vous savez, vous, ce qu'il a bien pu aller fiche à Paris ?

— Non. Mais ça a à voir avec sa femme, je crois. » J'ai baissé la voix en voyant Paul ressortir de la maison avec un grand plateau en fer aux bords ajourés. Il me tend une canette et un verre et sert son cidre à sa grand-mère. Il n'a rien apporté pour lui.

— Sophie, vous me donneriez les clefs de la Twingo ? Je me dis que ce serait plus pratique que j'aille la récupérer. J'irai à pied, j'en ai à peine pour une heure à faire l'aller et retour et j'ai super envie de me promener. En plus, tout ce qu'Ève a à vous dire, je le sais déjà, plus ou moins.

Ève tourne vers moi un visage interrogateur. De près, elle fait son âge. C'est le visage tanné d'une femme qui a beaucoup aimé le soleil. « Qu'est-ce que j'ai à vous dire, Sophie ? Décidément, tu fais bien des mystères, mon chéri. »

Je fouille dans mon sac et tends les clefs à Paul. J'hésite à lui demander de rapporter le verre vide que j'ai laissé sur le toit de la voiture au Café Garcia, mais j'ai honte de mentionner ce détail devant sa grand-mère, même si elle ne crache pas sur du cidre à trois heures de l'après-midi. Je suppose qu'il y pensera bien tout seul, même si ça ne fait probablement pas partie des consignes qu'on donne aux candidats au permis de conduire, consignes qui comportent, de nos jours, d'après ce qu'en disent mes étudiants, lorsque je surprends leurs conversations, toutes sortes de salamalecs techniques avant même qu'ils prennent le volant.

— Je ne sais pas exactement ce que Paul vous a raconté. Nous travaillons tous les deux sur le même sujet. Enfin, avec des optiques différentes, mais le sujet, lui, est le même. *Les Petites Filles modèles*. Le premier film d'Éric Rohmer. D'après la comtesse de Ségur. Je ne connais pas grand-chose au cinéma. Ma spécialité à moi, c'est Ségur.

Ève sirote son cidre sans rien dire. Puis elle pose son verre en équilibre sur son accoudoir, ouvre une poche de son baggy et en extrait un paquet de Philip Morris. Elle en allume une, inspire une longue bouffée, puis l'écrase dans le cendrier que Paul a laissé sur le plateau, par terre, entre nous.

— J'essaie d'arrêter. Et à vous, qu'est-ce qu'il a raconté ? Mes souvenirs ? J'en ai quelques-uns, mais vous risquez d'être un peu déçue. Cet automne-là, j'étais surtout occupée à tomber amoureuse de mon mari. Et de cette maison.

II

Elle avait vingt-deux ans et s'était montrée, jusque-là, d'un sérieux exemplaire. Un bourreau de travail. La fierté de ses parents. Élevée comme leur fils (ils n'en avaient pas), étudiante à Sciences Po, pas de petits amis. Juste une passion chaste, vers quinze ans, pour une camarade de lycée. Les filles de sa promotion étaient toutes plus ou moins fiancées. Elle, elle n'avait pas vraiment de projets, même pour les grandes vacances.

Elle a passé ses derniers examens, le mois de juin finissait, il faisait beau, comme il fait toujours beau, j'imagine, quand on a vingt-deux ans et qu'on vient de terminer brillamment ses études. Les après-midi se traînaient au soleil. Du jour au lendemain, elle a cessé de rentrer chez ses parents pour se cloîtrer derrière un mur de bouquins. Même si elle n'appartenait à aucune bande, ça s'est fait tout seul : choix d'un parc où le jeu consistait à s'installer sur les pelouses dès que les gardiens et les chaisières avaient le dos tourné, bière tiède, Gauloises, bonbecs, et des garçons partout, qui remontaient les manches de leur chemise sur des avant-bras poilus, s'allongeaient près de vous, la tête appuyée sur un coude, vous regardaient gentiment. Toute une vie sociale en accéléré. Des gens qu'on connaissait depuis la veille devenaient vos meilleurs amis et vous en présentaient aussitôt de nouveaux, qui dès le lendemain étaient à leur tour vos meilleurs amis et vous en faisaient connaître d'autres encore. « Comme on avait une préférence pour les jardins de l'Observatoire, on s'est vite retrouvés entourés d'étudiants de la "Colo".

— C'est quoi, la "Colo" ?

— L'École nationale de la France d'outre-mer. Mais tout le monde la surnommait la Colo. C'est comme ça que j'ai rencontré Jean-Paul.

— Et Joseph Kéké.

— Oui. Joseph aussi. Mais celui qui m'intéressait, c'était Jean-Paul. Il était très beau. Bien plus que Paul, qui lui ressemble pourtant beaucoup. Quand les jardins fermaient, je repassais chez moi me changer, et c'était reparti : des nuits entières à sillonner Paris, à s'encanailler dans des boîtes de Pigalle où les copains de la Colo avaient leurs habitudes. » Un premier baiser d'un romantisme parisien parfaitement conforme aux stéréotypes, un petit matin, sur un pont dont elle a oublié le nom. Et puis un premier week-end ici, chez les parents de Jean-Paul partis en voyage, avec toute la bande, des sacs de couchage roulés dans le sac à dos, le train jusqu'à Évreux puis le car, pour ceux qui n'avaient pas de voiture.

La canicule. Les nuits à bavarder dans le jardin,

les tête-à-tête discrètement arrangés avec Jean-Paul, dans le verger à l'heure la plus chaude, dans la cuisine quand tout le monde esquivait les corvées de vaisselle, ou ici même, sur la véranda, quand « les autres » allaient faire les courses. De tout ça, oui, elle se souvient. Elle pourrait me décrire les robes en coton imprimé qu'elle portait le premier jour, le deuxième jour, celle que Jean-Paul lui a enlevée le deuxième soir (une robe noire à pois blancs), dans l'appentis où elle gare aujourd'hui son motoculteur, son visage mal rasé au-dessus d'elle la première fois qu'il l'a pénétrée.

Mais elle se doute que ce n'est pas pour ça que Paul m'a invitée à bavarder avec elle. « Joseph était venu dans l'idée que le "château de Freneuse" pourrait servir de décor au film qu'il produisait. Il a tout de suite compris que cette maison (n'en dites pas de mal, je l'adore mais je sais qu'elle est bizarre : mes beaux-parents avaient vécu aux Antilles, ça ne les dérangeait pas, le côté *Out of Africa* au milieu de tous ces pommiers) n'avait rien de ségurien. Il n'a pas eu à prospecter très loin pour tomber sur le château du Champ-de-Bataille, il a réussi à joindre son propriétaire et à faire affaire avec lui. Je suis restée seule avec Jean-Paul après le départ des "autres", soi-disant pour remettre de l'ordre dans la maison.

— Vous étiez encore là quand le tournage a commencé ?

— Oui. Mes parents ne savaient pas qu'on était tout seuls, la plupart du temps. Plus l'été avançait, plus nos copains partaient dans le Sud et cessaient de venir en week-end. Septembre est vite arrivé, mais rien ne nous rappelait à Paris, ni l'un ni l'autre. Jean-Paul devait entrer comme fonctionnaire stagiaire au ministère de la France d'outre-mer, mais pas avant le mois de janvier de l'année suivante. Et puis ça nous excitait, la perspective du tournage, même s'il n'y avait pas de stars et que Joseph nous avait déconseillé de venir jouer les touristes. On risquait de déranger. Ça ne l'a pas empêché de nous mettre à contribution. Il s'agissait juste d'héberger quelques membres de l'équipe : une comédienne et une femme qui aidait à la régie (avec sa petite fille, celle qu'on surnommait "le bébé liseur").

— Quelle comédienne ? Je croyais qu'elles étaient toutes logées sur place, au château ?

— Oui, mais Line, c'était compliqué.

— Line ? » Je finis mon Coca, me lève et me sers un verre de cidre. Je m'aperçois en le versant que je tremble un peu. Aucune comédienne ne s'appelait Line. Il ne peut s'agir que de mon Élisa.

— Micheline. On l'appelait Line. C'était une fille du coin. Sa mère lui avait interdit de jouer dans le film, mais elle a passé outre, est partie de chez elle en claquant la porte et a atterri ici.

Je prends dans mon sac la liasse de photocopies de *Frou Frou* et tends à Ève la photo d'Élisa de Freneuse. Je la vois froncer les sourcils, sortir un étui de la poche de sa chemise, et chausser ses lunettes. « C'est elle. De quand ça date ?

— 1955. Et vous savez comment elle se faisait appeler ? » Ève, toujours penchée sur la photo, fait non de la tête.

— Élisa de Freneuse.

— Ça sonne bien. Ma belle-mère aurait adoré…

Je me rallonge sur ma chaise longue, avale une lampée de cidre. « Je suis vraiment trop bête. J'ai fait une scène horrible à votre petit-fils, tout à l'heure. Quand j'ai lu l'article et que je suis tombée sur votre nom, je me suis imaginé qu'elle était de la famille, que Paul le savait et qu'il me cachait quelque chose. J'aurais dû me douter qu'il s'agissait d'un pseudo. Vous saviez ce qu'elle était devenue ?

— En partie. Quand on a fini par rentrer, avant Noël, pour annoncer à nos parents qu'on allait se marier, la bande s'était clairsemée. Les Africains qui avaient terminé leurs études étaient repartis. Les métropolitains comme Jean-Paul commençaient à travailler à droite à gauche. On se retrouvait de temps en temps pour sortir, mais on n'a dû retourner qu'une ou deux fois dans le cabaret de Pigalle où on s'était tellement amusés l'été d'avant. Là, oui, on a croisé des gens qui nous ont parlé de Line. Elle était montée à Paris dans l'espoir de faire du cinéma, mais tout ce qu'elle avait trouvé, c'était des petits jobs dans des boîtes de nuit où elle s'occupait du vestiaire, ou de vendre des cigarettes. C'est peut-être Joseph qui nous a donné de ses nouvelles à l'époque, je vous avoue que j'ai un peu oublié. Apparemment, elle a gagné de quoi se payer des cours de cancan, et réussi à se faire engager au Lido. Pas si mal, après tout, pour une fille du Neubourg dont la mère avait fait de la prison. »

J'ai soudain l'impression que l'histoire de Line est une pièce de ce puzzle normand que je tente depuis quatre jours de reconstituer, sans modèle, une pièce dont les contours épousent précisément certains pans déjà assemblés. Je n'ai même pas besoin qu'Ève poursuive pour deviner que la mère de Line a fait partie de cette trentaine de femmes détenues au château du Champ-de-Bataille et maltraitées par le vieil aphasique du Manoir.

— Oui, au château. Mais je n'ai jamais su de quoi on la punissait exactement. Les gens d'ici n'aimaient pas du tout revenir sur ce passé-là. Ce dont je suis sûre, c'est qu'elle n'était pas d'accord pour que sa fille fasse l'actrice. À sa libération, ses cheveux avaient repoussé, elle a retrouvé du travail au Neubourg. Mais elle voulait à tout prix éviter qu'on les remarque, Line et elle. Alors, actrice, vous imaginez... Joseph nous l'a donc envoyée. Et, très vite après, la mère du « bébé liseur ».

Elle me rend ma liasse de photocopies, dont je sors maintenant la page où figure Lucette, alias Ysmane My. « Et elle, vous la reconnaissez ?

— Non. Je devrais ? Je ne m'intéressais pas spécialement aux strip-teaseuses, vous savez. Si on aimait sortir dans ce genre d'endroits, c'est qu'on y rencontrait des gens plus rigolos que dans les soirées prout-prout où Jean-Paul était régulièrement invité. Elle a l'air infiniment triste. Qui est-ce ?

— Ysmane My. Elle...

— Ah, oui, l'affaire avec Joseph...

— Vous étiez au courant ?

— Non. Pas avant de lire la biographie de Rohmer, il y a deux ou trois ans. »

Pourquoi suis-je surprise qu'elle l'ait lue ? Elle

a fait des études poussées, s'intéresse forcément à la thèse de son petit-fils, peut-être même est-elle plus cinéphile que moi. Pourquoi pas, en effet ? J'ai déjà renoncé, sans trop de regrets, aux intrigues rocambolesques que j'échafaude depuis ce matin. Le soleil vire lentement à l'ouest, face à nous, mais il est trop haut pour pénétrer sous la véranda. Il y fait chaud, cependant, et je me laisse gagner par une torpeur familière, celle que j'éprouve lorsque je suis à Saint-Pair, et que les tâches matérielles, au Manoir, ne permettaient que peu. J'allume une cigarette et observe ma voisine du coin de l'œil. Elle a fermé les yeux et je m'imagine un instant qu'elle s'est assoupie, mais non.

« On n'a pas gardé le contact, avec Joseph. Je ne crois même pas qu'on l'ait invité à notre mariage, où il y avait d'ailleurs très peu de monde. On avait décidé de faire ça ici, dans l'intimité. Ce qui signifiait quand même la messe à l'église du village (mes parents, des athées militants, étaient horrifiés, ils sont restés dehors, sur la place), et une robe blanche, mais très simple, confectionnée au Neubourg.

— Par la Maison Jeanne ?

— Dites donc, vous êtes bien renseignée, vous ! Dans mon souvenir, il n'est pas question de la Maison Jeanne, dans la bio de Rohmer, si ?

— J'ai rencontré hier une dame qui y a travaillé toute sa vie. Ses parents habitaient au château, dans les communs. Je voulais savoir si elle avait des choses à me raconter sur le tournage. Mais finalement, je l'ai dérangée pour rien. » Je repense à la fureur du vieil aphasique, et à sa « bande de nègres ». « Et les autres Africains de la Colo, vous avez gardé le contact avec eux ?

— Avec certains. Surtout plus tard, quand on a quitté la France, avec Jean-Paul, et qu'on s'est baladés, d'ambassade en ambassade, presque toujours en Afrique.

— Votre mari est devenu ambassadeur ?

— Vous êtes bien vieux jeu, Sophie… Et moi, je suis un peu vexée que Paul vous ait aussi peu parlé de nous. Je vous la fais courte : on voulait quitter la France, tous les deux. On en avait marre de nos familles, de Paris, envie d'aventures. Jean-Paul travaillait au ministère, et moi je m'étais inscrite aux Langues-O. J'étudiais le bambara, le peul, un peu le yoruba. Je suivais aussi des cours d'anthropologie et d'ethnologie. Je me préparais. À la fin des années 1950, tout était en train de changer. De nom, pour commencer. Le ministère de la France d'outre-mer est devenu "de la Coopération", ce qui nous plaisait beaucoup plus. Dès qu'on a pu, on a postulé pour "coopérer" sur place. À la seule condition qu'on nous affecte aux mêmes endroits. Au début, on nous a confié des missions de conseil ponctuelles. Jean-Paul s'occupait plutôt de questions juridiques, ou commerciales, moi de francophonie et de culture. Mais c'est moi qu'on a fini par nommer ambassadeur, pas lui !

— Je suis très impressionnée, Votre Excellence…

— Vous pouvez, vous pouvez, Sophie. On n'était pas nombreuses, à l'époque… »

En vérité, ce n'est pas tant la carrière d'Ève qui

m'épate, que le nombre de pays où elle a dû voyager. Moi, avant de commencer à être invitée à des colloques pour parler de Ségur, je n'étais quasi jamais sortie de France. Mon père était accroché à Saint-Pair. Ma mère n'avait pas les moyens.

Tout ce que j'ai connu du vaste monde, pendant des années, c'était les costumes traditionnels féminins que portaient mes poupées de collection. Ma mère, chaque fois que je rentrais de vacances, fin août, m'en remettait une nouvelle, parfois deux, soi-disant offertes par des collègues de travail plus chanceuses, que leurs maris emmenaient passer l'été à l'étranger (pas très loin en général, mais à l'étranger quand même), et qui les lui rapportaient pour moi. J'avais plusieurs Espagnoles : une Castillane, une Valencienne et une Andalouse. Et puis, à mesure que les lignes aériennes s'ouvraient massivement aux touristes, j'ai eu aussi une Mexicaine, une Turque et même une Japonaise, mais à l'époque de la Japonaise, j'avais dix-sept ans et cessé de me passionner pour ma collection.

À la mort de ma mère, j'ai découvert dans ses affaires une photo de son amant. Elle m'en avait parlé, à demi-mot, vers la fin de sa vie. Il était marié. Elle le voyait peu, ne pouvait jamais partir en vacances avec lui. Mais elle lui avait imposé cette preuve d'amour-là (et ce devait être compliqué pour lui, d'acheter des poupées de collection pour la fille de sa maîtresse, quand il voyageait avec sa famille) et il s'en est acquitté scrupuleusement, tant qu'a duré leur liaison.

Je regarde les jambes d'Ève, maigres, noueuses et

bronzées. Je compare mentalement nos vies. Étendues toutes les deux face à la pelouse qui descend doucement vers la lisière du bois, nous sommes obligées de tourner la tête pour nous dévisager vraiment, ce que nous ne faisons pas, mais cette disposition parallèle accroît, je trouve, notre rapide intimité. Je me sens autorisée à lui poser des questions plus personnelles. « Paul ne m'a peut-être pas beaucoup parlé de vous, mais tout de même plus que de ses parents. D'eux, il ne m'a strictement rien dit. »

Ève soupire bruyamment, se redresse et se ressert de cidre. « Vous en voulez ? » Je fais oui de la tête.

— Tout n'est jamais parfait. Je ne vous apprends rien, n'est-ce pas ? D'abord, les maris meurent. Je n'étais pas d'accord pour que Jean-Paul meure. Je ne le suis toujours pas. Non seulement sa mort, mais tout ce qu'il a enduré avant, toute cette merde, les hôpitaux, les soins à domicile, puis de nouveau les hôpitaux… Et puis, même si on a été aussi heureux que possible ensemble, pendant plus de cinquante ans, c'était comme couple, pas comme parents. Je vais être très brève, si vous permettez, Sophie, d'abord parce que je n'aime pas du tout parler de ça, ensuite parce que Paul ne va pas tarder à revenir, et que, avec lui, j'enjolive un peu. On s'est mariés en 1953. On n'avait aucune envie d'avoir des enfants. Nous, ce qu'on voulait, c'est partir, et pas forcément dans des pays où il aurait été facile de traîner des bébés, surtout qu'on travaillait tous les deux. La nature a dû nous entendre : je ne suis tombée enceinte qu'à trente-six ans. C'était une fille. Laura. La mère de Paul. Le père, personne n'a jamais su qui c'était, pas même Laura, manifestement. Elle a eu Paul à dix-neuf ans. Après quoi, les troubles dont elle souffrait depuis l'adolescence se sont énormément aggravés. On était à Dakar à l'époque. Elle nous a confié son bébé, et elle a disparu. Et quand je dis « disparu », croyez bien qu'on a remué ciel et terre pour la retrouver. Alors on a pris notre retraite anticipée et on est rentrés en France avec Paul. Au bout de deux ans, Laura est revenue. Elle allait encore plus mal. Elle est morte en 1990, dans des conditions qui n'ont jamais été très claires. Une noyade.

Ève hausse les épaules nerveusement, allume une cigarette sur laquelle elle tire très fort, et qu'elle laisse ensuite se consumer entre ses doigts, la main pendant de l'accoudoir, juste au-dessus du cendrier. « Et on s'étonne que Paul ait choisi de consacrer sa thèse à des images invisibles, le pauvre chéri ! Ah ! Le voilà ! J'ai entendu la voiture. »

III

Je dois à la vérité de dire qu'on s'est grave tisé la gueule, hier soir. Et encore, moi je suis allé me coucher avant qu'elles aient fini le calva (on avait déjà réglé son compte vite fait à mon reste de vodka).

Quand je suis revenu du Neubourg avec une tonne de petits-fours salés destinés à convaincre Sophie de rester dîner (des croissants au jambon, des mini-quiches, des pâtés en croûte pour un régiment, et une laitue du potager d'Ève : oui, j'appelle ça un dîner) et dormir là, j'ai senti tout de suite que c'était gagné. Elles papotaient toutes les deux sur la véranda comme si elles se connaissaient depuis trente ans. Ève a repéré la taille des cartons que j'avais pris chez « le bon pâtissier » et elle a embrayé direct. Sophie a commencé par dire non-non pour la forme, mais pour la forme seulement. Je leur ai annoncé que, pour ma part, je n'avais qu'un projet, dans l'immédiat, faire la sieste, je suis donc rentré dans la maison mettre mes provisions au frigo et je suis monté dans ma chambre.

Je suis redescendu deux heures plus tard, et on aurait dit qu'elles n'avaient pas bougé (enfin si, il avait bien fallu qu'Ève bouge pour mettre la musique tsigane qui m'avait réveillé), mais quelque chose dans l'atmosphère avait changé. Sophie avait changé. Elle semblait soudain beaucoup plus jeune. Elle avait repoussé ses lunettes sur le haut de sa tête, et, blottie sous une couverture polaire, elle fermait les yeux sous les rayons du soleil qui, lorsqu'il décline, finissent toujours par se glisser jusqu'aux transats. Mais elle ne dormait pas du tout. Elle était apparemment en train de dire un truc marrant, parce qu'Ève, blottie elle aussi sous une couverture assortie, les yeux fermés elle aussi, riait de bon cœur. Elles ont sursauté en me voyant arriver et se sont aussitôt arrêtées, Sophie de parler, Ève de rire, comme deux adolescentes surprises par une grande personne.

J'ai constaté, un peu rassuré, qu'elles avaient lâché le cidre pour un thé. Je me suis approché du plateau, j'ai soulevé le cache-théière en alu doublé de feutrine qui est censé garder la chaleur, mais une caresse sur les flancs de la théière elle-même, à peine tiède, m'a ôté toute envie de les accompagner. J'ai ramassé leurs tasses, pris le cendrier pour le vider, et proposé de m'occuper du dîner (allumer le four pour les feuilletés et préparer une vinaigrette, c'est dans mes cordes).

Depuis que je suis tout petit, j'ai toujours aimé observer, sans me faire remarquer, ma grand-mère et ses copines. Enfant, elles me toléraient (oubliaient que j'étais là). Je m'installais dans un coin avec un jeu ou un bouquin supposé distraire mon attention de leurs conversations, dont je ne perdais pas une miette. À mesure que je grandissais, elles ont commencé à surveiller davantage leur vocabulaire. Je repérais d'autant plus facilement les moments où elles abordaient des sujets intéressants qu'elles baissaient la voix, utilisaient des termes étranges (un code, forcément), ou anglais (je faisais allemand première langue, comme tous les fils de bourges). Je ne saurais plus bien dire quel âge j'avais lorsqu'elles m'ont carrément demandé de les laisser tranquilles : ma compagnie les enchantait, mais elles avaient besoin d'un peu d'intimité. J'envie encore aujourd'hui cette capacité des filles à nouer si vite une forme de complicité gloussante et profonde dont j'adore être le témoin ; j'ai de la chance, elles acceptent généralement ma présence, plus volontiers et plus longtemps en tout cas que celle des autres mecs.

Sophie m'a rejoint dans la cuisine pour récupérer le cendrier que j'avais évidemment oublié de leur rapporter. Ouverts, ses yeux pétillaient de jeunesse, et s'étonnaient de pétiller ainsi. « J'adore cette cuisine. J'adore cette maison. J'ai l'impression de l'avoir toujours connue. Il y avait le même carrelage en faïence au-dessus de l'évier, quelque part où j'ai habité, enfant. Je ne sais plus où c'était. Ça me reviendra.

— Vous voulez que je vous montre votre chambre ? J'ai sorti vos affaires de la Twingo. Elles sont dans l'entrée.

— Merci, vous êtes gentil mais je vais profiter au maximum du coucher de soleil. Ça peut attendre. Et, au fait, je vous demande pardon pour ma gueulante, tout à l'heure. Mais je ne la regrette pas, si c'est ça qui vous a donné l'idée de me présenter votre grand-mère. »

J'ai mis le couvert dans la grande pièce, je suis allé chercher des bûches et j'ai tout préparé pour allumer le feu, comme mon grand-père me l'a appris. Après quoi, j'ai considéré que je leur avais laissé assez d'intimité comme ça et que je pourrais peut-être profiter un peu du coucher de soleil, moi aussi. En débarquant avec une bouteille de prosecco et des olives, j'étais sûr d'être bien reçu.

Donc, une bouteille de prosecco à l'apéro, à trois (je ne compte pas les verres de cidre qu'elles avaient sifflés sans moi) pour commencer. J'entrouvre un œil et localise la boîte de Doliprane posée sur ma table de nuit. Le jour s'est à peine levé. Merde. Pas d'eau. *Pas d'eau…* Erreur de débutant : c'est ça que j'ai oublié de faire, avant de m'endormir, boire un litre d'eau. Je titube jusqu'au lavabo (moi aussi j'adore cette maison, et l'ancienne coutume qui prescrivait de doter la plupart des chambres d'un lavabo : le mien est dissimulé dans un placard) et je bois, allez, un demi-litre avec mon Doliprane.

En me recouchant, j'ai encore plus mal au crâne. J'attends que ça se calme un peu en poursuivant mes calculs. Une bouteille de prosecco à l'apéro. Deux bouteilles de bordeaux à table. Les feuilletés ont confirmé la réputation du « bon pâtissier » du Neubourg. Malgré ma présence, Ève et Sophie n'ont pas renoncé à afficher la complicité qu'elles avaient nouée sous la véranda. Elles se sont contentées d'orienter la conversation de manière à m'y inclure.

Sophie devait déjà être un peu pompette quand elle m'a soudain demandé, mais sans agressivité aucune, pourquoi je ne lui avais rien dit : « J'ai passé des heures à élaborer devant vous toutes sortes d'hypothèses foireuses sur Joseph Kéké d'une part, sur l'interprète d'Élisa d'autre part, et à aucun moment vous n'avez jugé utile de m'informer que Kéké connaissait vos grands-parents, qu'il avait séjourné ici, chez eux, et que c'est comme ça qu'il a trouvé le décor du film. Et rien sur cette Line, non plus. Celle qui jouait la bonne, Élisa.

— D'abord, Ève n'aime pas du tout que je révèle ses secrets. Dès que ça a un rapport avec ce qu'elle a fait comme boulot, je suis une tombe. Et le Dahomey, ça touchait de trop près à sa vie professionnelle. »

Ève, comme je m'y attendais, s'est marrée et m'a rabroué gentiment : « Paul est persuadé que j'ai été une espionne, dans une autre vie. Je ne le détrompe pas, je trouve ça assez glamour, moi aussi. »

J'ai l'habitude qu'elle démente. Mais je ne suis pas dupe. Je me souviens trop bien des rares savons qu'elle m'a passés, quand j'étais gosse et que je racontais à d'autres gosses certains de ses trucs d'ambassadrice. J'ai continué de me justifier auprès de Sophie : « Quant à l'interprète d'Élisa, je vous assure que je ne me rappelle pas vous avoir entendue en parler.

— Hier matin. À l'IMEC. Pause clope de onze heures.

— Désolé. Je n'ai pas dû bien écouter. Je venais de recevoir un mail de Marina, j'étais préoccupé. »

J'ai senti le regard de ma grand-mère sur moi. Pas besoin de me tourner vers elle : je sais toujours exactement quand elle m'observe. Je lui expliquerai, pour Marina, mais plus tard, en tête-à-tête.

« Et puis, en vrai, je ne vois pas bien l'intérêt de tout ça : l'intérêt scientifique, je veux dire. Qu'est-ce que ça peut bien foutre, maintenant ? On est sûrs que ce n'est pas l'affaire Ysmane My qui explique le retrait de Kéké, non ? Même Line. Je savais qu'elle était logée ici pendant le tournage, mais c'est tout. Ça ne dit rien du film de Rohmer. C'est complètement anecdotique. » On venait de finir la première bouteille de bordeaux. Je ne garantis pas que je n'ai pas écorché le mot « anecdotique » : « Adecnotique. Euh, anecdotique, pardon.

— Non. Vous avez raison. C'est précisément ce que j'essaie d'éviter quand je travaille sur Ségur : la biographie, les dates, les lieux, on s'en fout. »

Ève est intervenue : « J'ai lu une biographie de la comtesse de Ségur. J'aime bien les biographies, maintenant. Ça doit être l'âge. Je me souviens d'une chose qui m'avait frappée : son château, là-bas, dans l'Orne.

— Les Nouettes. J'y suis allé mardi dernier. Je te raconterai. C'est immonde. Pas le château, mais l'espèce de musée qu'ils ont ouvert, dans le village…

— Eh bien, quel globe-trotter ! Tu as vraiment la bougeotte, ces temps-ci ! Bon. Les Nouettes, puisque tu le dis, mon chéri. Si je me rappelle bien, c'est le seul endroit au monde où elle ait été heureuse. Je me trompe, professeur ?

— Non, Votre Excellence.

— Et quelques années avant de mourir, elle décide de vendre. Pourquoi ?

— Officiellement, parce que l'un de ses fils, à qui elle l'avait prêté pour qu'il en fasse sa résidence secondaire, avait abattu des arbres auxquels elle tenait beaucoup, sans lui demander son avis. Mais je suis d'accord avec vous, ça n'a pas de sens. Elle n'avait pas besoin d'argent. Elle aurait pu s'y retirer pour y mourir tranquille. Je ne comprends pas non plus. Moi aussi, j'ai une maison que j'aime, vous savez, et où je vais me retirer pour y vieillir et y mourir tranquille. Je ne vois pas pourquoi s'imposer un tel renoncement, à un âge où votre corps, votre vie vous en imposent déjà suffisamment comme ça. »

À la fin de la deuxième bouteille de vin, on avait complètement changé de sujet. Ma grand-mère, qui n'a pas oublié sa formation initiale (beaucoup de droit, à l'époque où elle était à Sciences Po), essayait mollement de défendre le point de vue des techniciens de cinéma, à l'époque de Rohmer et à la nôtre. C'est son côté gauchiste un peu coincée. De mon côté, mais tout aussi mollement, j'ai plaidé pour la liberté des artistes. Et pour une forme de réalisme : puisque, de toute façon, on continuera de réaliser des films à la sauvage, il faut bien leur reconnaître le droit d'exister. Tout ça nous a menés jusqu'à la compote de pommes du jardin – avec de la crème fraîche, pour qui vous nous prenez ? Puis la vodka. Puis le calva.

Quand Ève a proposé à Sophie de lui faire visiter la maison, j'ai trouvé qu'elles tenaient toutes les deux mieux debout que moi, et j'ai déclaré forfait. J'ai monté les affaires de Sophie et les ai laissées dans la chambre d'amis. D'en bas, j'ai entendu Ève m'appeler. Je me suis penché au-dessus de la cage d'escalier. « Tu me roulerais pas un petit joint, avant de te coucher ?

— Pas d'interro-négative, Mamie. » Ève déteste évidemment que je l'appelle Mamie. Et moi, qu'elle me donne des ordres (car c'était en fait un ordre) en employant des tournures interro-négatives. Je lui ai roulé son pétard et l'ai glissé dans un paquet de clopes vide que j'ai laissé tomber depuis le palier du premier, j'avais vraiment trop la flemme de redescendre. Je vise juste, en temps normal, mais là, j'avoue que j'ai loupé ma cible. Ou alors, c'est elle qui était déjà trop bourrée pour le rattraper correctement. Tout ça pour dire que, si elles n'ont pas bu d'eau, elles ne risquent pas d'être plus brillantes que moi, au petit déjeuner, tout à l'heure.

Le Doliprane commence à agir, je vais tâcher de me rendormir.

IV

Tout a commencé lorsque Paul est rentré du Neubourg. D'abord, Ève a proposé que je reste dîner et dormir chez elle, et il m'a paru tout à fait évident, sur le moment, qu'il fallait que j'accepte. Je n'avais pas la moindre envie de reprendre la route. Je me sentais chez moi, sur cette véranda.

Et puis j'ai rassemblé mes forces pour obéir enfin aux sollicitations de ma vessie, et m'arracher à ma chaise longue. J'ai demandé à Ève si elle pouvait, sans se lever de la sienne, m'indiquer où trouver les toilettes. Elle m'a répondu quelque chose comme : « Vous traversez la cuisine, derrière, il y a l'entrée, et la porte à gauche, dans l'entrée, ce sont les toilettes », en me désignant vaguement une des trois portes-fenêtres qui ouvrent sur la véranda.

Dans la cuisine, j'ai sursauté à la vue du carrelage de faïence, un damier bleu et blanc que je connaissais, sans me rappeler où j'en avais croisé un semblable. Même sensation dans l'entrée : le papier peint, des feuillages très Laura Ashley, m'a paru familier. Enfin les toilettes elles-mêmes : on y avait punaisé la reproduction d'un vieux poster Belle Époque vantant les charmes de Trouville dont j'ai presque l'exacte réplique dans mes propres toilettes, à Saint-Pair.

J'ai souri, et pas qu'intérieurement. Je n'avais rien découvert de significatif sur le film de Rohmer, mais j'étais en train de me faire une nouvelle amie, ce qui, à mon âge, n'est pas si fréquent. Quand j'ai regagné la cuisine, elle s'y affairait à préparer du thé. « Vous prenez le relais ? Moi aussi, il faut que j'aille faire pipi. »

L'après-midi a filé à toute allure. Ève avait sorti des couvertures polaires sous lesquelles nous avons savouré des litres de thé et un soleil éclatant qui tordait, en virant devant nous, les ombres des pommiers sur la pelouse.

Échange de bons procédés : j'ai résumé pour elle l'histoire de ma vie. Mes parents, divorcés à une époque où ça se pratiquait peu, et l'arrangement financier très raisonnable qu'avait proposé ma mère, à une époque où on ne connaissait même pas les termes « garde alternée » : mon père lui laissait l'appartement et la subventionnait le temps qu'elle suive une formation de secrétaire commerciale. Elle parlait couramment anglais, ce qui lui a permis de devenir rapidement secrétaire de direction dans une grosse boîte. Je n'ai rien dit à Ève de ma collection de poupées exotiques, ni de leur provenance.

En revanche, je lui ai beaucoup parlé de Saint-Pair, sans doute parce que c'est pour moi le meilleur moyen d'évoquer mon père et ce qu'il m'a transmis de meilleur. Contrairement à Ève, qui parle d'un double coup de foudre lorsqu'elle est venue ici pour la première fois avec son mari, pour lui et pour sa maison, mon attachement à Saint-Pair s'est révélé sur le tard. Enfant, adolescente, j'y ai passé d'interminables mois de juillet avec mon père et ses deux sœurs. Mes tantes, qui n'avaient jamais pu blairer ma mère, se réjouissaient, sans même se donner la peine de le dissimuler, que ce divorce, certes infamant, leur ait cependant donné raison d'une part, et d'autre part l'occasion de revenir dans cette villa qu'elles n'avaient pas héritée. L'une était mariée (mais son mari n'apparaissait qu'en août), avec de nombreux enfants plus petits que moi, l'autre pas. Deux grenouilles de bénitier. Deux très vieilles dames, me semblait-il, comparées à ma mère. Je suppose que mon père aurait pu se débrouiller sans elles, comme il le faisait tout le restant de l'année, et nous préparer des omelettes pour deux, mais il devait se dire que j'avais besoin d'une vie de famille. Dès que je me suis mariée, j'ai évité au maximum d'y retourner. Bog comme moi préférions le Manoir.

À la mort de mon père, qui a été enterré là-bas, au cimetière de Granville, après la cérémonie, après le pot qui a suivi, organisé à la maison, quand mes filles, mes tantes, mes cousins et quelques anciens collègues retraités ont repris le train, plus ou moins saouls, me laissant derrière eux pour m'occuper des bouteilles vides et des emballages de chips, il faisait très beau.

J'ai sorti la poubelle et, en traversant le jardin, j'ai entendu la mer monter. C'était un soir de juin, il devait être environ neuf heures, mais la plage était déserte. J'ai compris plus tard dans la soirée, en allumant la télé, qu'il y avait un match de foot important, grâce auquel j'avais donc pu, sans craindre les regards indignés des promeneurs de chiens, me baigner en petite culotte, ce qui n'était pas, j'en avais conscience, une conduite conforme à mon récent statut d'orpheline.

Je ne suis pas restée dans l'eau glaciale. Mais j'ai pris mon temps pour regagner la maison, enveloppée dans ma serviette. En remontant sur la digue, j'ai vu le soleil jouer sur la façade, allumer les vitres des portes-fenêtres, et je me suis donné jusqu'au lendemain pour prendre une décision. Je me suis douchée, j'ai empilé sur un plateau des restes de charcuterie, de baguette, et de petit chablis, et je me suis installée dans le salon, face à la mer. J'avais allumé la télé sans vraiment l'intention de la regarder. Pas le match, en tout cas. « Apostrophes ». Pivot recevait une poignée de scientifiques qui publiaient tous des essais sur la littérature. J'ai coupé le son pour mieux entendre la mer battre les rochers, et l'ai remis quand Claude-Jean Philippe est venu annoncer le menu du ciné-club. *Chantons sous la pluie* est le premier film que ma mère m'ait emmenée voir, à sa sortie, dans une salle des Champs-Élysées. Peut-être que si, ce soir-là, Claude-Jean Philippe, ses grosses lunettes ramenées sur le haut du crâne, s'était enthousiasmé pour la diffusion d'un Bergman particulièrement pas drôle, je n'aurais pas fait le même choix, je ne sais pas. Toujours est-il que je me suis endormie et réveillée d'excellente humeur. Le lendemain, en ouvrant les volets et en voyant la mer revenir, prévisible, fidèle, j'ai décidé de signifier à mes tantes que la récré était finie : j'étais chez moi.

Il se trouve qu'Ève connaît assez bien la baie du Mont-Saint-Michel.

Durant toutes ces années où elle a vécu à l'étranger, elle est rentrée chaque été passer ses vacances ici. Ni elle ni son mari n'avaient vraiment d'amis en France : ceux qu'ils invitaient venaient d'Afrique, on leur faisait faire un peu de tourisme, et le Mont-Saint-Michel était un *must*. Mais Saint-Pair, non, ça ne lui rappelait rien.

J'ai compris au passage pourquoi le nom de Freneuse, pour les gens du coin en général, pour un certain odieux vieillard en particulier, était associé à une « bande de nègres ». Pas à cause du seul Kéké, qui n'était venu qu'une ou deux fois, mais de tous les autres qui lui avaient succédé et s'étaient laissé charmer par la fraîcheur des nuits normandes, même en plein mois d'août, par cette maison coloniale dans son champ de pommiers. « Vos beaux-parents… » ai-je demandé. « Morts, tous les deux. Quatre ans après que j'ai épousé Jean-Paul. On vivait encore à Paris. Un accident de voiture. »

J'ai raconté, mais moins longuement que Saint-Pair, mon mariage avec Bog. Notre rencontre était nettement moins romantique que le flirt dans les jardins de l'Observatoire, le premier baiser sur un pont parisien, et la première nuit d'amour quelque part dans ce verger qu'Ève m'avait confiés d'entrée de jeu.

C'était au printemps 1968, j'avais vingt ans et je me remettais d'une double fracture de la jambe. Ma mère, qui s'était prise de passion pour le ski, m'emmenait chaque hiver avec elle, pour les vacances de février, dans la même petite station familiale (où nous croisions toujours un de ses patrons, son amant marié, probablement, mais ça je ne l'ai pas précisé à Ève).

Bref, j'avais fait une mauvaise chute. Trois mois de plâtre, et une convalescence au centre de rééducation de Granville, suggérée par mon père (visites quotidiennes de mes tantes, réfugiées à Saint-Pair au moment des « événements », l'horreur). Bog, lui, c'était le bassin qu'il s'était cassé, il était déjà là depuis trois semaines quand je suis arrivée au centre. Des parties de Scrabble dans sa chambre ou dans la mienne. Une idylle entre deux boiteux. Pas de barricades, pas de slogans, pas de pavés, juste la plage. En rentrant à Paris, j'étais enceinte. Heureusement que, à la fac, ils avaient donné la licence à tout le monde. « Votre licence ? À vingt ans ?

— J'étais très en avance. On m'avait fait sauter plusieurs classes, dans le primaire. Mais cette troisième année de licence, je n'aurais jamais dû l'avoir, avec ma jambe cassée. Du coup, et même si j'ai enchaîné les grossesses, j'ai réussi à faire une maîtrise, en quatre ans, dérogation sur dérogation, et dès que mes filles ont été assez grandes, j'ai pu m'inscrire en thèse.

— Il est mort ?

— Pardon ?

— Votre mari. Il est mort ?

— Oh, Bog, non, il va très bien, du moins je crois. Il vit en Suisse. Nous avons divorcé après la naissance de ma troisième fille. Nous sommes restés en bons termes. Distants, mais bons. Parlez-moi encore du tournage des *Petites Filles modèles*. J'ai accepté bêtement d'aller faire une conférence sur le film à Berkeley, je viens de passer trois jours à éplucher les archives de Rohmer et je n'ai toujours quasi rien à en dire. Je ne suis sans doute pas comme Paul. Je n'ai pas les mêmes raisons que lui de m'intéresser à des images manquantes. » J'ai redouté un instant les conséquences de cette allusion, mais Ève, ou du moins les jambes d'Ève, car c'est tout ce que je pouvais voir d'elle, de ma place, ne manifestaient rien : j'espère qu'elle n'y aura vu qu'une sympathie discrète au drame qu'elle m'a confié.

— Désolée de ne pas pouvoir vous aider davantage. Nous ne sommes allés qu'une fois sur le plateau. Comme c'est ma seule expérience en la matière, je ne saurais pas vous dire ce que l'atmosphère, ou les conditions de travail, avaient de particulier. On avait choisi ce jour-là parce qu'ils devaient tourner en extérieur, et on s'était dit qu'on avait plus de chances d'apercevoir quelque chose que lorsqu'ils restaient à l'intérieur du château. On s'est tenus à bonne distance d'ailleurs, et tout ce dont je me souviens, c'est que l'équipe passait son temps à observer le ciel d'un air tantôt contrarié, tantôt prudemment optimiste. La météo avait annoncé un beau soleil, mais, bon, en Normandie la météo tâtonne. Ça fait plus de soixante ans que je pratique la région, et le présage le plus fiable, à mon avis, ça reste la position des vaches : quand elles sont couchées, c'est qu'il va pleuvoir. Quoi d'autre ?... Il y avait un porte-voix qui circulait de main en main, à un rythme un peu affolé quand les nuages se dispersaient. Les actrices ôtaient brusquement leurs chandails, clap, ça tourne, nouveau nuage, le porte-voix retombait mollement sur le flanc de celui qui le tenait à ce moment-là, les actrices remettaient leurs pulls et, pour tout vous dire, je me souviens surtout de caresses très poussées de Jean-Paul, contre un tronc d'arbre, à la lisière du bois. Je pense que, de toute manière, il faut vraiment avoir quelque chose à faire sur un plateau, sinon c'est très ennuyeux à regarder. Mais, à voir l'état dans lequel Line et la mère du bébé liseur rentraient ici, chaque soir, il devait s'y passer des choses intenses et excitantes que nous n'avions pas su voir. Pas intenses et excitantes comme ce que nous faisions à la première occasion, avec Jean-Paul, mais, oui, galvanisantes. Line (il faut dire qu'elle aurait dû se trouver, si elle avait obéi à sa mère, pensionnaire dans un foyer, sur la côte, à s'initier aux tâches ménagères, alors le cinéma, par comparaison, on la comprend !), Line ne racontait presque rien.

— Le manoir des Caillouets...

— Je vous demande pardon ?

— Le foyer, près de la côte. Je parie que c'était

le manoir des Caillouets. J'ai découvert plein de trucs sur les châteaux de la région, ces derniers jours.

— Je ne sais pas. Je ne crois pas qu'elle ait jamais mentionné son nom. Ce n'était pas une grande bavarde, Line. Et puis elle se couchait très tôt, histoire d'avoir bonne mine, dans son costume de soubrette, le lendemain. Je me souviens bien mieux de notre autre résidente, Marie quelque chose. Elle devait s'appeler Marie-Claire, ou Marie-Laure, ou Marie-Noëlle, mais se faisait appeler Marie tout court. Elle se levait à l'aube, passait des heures dans sa voiture à faire la navette entre le château et Le Neubourg, poussait souvent jusqu'à la gare d'Évreux, rendait toutes sortes de services, gratuitement d'après ce que j'ai compris. Avec sa toute petite fille assise à l'arrière de la voiture, une vraie petite fille modèle, celle-là, qu'on n'entendait jamais, pourvu qu'elle ait un livre sous les yeux. Heureusement, des livres, il y en avait beaucoup ici, et je la ravitaillais presque quotidiennement. Marie s'amusait comme une folle, avec ce travail ingrat et bénévole. Elle connaissait la mère d'une des petites actrices du film, qui lui avait proposé de se joindre à l'aventure, juste pour le plaisir. Elle n'apparaît vraisemblablement dans aucune archive, mais elle s'en fichait. Lorsque Line allait se coucher, on restait souvent des heures à l'écouter nous raconter toutes sortes d'anecdotes minuscules mais qui la mettaient en joie. Jean-Paul nous laissait quelquefois bavarder tranquilles, entre filles – elle était plus vieille que moi, de sept ou huit ans peut-être, mais elle avait l'air d'une gamine, ou plutôt d'une femme qui aurait soudain rajeuni. Elle se confiait alors plus intimement. Elle venait de décider de quitter son mari. Sa fille n'allait pas encore à l'école, elle était parfaitement libre de passer tout son automne comme bon lui plaisait, et elle savourait chaque seconde de cette nouvelle liberté. J'aurais aimé savoir ce qu'elle est devenue, après. Elle avait dû beaucoup souffrir, même si, elle insistait là-dessus, son mari n'avait eu aucun tort envers elle. Il était simplement plus vieux, plus triste, plus solitaire qu'elle. J'avais beau, moi, être très amoureuse, et incapable d'imaginer que ça s'arrêterait jamais, je ne pouvais pas m'empêcher d'admirer Marie, sa résolution, sa conviction qu'elle sauvait sa peau en renonçant à ce mariage. Parce que, comme vous le notiez vous-même à propos de vos parents, ça n'était pas facile, à l'époque, de divorcer, quand on n'était pas une star de cinéma, justement. C'est l'impression que ça donnait : bon seulement pour les actrices hollywoodiennes, le divorce.

— Je suppose qu'il a fallu du courage à ma mère, aussi. Et qu'elle sauvait sa peau, peut-être, même si elle ne m'a jamais présenté leur séparation comme ça.

— On édulcore, avec les enfants. Si vous saviez combien de choses j'omets, quand je parle à Paul de sa mère… Elle ne s'est pas remariée ? Votre mère ?

— Non. Au fond, je crois qu'elle préférait nettement le célibat. Il y a eu un homme, en secret, et longtemps. C'est sans doute à lui, à leur relation qu'elle pensait lorsqu'elle me disait qu'un amoureux, c'était comme un pull qu'on adore mais qui gratte. Moins il y a de contacts, moins il y a de risques d'irritation. Le couple comme un vêtement... Elle avait sûrement froid, par moments, mais, dans l'ensemble, elle a eu une vie heureuse, je crois. Elle aimait le cinéma américain, les comédies musicales surtout, le jazz et les romans policiers. Et moi. Mais sans jamais que son amour me pèse. On ne se parlait pas énormément. Je garde un bon souvenir de ces heures, de ces années entières passées côte à côte en silence, chacune plongée dans son bouquin. Peu de contacts, peu d'irritation, c'est vrai. Vous voulez que j'aille refaire du thé ?

Ève a jeté un coup d'œil à sa montre. C'est une montre de sport très masculine, trop lourde pour son poignet, je suis persuadée qu'elle a appartenu à son mari.

— Bof. Il est presque l'heure de l'apéro. Paul déteste que je le réveille, mais si on fait un peu de bruit... Sa chambre est juste au-dessus. Attendez.

Elle s'est levée en se drapant dans sa couverture polaire et elle a disparu dans la maison. Elle est vite revenue, précédée d'une musique qui s'est répandue à l'extérieur par la porte-fenêtre ouverte.

— Ce sont des chants tsiganes qu'il m'a offerts en rentrant de Moscou, avec quelques bouteilles de vodka. Il y a belle lurette que nous avons liquidé la vodka.

À peine s'est-elle réinstallée sur sa chaise longue,

arrangeant sur elle les pans de sa couverture, que des bruits de pas ont résonné derrière nous.

— Je faisais pareil avec mes filles, à l'adolescence, quand elles restaient au lit jusqu'à midi. Pas forcément de la musique. L'aspirateur aussi, ça marche très bien…

Ève a dû opiner en rigolant, je n'avais pas besoin de voir son visage pour deviner son expression.

V

Prosecco. Olives pimentées. Joseph Kéké.

Qui n'appréciait pas tant les strip-teaseuses, d'après Ève, que ces coulisses du milieu du cinéma qu'il avait l'illusion d'habiter, lorsqu'on le conduisait à sa table attitrée, au premier rang, dans les cabarets de Pigalle où il avait ses habitudes, aux noms de parfum (« L'Heure bleue ») ou de dessert lacté (« Caprice viennois »). Sa haute silhouette se détachait sur les jambes des danseuses, mais il ne les regardait même pas vraiment. Il payait des coups à tout le monde, sans distinction. Des truands, d'anciens collabos, des artistes peintres, ou qui se prétendaient tels (les artistes peintres ; les truands et les anciens collabos, eux, se prétendaient plutôt vendeurs de voitures). Kéké avait le profil d'un pigeon, pas d'un voyeur pervers ou brutal, c'est l'opinion d'Ève. L'argent qui manquait pour finir le film de Rohmer, il l'a sans doute claqué comme ça. Pour Ysmane My, elle ne sait pas. Elle n'imagine pas Joseph en violeur. Mais elle ajoute qu'elle peut très bien se tromper, comme Badinter.

Paul boit plus que nous. Les chants tsiganes se sont tus. J'assiste, sans beaucoup intervenir, à un échange rodé de répliques entre grand-mère et petit-fils. La vie de patachon qu'elle menait dans les années 1950, il s'en moque gentiment (« Beaux antécédents, pour une carrière de diplomate ! »). Elle le charrie sur son supposé puritanisme (« Rat de bibliothèque : vous êtes bien placée, Sophie, pour savoir que c'est le seul endroit où faire sa rencontre »). Il est manifestement détendu (il n'a même pas descendu son smartphone : il n'y a pas de réseau dans la maison, pas de risque que sa mystérieuse situation matrimoniale le dérange tant qu'il est ici, avec nous). Amoureux probablement, si nous en croyons, Ève et moi, une longue expérience dans l'observation des gens amoureux (nul besoin de nous le dire, même lorsque Paul s'absente pour aller rechercher le prosecco dans le frigo : nous avons toutes deux fait le même diagnostic, un bref regard et un sourire attendri ont suffi à nous mettre d'accord sur ce point).

Jusque-là, rien de vraiment étrange. Je me sens bien avec eux, c'est tout. J'ai accepté sans hésiter leur invitation à rester, mais, s'il est vrai que ce genre de changements de programme impromptus est devenu plutôt rare dans ma vie, il y en a déjà eu d'autres cette semaine, je ne suis plus à un coup de tête près.

Le premier phénomène vraiment troublant se produit quand nous rentrons enfin dîner (les couvertures polaires ne suffisent plus, le soir qui tombe est humide, et malgré le prosecco, malgré les mouvements énergiques que Paul imprime à la balancelle sur laquelle il a pris place, nous sommes tous trois frigorifiés).

Paul est déjà agenouillé devant la cheminée, à surveiller une flambée pourtant bien partie, et Ève est allée se changer, quand je pénètre dans la grande pièce, le « living » comme devaient l'appeler ses beaux-parents dans les années 1950. Les murs sont lambrissés jusqu'à mi-hauteur de bois peint en gris clair. Au-dessus des lambris, alternent des marines et des miroirs ovales. Des meubles simples, en teck, des coussins tendus de lin beige, des lampes contemporaines, lumière tamisée.

Je me dirige vers le feu en contournant la table déjà dressée sur laquelle Paul vient d'allumer des bougies et m'assieds sur l'accoudoir d'un fauteuil. Je me laisse d'abord happer par le spectacle des flammes, et puis, en relevant la tête, je vois Ève s'encadrer dans une porte que je n'avais pas devinée, dissimulée dans un lambris, et je sursaute violemment.

— Pardon, Sophie ! Je vous ai fait peur ? On dirait que vous venez de voir un fantôme.

— Non, non, je vous en prie. Je n'avais pas remarqué qu'il y avait une porte, par ici.

— C'est ma chambre. Au début, on couchait à l'étage, et puis un jour on s'est dit que c'était trop bête, de ne pas nous installer dans cette pièce, qui ouvre sur la galerie et où on dort comme à la belle étoile, l'été, quand on laisse la porte-fenêtre ouverte. On a attendu que mes beaux-parents meurent pour percer cette porte, c'est quand même beaucoup plus pratique comme ça.

Les petits-fours sont délicieux. La vinaigrette de Paul aussi. Il siffle presque entièrement seul la deuxième bouteille de bordeaux. Ève me pose plein de questions sur mon métier. J'essaie, en lui répondant, de ne pas être aussi pessimiste que mon collègue du Sud, hier, à la MRSH (je ne voudrais pas qu'elle s'inquiète trop pour l'avenir de son petit-fils), mais je suis bien obligée de lui confirmer que les sciences humaines, dans les universités de taille moyenne, sont mal barrées.

Elle m'interroge sur ce qu'elle appelle ma « vocation ». Je n'ai jamais désiré enseigner, avant d'entrer pour la première fois dans une salle où, le cours, c'était à moi de le faire. Mais j'aimais lire et écrire. J'aimais l'école. Je ne me voyais pas vivre ni travailler dans aucun autre environnement. Quand j'ai affronté mon premier public d'étudiants, j'étais terrifiée. À la fin de ces deux heures de cours, j'étais dans le même état qu'un comédien qui sort de scène : vidée, et euphorique. Par la suite, j'ai appris à me ménager, et je me suis quelquefois ennuyée, dans des salles de classe, mais pas souvent.

« Et Ségur ? » Comme tout le monde, Ève affiche une mine polie mais un peu sceptique en abordant ce sujet.

Je ne lui sers pas mon couplet habituel. D'abord parce qu'il faudrait lui expliquer le Manoir, donc, vu le degré de franchise qui existe déjà entre nous,

Yvonne et Maggie, leur suicide. Et je trouve que nous avons laissé sur le bas-côté un peu trop de suicidées, dans notre enquête, Paul et moi (les trois actrices du nanar érotique de 1971, Martine Carol et Dalida dans *Frou Frou*, et, je serais prête à le parier, Lucette dite Ysmane My, et Line, alias Élisa de Freneuse). De plus, Ève elle-même a perdu sa fille « dans des conditions qui n'ont jamais été claires ».

Mais ce n'est pas la seule raison qui me fait renoncer à la version officielle de mon histoire avec Ségur (l'été où je l'ai relue avec ma fille de sept ans, la stratégie qui consistait à étudier un auteur presque vierge – du point de vue de la recherche universitaire, j'entends, elle a quand même eu huit enfants). Je m'aperçois soudain que cette ligne de défense (car, oui, il y a toujours une nuance de condescendance, dans l'incrédulité de mes interlocuteurs, leurs « Pourquoi Ségur ? », que je combats lâchement en feignant presque de la partager), je n'y crois plus moi-même.

Je n'ai rien ressenti, hier soir, en m'accroupissant devant la bibliothèque du Manoir, pas la moindre vibration, aucun écho de cet été-là. Si j'ai un jour aimé les romans de Ségur avec assez de force pour leur consacrer plus tard une grande partie de ma vie, ça ne peut pas dater de ce séjour chez Yvonne et Maggie. Et je ne me rappelle absolument pas quand ni où je les ai lus pour la première fois. C'est cela que, très sincèrement, je réponds à Ève : « Je ne sais pas. D'où ça vient. Pourquoi. Un choc, sans doute, quand j'ai découvert, probablement en même temps, la lecture, la forme romanesque en général, et cette romancière-là en particulier.

— Moi, c'est ici que je les ai lus (comme beaucoup, beaucoup d'autres romans : le reste de l'année, je n'avais pas le temps). Je n'avais jamais entendu parler d'elle. Mes parents étaient beaucoup trop révolutionnaires pour me laisser lire une aristocrate réactionnaire (une copine de Louis Veuillot, c'est ça ?). Quand j'étais petite, j'étais abonnée à *Mon camarade, l'illustré de la jeunesse* (ça ne vous dit rien, j'imagine), et j'avais droit aux bouquins de Vaillant-Couturier, *Âne pauvre et cochon gras*, ou *Jean-sans-Pain*. À l'adolescence, je dévorais Barbey d'Aurevilly et Laclos en cachette. J'ai réussi à les convaincre que je voulais entrer à Sciences Po pour attaquer le système de l'intérieur. Le loup dans la bergerie. »

Je remarque enfin que, dans ce « living », il n'y a pas un seul livre. Ève a dû surprendre mes regards et deviner mes pensées. « Non. Ils sont presque tous dans ma chambre. Sauf ceux que Paul m'a empruntés, emportés là-haut et jamais rendus. Tu n'irais pas nous chercher le dessert, mon chéri ?

— Pas d'interro-négative », grommelle Paul en se levant (il titube légèrement). « Mauvaises habitudes d'ambassadrice de gauche. Tu passes ton temps à me donner des ordres. Assume. »

Il revient avec une compote de pommes, un pot de crème fraîche et, calée sous son bras, la bouteille de vodka que nous avons sérieusement entamée à l'IMEC.

— Où est-ce que tu as trouvé ça ?

— Cadeau. Demi-cadeau. Les soirées sont longues et fraîches, à l'IMEC.

Ni Ève ni moi ne sommes convaincues qu'il est bien nécessaire de lui faire un sort, mais il apparaît que la vodka, ça va très bien avec la compote de pommes à la crème. À intervalles réguliers, Paul se lève pour entretenir le feu, et chaque fois je le suis des yeux et bute sur la porte, laissée entrouverte, qui mène à la chambre de sa grand-mère. J'ai envie qu'elle m'y laisse entrer. J'ai envie de voir à quoi ressemble sa bibliothèque.

VI

La bouteille, d'apparence innocente (de la Suze), dissimule un calva de contrebande de tout premier ordre. Ève se fournit chez un particulier qui ne lésine pas sur le nombre de degrés.

Paul, plus ivre et plus fatigué que nous, monte se coucher. Ève me propose enfin de me montrer ses bouquins. En franchissant la porte dissimulée dans le lambris, j'ai le sentiment étrange de traverser une muraille.

Je comprends pourquoi elle et son mari ont choisi de s'installer là. C'est une grande pièce qui fait l'angle de la maison. Deux portes-fenêtres ouvrent sur la véranda, au sud et à l'ouest. De part et d'autre, des dizaines de rayonnages, des milliers de livres.

— C'était une bibliothèque, à l'origine. Une chambre d'appoint, à l'occasion. On a remplacé le divan par un vrai lit matrimonial, mais on a laissé tout le reste. J'aime (Jean-Paul aussi aimait) dormir au milieu des livres. Les nôtres se sont ajoutés à ceux de ses parents. On s'est contentés de faire poser plus d'étagères, au fur et à mesure qu'elles se remplissaient. Et de déplacer ceux qui se trouvaient à l'endroit où on a percé la porte qui mène au salon. Des livres d'enfants, justement. La comtesse de Ségur s'y trouvait probablement.

Je baisse les yeux. Je ne sais pas pourquoi j'ai du mal avec cette porte. Pour me donner une contenance, je laisse mon regard parcourir au hasard quelques titres sur le mur opposé. Je reconnais, même à cette distance, les tranches colorées de la saga de Doris Lessing, *Les Enfants de la violence*. Je cherche mes lunettes qui se trouvent heureusement à leur place, c'est-à-dire au sommet de mon crâne, les rabats sur mon nez et me rapproche pour vérifier. Oui, c'est bien dans cette même édition que j'ai lu et relu le premier tome sans savoir qu'il y en avait d'autres, et que la vie de l'héroïne, Martha Quest, se poursuivait des centaines de pages durant, après qu'elle a abandonné son enfant. J'en ai découvert l'existence bien plus tard. Je n'ai pas souvenir, dans ma vie de lectrice, de surprise plus réjouissante : alors comme ça, l'histoire n'était pas finie !

Dans mon dos, Ève me fait deux confidences également troublantes. D'une part, elle a l'intention, si je n'y vois pas d'inconvénient, de fumer un peu de marijuana, et m'invite à me joindre à elle. D'autre part : « Quand j'ai lu le premier volet, *Martha Quest*, c'était dans la traduction de 1952. Ici. Je l'ai relu plusieurs fois. J'ignorais qu'il y en avait d'autres. Quand la suite a fini par sortir en français, à la fin des années 1970, j'étais comme une folle, je me suis jetée dessus.

— Les deux, mon général. » Ève, qui est en train d'ouvrir l'une des portes-fenêtres, se retourne vers moi, sourcils levés. « Je veux dire : oui, je tirerais volontiers sur votre joint. Et oui, moi aussi j'ai longtemps cru que l'histoire de Martha s'arrêtait là. Tout pareil. Ma joie quand j'ai appris. » Elle sourit, l'air moins étonnée que moi par cette coïncidence, et sort sur la véranda. Les coussins des chaises longues sont humides, mais le calva nous a réchauffées.

Je n'aurais évidemment pas dû accepter sa proposition. À la deuxième bouffée, je me sens partir. Heureusement que je suis assise, sans quoi je serais tombée à la renverse. Et à mon âge, avec ma taille, c'était une fracture assurée. Au lieu de quoi, je pouffe et lui rends son pétard : « C'est bon, Ève. J'ai mon compte. Vous êtes beaucoup, beaucoup trop jeune pour moi... »

Elle fume ce qui reste en silence, puis : « Ça va ? Vous voulez que je vous aide à vous relever ? »

Je pouffe de nouveau. « Hé, inutile de m'humilier davantage. Je vais y arriver toute seule.

— Bien. Je vais nous préparer une tisane, alors. Fini de jouer les gamines. »

Plus tard, dans le salon. Ève a soigneusement refermé la porte de sa chambre, dont je m'efforce d'oublier les contours. Ce mur percé offense quelque chose en moi. Nous nous sommes assises tout près de la cheminée pour profiter des dernières braises. L'alcool et/ou l'herbe ont réveillé chez elle de nouveaux souvenirs.

— Line. Elle n'avait jamais lu la comtesse de Ségur.

— France Leroy non plus.

— Qui est France Leroy ?

— La dame que j'ai interviewée, hier, au Neubourg, et qui a peut-être cousu votre robe de mariée.

— Non. C'est la mère de Line qui a cousu ma robe de mariée, l'ancienne détenue du château du Champ-de-Bataille. Elle ne m'a jamais posé une question sur sa fille (il y a bien eu trois essayages) alors qu'elle savait qu'on l'avait hébergée pendant le tournage. Et moi, je n'avais plus de nouvelles de Line de toute façon, rien à répondre si sa mère s'était décidée à m'interroger. C'étaient de drôles de séances, quand j'y repense, dans une sorte d'arrière-salle de Maison Jeanne, sans fenêtre, et elle qui évitait mon regard dans le miroir, moi dans ma robe toute con en piqué blanc. Line n'avait lu que le scénario. Pas le roman. Il y a eu une scène assez pathétique, un soir, ça me revient seulement maintenant. Le bébé liseur venait de finir *Les Petites Filles modèles*, et elle insistait pour que sa mère la laisse commencer la suite, *Les Vacances*, avant de s'endormir. Line et moi, nous admirions l'éloquence de la petite, qui argumentait assez habilement. Je ne crois pas qu'elle ait eu gain de cause, au bout du compte. Mais ce dont je suis sûre, c'est que c'est elle, en expliquant avec passion à sa mère comment se terminait l'histoire, qui a révélé à Line combien le scénario de Rohmer avait réduit l'importance accordée, dans le livre, au personnage d'Élisa. Line était indignée. Elle imaginait à voix haute ce qu'elle aurait pu jouer, s'il avait choisi d'être plus fidèle au roman : la petite vérole contractée en soignant Camille, toutes ces répliques édifiantes sur le sacrifice de la bonne, le dévouement de Camille ensuite, qui insiste pour la soigner à son tour, et, finale grandiose, la fête donnée en l'honneur de la valeureuse domestique. Tout ça, sabré sans scrupules dans l'adaptation. Line était carrément en rogne.

— Vous vous rappelez beaucoup plus de choses que vous ne dites.

— Non. Franchement. Par exemple, ce que je viens de vous raconter : je m'en rappelle parce que ce même soir, lorsque le bébé liseur, Line, et enfin Jean-Paul sont partis se coucher, Marie m'a parlé pour la première fois, librement, de sa vie, du tournant qu'elle était en train de prendre. Elle était très déterminée, très prévoyante, elle savait qu'elle devrait se débrouiller toute seule, n'avait aucunement l'intention d'être entretenue par son ex-mari. Mais, pour l'heure, elle se laissait porter par le courant. Le courant l'avait poussée vers un hôtel du bord de mer, l'été précédent, où elle avait fait la connaissance d'une autre mère, comme elle coincée là avec une petite fille, un peu plus vieille que son bébé liseur, (l'une des petites actrices qui devait jouer dans le Rohmer). Elles avaient sympathisé sous un parasol, et maintenant, Marie était là, venue sur un coup de tête pour aider l'équipe du film, sans rien attendre en retour. « Je m'accorde une parenthèse », disait-elle. Je ne saurai jamais si c'est effectivement resté une parenthèse, ou si elle a continué à travailler dans le cinéma. J'ai oublié son nom de famille, impossible de vérifier. Je ne me souviens même plus du prénom complet qu'elle abrégeait en « Marie ». Je ne saurai jamais non plus si elle a eu une deuxième chance. Amoureuse, je veux dire.

Ève nous verse une dernière tasse de tisane. « Et vous, Sophie ?

— Quoi, moi ?

— Vous avez divorcé très jeune. Et après ? Vous l'avez eue, votre deuxième chance ?

— Je l'ai eue. » Comme il est tard et que la tisane ne m'a pas entièrement dégrisée, je vais à l'essentiel. « Rien de notable pendant des années. Des aventures, parfois, pour avoir quelque chose à raconter à mes copines. Et puis, à quarante-cinq ans, lorsque la dernière de mes filles a quitté le nid (pas la benjamine, ni la cadette, parties depuis longtemps, mais Juliette, l'aînée, celle qui est restée le plus tard avec moi), j'ai rencontré Sam. Un colloque sur les maladies des écrivains (l'asthme de Proust, la syphilis de Maupassant, ce genre de trucs), en décembre, à l'université de Florence. C'était l'époque où je commençais à rechercher les occasions de bouger. Plus rien ne me retenait à Paris, il était temps de compenser ma jeunesse sédentaire, d'aller découvrir du monde autre chose que les poupées de collection que ses collègues offraient pour moi à ma mère. Et il se trouve que Ségur fait partie de ces écrivains malades : elle a souffert pendant des années de crises étranges, qui la terrassaient et la rendaient aphasique. Elle aussi se servait d'une ardoise pour communiquer avec ses proches.

— Comment ça, "aussi" ?

— Rien. J'ai rencontré récemment quelqu'un qui faisait pareil. Aucune importance. Bref. Les hivers toscans sont très froids. J'avais bêtement cru qu'il faisait toujours beau, en Italie, je n'avais apporté que des vêtements légers, et j'étais constamment gelée. C'est Sam qui m'a sauvée, en me prêtant une veste en mouton retourné qu'il venait de s'acheter chez un grossiste en maroquinerie, un peu plus bas dans la vallée de l'Arno. Il était déjà venu souvent à Florence et avait plein de bonnes adresses dans le coin. On fait la même taille. Elle m'allait très bien. Il me l'a donnée. Je l'ai toujours. On n'a pas tardé à fausser compagnie aux autres invités du colloque pour aller déguster des pâtes au ragoût de sanglier dans des auberges de campagne. Et affinités. Et plus. Rien de tout ça n'aurait eu lieu s'il n'était pas venu en voiture. Sam était, est toujours professeur de neurologie au CHU d'Aix-en-Provence. Il était donc venu en voiture pour présenter une communication sur l'épilepsie de Dostoïevski. Il avait déjà publié tout un bouquin sur les créateurs épileptiques. Je ne l'avais pas reconnu. Jusqu'à notre troisième nuit ensemble, dans sa chambre. Comme il était motorisé, il n'était pas descendu, comme nous tous, dans un hôtel moderne et triste du centre-ville, mais dans une ancienne villa, sur les hauteurs de Fiesole. Je lui ai parlé pour la première fois de Saint-Pair (sans le lui dire, je rêvais déjà qu'il m'y rende visite : qui sait, j'aurais peut-être enfin la chance, oui, Ève, une deuxième chance, de vivre, dans ce décor que j'aimais, avec un homme que j'aimerais). Je lui ai raconté ma décision de garder la maison, à la mort de mon père. Lorsque j'ai mentionné, au passage, le thème de l'émission de Pivot sur laquelle j'étais tombée ce soir-là (des scientifiques écrivant sur la littérature), il s'est mis à rigoler. Ses yeux pétillaient : "C'est un signe, Sophie Bogoroditsk. Je participais à ce débat. J'étais dans ton salon, avec toi. Quand est-ce que tu m'y invites pour de vrai ?" Voilà. Ça fait plus de vingt ans. Peu de contacts, peu d'irritation, comme disait ma mère. Il vient dès qu'il peut me rejoindre à Saint-Pair, qu'il aime autant que moi. Autant qu'il m'aime. Autant que j'aime Saint-Pair. Il monte régulièrement à Paris, où j'essaie d'être en même temps que lui. Je ne vais pas souvent le voir à Aix. Je ne sais pas pourquoi, mais mes séjours là-bas sont toujours un peu décevants. Je parle de tout ça au présent, mais nous prenons tous les deux notre retraite cette année. Et, à l'heure où je vous parle, Ève, je n'ai pas la moindre idée de ce que nous allons faire. Il n'y aurait aucune raison valable pour continuer ainsi. Nous avons feint de projeter qu'il s'installe à Saint-Pair avec moi, mais maintenant que c'est possible, je ne sais plus si j'en ai envie. C'est pour ça aussi que je me suis empressée d'organiser ce séjour en Californie, l'automne prochain. Qu'est-ce que vous feriez, à ma place ?

— Sophie, je suis diplomate de carrière. En

principe, je dis aux gens ce que je pense qu'ils veulent entendre. Ce qui suppose d'avoir pris le temps de les étudier et de deviner ce qu'ils croient désirer (ils peuvent se tromper). Ce n'est rien d'autre que ça, la diplomatie : observer, et mentir. Je vous ai pas mal observée, depuis que vous avez débarqué ici, cet après-midi, mais je n'ai pas envie de vous mentir. Je ne vous dirai donc pas (ce qui vous arrangerait peut-être davantage) que rien ne presse, et que la vie commune risque de vous lasser, vous de votre Sam, ou lui de vous. Je ne vous conseillerai pas d'attendre et de voir venir. Je vous dirai ceci : la mort vous séparera bien assez vite, tous les deux. Accueillez-le chez vous. Regardez monter la mer ensemble. Et maintenant, au dodo. Je suis crevée, pas vous ? »

Sa franchise m'a rendue aphasique à mon tour. Je me contente de hocher la tête docilement.

— Laissez-moi ranger la tisane et allez-y. Vous ne m'en voudrez pas si je ne vous accompagne pas ? Votre chambre est juste en face de l'escalier.

VII

J'ai pris mon Stilnox il y a dix minutes. C'est ça, davantage que la marijuana ou le calvados, qui explique sans doute les associations d'idées fulgurantes et folles qui me traversent, les yeux clos sous mon masque, les oreilles bouchées par la cire.

Des idées qui n'ont rien à voir avec Sam. Je m'efforce avec succès de chasser de mon esprit ce que vient de me rappeler Ève : la mort de Sam ou la mienne, demain. De toute façon, il est à Melbourne pour un congrès, et à part un ou deux mails qu'il a dû m'écrire bourré après un quelconque pince-fesses neurologique, et reçus, avec le décalage horaire, à un moment de ma journée où j'étais sobre, moi, et donc injustement peu sensible à ses blagues, je n'ai pas eu ces derniers jours beaucoup d'occasions de penser à lui.

La photo du restaurant Beau Site, à Cabourg, m'a paru immédiatement familière.

La mère d'une des petites actrices du Rohmer a posté en août 1952 de Bénerville-sur-Mer une lettre où elle se plaint d'être retenue plus longtemps que prévu à l'hôtel Beau Site, avec sa fille, en attendant que le tournage soit prêt à commencer.

Ma mère s'appelait Marie-Pierre.

J'ai su lire très précocement.

J'ai l'impression, depuis que j'ai pénétré dans la maison d'Ève, d'y être déjà venue.

Je ne peux pas regarder sans trembler le pan de mur où on rangeait jadis les romans de la comtesse de Ségur.

Le somnifère finit par agir. Je ne sais pas si je me rappellerai, demain matin, au réveil, les trois questions que je me pose en sombrant, hébétée, dans le sommeil, et auxquelles Ève seule répondra peut-être : Quel était le prénom du bébé liseur ? Dans quelle chambre la faisait-on dormir ? Et aussi, même si ça n'a aucun rapport, est-ce que sa mère, Marie-quelque chose, avait quitté son mari pour un autre homme ? Est-ce qu'elle était tombée amoureuse, cette année-là ?

VIII

Ma grand-mère est déjà levée et, seconde surprise, beaucoup plus fraîche que moi. Je m'écroule sur une chaise de la cuisine et la laisse poser devant moi un verre plein d'une potion verdâtre et une petite fiole contenant des granules rouges. « Tu bois tout. Quinze granules. Et ne me dis pas que tu n'es même pas en état de les compter. »

Résigné, j'obéis. J'ai l'habitude de ses décoctions de sorcière. La plupart du temps, elles marchent. « Tu auras ton café après. »

Je bois, je compte mes quinze granules sans discuter, et j'ai enfin droit à mon mug préféré (acheté à New York avec mon grand-père il y a vingt ans : oui, j'étais fan de Michael Jackson à l'époque, personne n'est parfait, et j'aime encore ce vieux mug à son effigie), rempli à ras bord de café au lait brûlant et très sucré. J'en avale deux bonnes gorgées.

Ève s'est assise en face de moi, de l'autre côté de la table en formica, un des seuls meubles qu'elle ait voulu garder de l'époque de ses beaux-parents, et elle attend que j'aie allumé ma première cigarette pour enchaîner. « Sophie dort encore. J'ai été beaucoup trop bavarde avec elle, hier soir. Maintenant, si elle a un peu réfléchi, elle risque d'avoir quelques questions à me poser. »

Je tire sur ma clope. Je ne saurai jamais si elle a vraiment été agent secret, mais j'ai l'habitude de ses phrases sibyllines, et j'ai renoncé depuis longtemps à les décrypter. Elle se relève et glisse deux tranches de pain dans le toasteur. Pendant qu'elles grillent, elle reprend :

— Moi aussi j'ai pas mal de questions à te poser, mais, pour la plupart, rien ne presse. Réponds juste à celle-ci. Et, s'il te plaît, sois parfaitement honnête, j'ai bien une arrière-pensée, mais pas celle que tu crois. Je ne cherche ni à te retenir ni à me débarrasser de toi. Quand as-tu l'intention de rentrer à Paris ?

— Demain soir. Mais je peux très bien prendre le car jusqu'à Évreux, ne t'en fais pas pour moi.

— Ce n'est pas le problème. Je voudrais que tu me rendes un service. Ce n'est pas sûr encore, il faut d'abord que je vérifie un truc. Mais, au cas où, est-ce que tu serais d'accord pour accompagner Sophie jusqu'à Saint-Pair ? Tu remarqueras que je n'ai pas employé de tournure interro-négative. Tu resterais dormir là-bas ce soir et tu pourrais rentrer directement demain à Paris. Qu'est-ce que tu en dis ?

— J'en dis que tu fais bien des mystères. Et que je ne vois pas pourquoi Sophie accepterait de m'inviter chez elle.

— Ça, j'en fais mon affaire. Et tu pourrais en

profiter pour aller voir la plage de Jullouville, c'est juste à côté de Saint-Pair.

— Je te demande pardon ?

— *Pauline à la plage*. Je croyais que tu travaillais sur Rohmer ?

— O.K. Sois un peu indulgente avec moi, je ne suis pas encore tout à fait réveillé.

Sophie ne tarde pas à descendre à son tour, vêtue d'un élégant peignoir gris, mais je ne suis pas autorisé à assister à la suite des opérations. Ève m'invite gentiment à monter me doucher et entraîne sa nouvelle copine sur la véranda.

IX

J'ai bien compris que c'était « la place de Paul », mais aussi qu'il ne nous rejoindrait pas tout de suite, et je m'installe donc, ma tasse de café dans une main et ma cigarette allumée dans l'autre, sur la balancelle. Ève reste debout, accoudée à la balustrade de la véranda, tournée vers le jardin. Heureusement qu'elle ne me voit pas : à peine suis-je assise que le mouvement oscillant me ramène brutalement des décennies en arrière. Je suis si émue que je pose prudemment ma tasse (je risquerais de la lâcher), et j'aspire une longue bouffée.

« C'est là qu'elle se mettait ? Le bébé liseur ?

— Des heures durant. Avec un bouquin. Son pouce dans la bouche.

— Et les romans de Ségur ? Vous disiez hier que vous les aviez déplacés pour percer la porte : où sont-ils rangés maintenant ?

— À l'étage. Dans la chambre qu'occupait Laura. Mais elle n'a jamais tellement aimé lire. Vous voudriez les voir ?

— Pas encore. Avant, j'aimerais que vous me disiez…

— Je ne suis pas sûre. Et, comme je vous l'ai expliqué hier, je vous ai observée, mais je ne veux pas vous mentir. Vous avez de vieilles photos, à Saint-Pair ? De vous enfant ? De votre mère ?

— Oui.

— Je m'en doutais. Voici ce que je vous propose. » Ève se retourne enfin. « Après le déjeuner, vous irez avec Paul faire un tour au château du Champ-de-Bataille, comme prévu. Après quoi, vous l'embarquez à Saint-Pair. Il n'a pas besoin d'être à Paris avant demain soir. Il doit bien y avoir une gare possible, près de chez vous ? » Je fais oui-oui de la tête. « J'ai trois bonnes raisons de vous le refiler : premièrement, il est un peu jaloux de notre complicité. Je suis certaine qu'il sera ravi de vous avoir pour lui tout seul. Deuxièmement, il a très envie de voir la plage de Jullouville. Rohmer, tout ça. Enfin, vous pourriez lui montrer vos photos de famille.

— Pourquoi à lui ? Comment voulez-vous qu'il identifie…

— Lui ? Non, en effet. Mais il lui suffira de les photographier avec son téléphone et de me les envoyer. Il se plaint sans arrêt qu'il n'y ait pas de réseau ici, mais en réalité, si on fait quelques pas en direction du village, ça capte très bien.

— Je n'ai pas besoin de lui pour ça : je peux vous les envoyer moi-même.

— Soyez gentille, Sophie, ne discutez pas. Je suis une vieille sentimentale, et j'ai une quatrième raison pour me débarrasser de vous deux : votre visite a remué beaucoup de souvenirs, et je préférerais être toute seule pour les ruminer tranquille. »

Ambassadrice ou pas, je comprends qu'il est difficile de tenir tête à Ève. Je m'avoue vaincue. Tant que ses plans ne contrarient pas les miens : Paul sera dans le train, demain soir, à l'heure du rendez-vous que j'attends depuis presque un an.

— Encore un peu de café ?

— Ne vous dérangez pas, je peux très bien…

— Balancez-vous, Sophie, balancez-vous, je vais vous en rechercher.

CINQUIÈME PARTIE

LES MALHEURS DE SOPHIE

I

Sophie n'a pas l'air plus emballée que ça par le parc du château du Champ-de-Bataille. Nous en parcourons les allées au pas de course. Le seul endroit où elle s'arrête un moment, hésitante, ne présente pourtant pas un intérêt évident : c'est, à l'angle extérieur du mur d'enceinte, un carré de pelouse où elle s'aventure en vérifiant du coin de l'œil que le guide ne la surveille pas. Elle reste immobile, puis s'accroupit et observe le panorama en clignant des yeux sous le soleil. Je me tourne moi aussi pour regarder dans la même direction : la lisière du bois, l'étang, et puis quoi ? En dehors du fait que c'est un endroit qui doit bénéficier du soleil une bonne partie de la journée, j'ai du mal à deviner ce qu'il lui inspire de spécial. Elle revient vers moi et ce qu'elle dit ne dissipe pas vraiment (n'a pas vocation à dissiper, elle parle dans sa barbe) mon étonnement. « Ouais. Si j'avais un enfant en bas âge, c'est là que je l'installerais, de préférence sur une couverture, l'herbe est humide, même en plein soleil. » Ève m'a habitué, je l'ai dit, à ne pas chercher à comprendre. Elle a dû contaminer Sophie, avec ses manières d'espionne.

Nous expédions la fin de la visite. Ni elle ni moi n'avons le moindre espoir de retrouver dans ce paysagisme bling-bling quoi que ce soit qu'ait pu filmer Rohmer. En retournant vers le parking, Sophie marque de nouveau une pause à l'angle du mur d'enceinte. Elle sort son smartphone de son sac et prend une photo (de la lisière du bois, de l'étang, de quoi ?). Puis elle hausse les épaules gaiement et allonge le pas en direction de la Twingo.

Nous avons frôlé la panne d'essence. Heureusement que la vérification de la jauge fait partie des devoirs premiers du jeune conducteur, et que je suis un jeune conducteur, même si, en l'occurrence, c'est elle qui a pris le volant : sans ma vigilance de néophyte, elle était mal. Heureusement aussi que la pompe du Leclerc du Neubourg est accessible vingt-quatre heures sur vingt-quatre, dimanche compris. Laurent Voulzy et son cœur grenadine, *Angie*, Aznavour, ses amis, ses amours et ses emmerdes, encore Prince (*Cream*) : je me garde bien de distraire Sophie. Déjà que je trouve qu'elle va un peu vite, si en plus je lui parlais, perdue comme elle en a l'air dans un monde parallèle, ce serait le carambolage assuré.

Elle a décidé de rejoindre l'autoroute à Bourgtheroulde pour gagner du temps. « Si vous voulez que je vous nourrisse décemment ce soir, il ne faut pas traîner. Le seul magasin ouvert le dimanche ferme tôt, à Granville. » Moyennant quoi, ça fait deux fois qu'elle dépasse allègrement le 130 à l'heure (d'accord, dans une descente, mais la Twingo, à 130, vibre tellement qu'on n'entend plus du tout Nostalgie).

Il est à peu près cinq heures lorsque nous quittons le périph de Caen, juste après la sortie « Saint-Germain-la-Blanche-Herbe » (qui permet de rejoindre l'IMEC). Sophie braque un peu brutalement à mon goût et vire plein ouest en direction du Mont-Saint-Michel. « Vous pouvez fouiller dans mon sac, Paul », ordonne-t-elle avec un mouvement du menton vers la banquette arrière. « Je vais avoir besoin de mes lunettes de soleil. Et épargnez-moi le couplet des jeunes gens de bonne famille comme quoi vous ne fouillez pas dans le sac des dames. Je n'y vois vraiment pas grand-chose. » Je me mords la langue (ma riposte était prête, effectivement) et m'exécute. Je m'abstiens de lui signaler qu'elle devrait surtout laver son pare-brise, et pas seulement avec la giclée d'eau qu'elle vient d'envoyer et balaie d'un coup d'essuie-glace, qui ne fait qu'empirer la situation, à mon avis. Comme nous sommes dimanche, il n'y a, Dieu soit loué, pas de poids lourds qui jouent à se doubler. Il n'y a, il faut dire, pas grand monde, et Sophie, dont les yeux clignent dangereusement derrière ses lunettes noires, reste prudemment entre 110 et 120 km/h. Je me détends de mon mieux et me concentre sur le paysage.

Je ne connais pas du tout cette région. Avec mes grands-parents, quand on allait à la plage, c'était à Trouville, bien plus près de chez eux. J'ai vomi un certain nombre de crêpes en Bretagne, mais la zone intermédiaire, le Cotentin, la baie du Mont-Saint-Michel, jamais vu. Pas de forêts, des collines qui paraissent plus hautes, des bouquets d'éoliennes partout à leurs sommets. Je ne sais pas si c'est à cause de *Big in Japan* d'Alphaville (la radio est de nouveau audible, maintenant que Sophie a le soleil dans les yeux et respecte donc davantage le grand âge de son véhicule), mais elle aussi a l'air plus détendue. Son profil est presque souriant. J'en profite pour lui soumettre un projet que j'ai fait tout seul dans mon coin, après qu'Ève a décidé que je l'accompagnerais. « Ça vous dirait d'aller voir *Les Malheurs de Sophie*, demain après-midi ? J'ai regardé : ça se joue à Avranches à trois heures, on a largement le temps avant mon train. C'est pas loin de Saint-Pair, Avranches, non ? »

— Vous voulez bien m'allumer une cigarette ? Hum. On verra. C'est dans deux cent cinquante ans. C'est un film de qui ?

— Christophe Honoré.

— Jamais entendu parler. Il faut que je vous avoue, Paul, que je ne suis pas particulièrement cinéphile.

— C'est un jeune – enfin, assez jeune – cinéaste. Il a réalisé plusieurs comédies musicales très tristes, et quelques adaptations de classiques : Georges Bataille, Madame de La Fayette, Ovide, de mémoire.

— Éclectique… Et ma cigarette ?

J'avais espéré qu'elle oublierait. Je ne suis pas très rassuré à l'idée qu'elle conduise d'une main. Les yeux fermés, c'est dangereux. J'obtempère, cependant, et m'en allume une, tant qu'à faire, rien de tel que sa propre fumée pour éviter que celle des autres ne vous dérange. L'autoradio se met à crachoter tandis que la Twingo se lance à l'assaut d'une montée particulièrement raide. Tant mieux, c'est l'heure de la pub. Nous dévalons la descente, de l'autre côté, au moment où le son se rétablit (on a dû changer de fréquence). Rita Mitsouko, *Marcia Baïla*. « Zut, j'ai très envie de faire pipi. On est encore à une bonne demi-heure de Granville. Et l'aire de Saint-Jean-des-Essartières est la plus cradingue de l'ouest de la France. Tant pis. Pas le choix. »

Elle écrase sa Dunhill et pile devant un genre de blockhaus qui, même vitres fermées, sent effectivement très mauvais. Je la laisse s'engouffrer à l'intérieur et me dirige, pour ma part, vers un talus relativement boisé où, à condition de ne pas trop regarder les détritus qui volettent à mes pieds, ma pause pipi aurait presque, par comparaison avec la sienne, l'allure d'une promenade bucolique. Et, non, je n'irai pas me laver les mains (à supposer que les robinets des toilettes pour hommes soient alimentés en eau, ce qui, étant donné la vétusté de l'ensemble, n'est pas garanti).

Je me rassieds dans la voiture, la portière grande ouverte pour chasser un minimum l'odeur de tabac, et consulte mon smartphone. J'ai prévenu Marina, quand on s'est arrêtés prendre de l'essence au Leclerc du Neubourg, que je rentrerai demain soir (Montparnasse, Vingt-deux heures et des poussières, son père sera enfin en route pour Orly), mais surtout que, dès aujourd'hui, je bénéficierai d'une connexion internet suffisante pour qu'on se skype. Sophie m'a rassuré sur ce point (« J'ai tenu des années sans Livebox, mais j'ai fini par craquer. J'ai aussi une imprimante, si vous en avez besoin »). Bref, Marina doit me fixer un rendez-vous. Mais, vérification faite, je n'ai pas encore reçu son SMS.

Sophie revient, mi-soulagée, mi-écœurée.

— Vous ne voulez pas que je prenne le volant ?

Elle me fusille du regard.

— Je n'ai pas bu une goutte depuis hier soir. Je suis parfaitement en état de conduire, et je connais la route par cœur. Vous avez peur, ou quoi ?

Je rattache ma ceinture sans moufter. Sophie remet le contact. Eddy Mitchell interdit le boogie-woogie à ses bien chers frères et à ses bien chères sœurs avant la prière du soir. Par chance, le ciel s'est légèrement voilé et, même à travers le pare-brise poussiéreux, nous filons plus sereinement (je parle pour moi) jusqu'à la sortie 37. Vingt-cinq minutes de départementale déguisée en toboggan (et un Julien Clerc, un Elton John et un Madonna) plus tard, nous voilà arrivés. « Quand je disais "vous nourrir décemment", je voulais bien dire "décemment". Ne vous attendez pas à grand-chose. On est dimanche. »

— Et si vous me laissiez cuisiner, Sophie ? Ma bolognaise était réputée, quand je vivais à Moscou.

— Je ne sais pas si c'est vraiment une référence… Je suppose que vous habitiez une résidence pour étudiants, et que les Tchétchènes ou les Azéris de votre étage étaient trop flemmards ou trop incompétents pour se faire à bouffer eux-mêmes. Allez chercher un caddie, s'il vous plaît.

Je reviens et trouve Sophie immobile devant le rayon « primeurs » de la supérette. Elle n'a pas l'air très inspirée par le spectacle (il faut dire, pas terrible, mais du même niveau que ce que je trouvais chez Auchan à Moscou, et que ma recette de bolognaise réussissait, j'insiste, à transcender).

— O.K. Je vous laisse faire. J'ai des stocks d'huile d'olive et des spaghettis à la maison. Un reste de parmesan. Et du vin, meilleur qu'ici. Occupez-vous du reste, je vais fumer une clope dehors. Mais vous m'appelez quand vous avez fini, hein ? C'est moi qui paye.

II

Je tâche de ne penser à rien. Même pas à la route (j'ai l'habitude de la faire, par tous les temps). Je me laisse envahir par la sensation familière que j'éprouve chaque fois que je la prends : celle de partir en vacances (même lorsque je quitte la fac avec de gros paquets de copies) au bout du monde. Et j'aime, chaque fois que ça se présente, y entraîner un ou une novice, quelqu'un qui, comme Paul, ignore encore qu'au sud de la Manche on peut se croire n'importe où sur terre où rien, à l'horizon, n'arrête le regard, sinon des îles plus sauvages encore que la côte elle-même. Pas besoin de voyager loin : je suis, à Saint-Pair, consolée d'avoir si peu bougé.

D'après mes calculs, la mer sera haute vers neuf heures, juste au moment où le soleil se couchera, et c'est une marée à plutôt fort coefficient. Même si Paul n'a aucune raison de revenir jamais m'y rendre visite, je me réjouis qu'il découvre l'endroit sous son meilleur jour. J'ai beau n'y voir pas grand-chose, même avec mes lunettes de soleil, je n'ai qu'une envie : accélérer. Mais la tension de Paul, chaque fois que je dépasse le 110, est si palpable que je préfère m'abstenir, et lui demander une cigarette, histoire de tromper mon impatience.

Nous quittons l'autoroute. Je ne suis pas folle d'Elton John. Ni de Madonna. Paul non plus, sans doute (ou bien est-il plus à l'aise, maintenant que je roule scrupuleusement au-dessous de 90) : le voilà soudain bavard.

Je n'avais pourtant pas prévu, en lui lançant, sans préméditation aucune : « J'adore votre grand-mère », de déclencher un tel flot de confidences.

— Ne lui faites surtout pas confiance. Moi aussi, je l'adore. Mais il ne faut pas croire un mot de ce qu'elle dit. Elle nie avoir jamais fait de l'espionnage, mais je peux vous assurer que sa carrière africaine est pleine à ras bord de secrets pas forcément très glorieux. Son enfance communiste, le loup dans la bergerie, tout ça, je connais par cœur. Mais ce qu'elle a fait réellement, après, sur place, pendant toutes ces années, allez savoir… Ce qui est certain, c'est qu'elle et mon grand-père rendaient compte directement à Foccart, et que, s'ils n'ont jamais pris une thune, ils ont dû magouiller comme des dingues. Alors, dévoués au système ou infiltrés, ça…

Je ne l'écoute que d'une oreille.

J'en sais trop peu sur la Françafrique pour avoir un avis.

Je m'autorise, puisque nous sommes presque arrivés et venons de dépasser la petite gare de Folligny, à me rappeler la première fois où je suis venue y attendre Sam (il arrivait de Rennes, j'ai oublié pourquoi). Je sais que je m'étais changée trois ou quatre fois avant de me décider pour la tenue que je portais le matin (un vieux jean, un tee-shirt blanc, tout ça pour ça), et que j'avais dû foncer pour arriver à l'heure. Il était déjà en train de descendre de l'antique micheline, et je l'ai regardé gravir le petit pont qui enjambe les rails, et venir à ma rencontre dans le soleil couchant. Je l'ai rejoint en haut, pile au milieu du pont, et je ne pense pas que le chef de gare de Folligny ait jamais vu amoureux d'âge mûr aussi prompts à se galocher. Bon, peut-être que je me vante. Admettons qu'il en ait vu d'autres, le chef de gare.

Ça aurait pu ne pas marcher. Sam aurait pu, comme Bog, rester de marbre face à la grève (la mer était basse, ce soir de mai 1995), dédaigner mon plateau de fruits de mer, détester le coup de vent qui nous a réveillés avec la marée montante, au cœur de la nuit. (Bog – je le savais pourtant, moi qui l'avais vu boitiller le long du Plat Gousset, la promenade dédiée aux convalescents du centre de rééducation de Granville, ce mois de mai 1968 vécu loin de tout, sur des béquilles – se foutait royalement de la mer, lui, ce qu'il aimait, c'était déjà les montagnes, où il s'est installé depuis, et pas que pour des raisons fiscales.)

Mais non. Tout, comme sur des roulettes. Sam a commencé par me tripoter comme un adolescent dans la R5 (la mère de la Twingo, alors vraiment en fin de vie), devant la gare déserte de Folligny. Nostalgie passait opportunément *Could It Be Magic*

(« Baby I want you now, now... »). Après quoi, il s'est montré idéalement pressé d'arriver, émerveillé dès la descente vers Saint-Pair, intarissable sur les nuances de beige du sable mouillé, bref, l'invité parfait.

Je n'en demande pas tant à Paul mais je sens, quand nous quittons enfin la supérette où il a réussi à dénicher les ingrédients de « sa bolognaise », qu'il s'agite sur son siège comme les enfants que nous sommes presque tous restés (sauf Bog), à l'idée de voir la mer apparaître, là, non, encore un virage, encore un rond-point, ça y est ! Il prend même l'initiative de monter le son de la radio (je ne dis rien, moi aussi je trouve que *Raspoutine* est le seul vraiment bon tube de Boney M). Je suis si reconnaissante à Paul de partager ma bonne humeur que je remets à plus tard ma question sur les lardons qu'il a ajoutés aux prévisibles boîte de tomates pelées, oignons, ail, persil, thym, laurier, vin blanc à deux euros et viande hachée industrielle. Avec des lardons, ce n'est plus de la bolognaise, et je me doute bien que dans sa résidence moscovite, personne n'était fichu de le lui faire remarquer, mais je ne dis rien.

Il fait presque trop chaud sur la place du village quand je me gare devant la boulangerie, encore miraculeusement ouverte. Je ne jette pas un coup d'œil derrière moi en me dirigeant vers le magasin : si Paul veut en profiter pour se dandiner sur le refrain, je n'en saurai rien. Quand j'en ressors avec ce qui leur restait comme pain et une tarte à la rhubarbe (les jeunes sont attachés aux desserts), c'est loupé pour ce qui est de respecter son intimité de trémousseur : il se dandine en effet, mais sur la B.O. de *Fame* (« I'm gonna live forever, I'm gonna learn how to fly, I'm gonna make it to heaven, Baby, remember my name ! Remember, Remember... »). Je sais que nous allons passer une excellente soirée. J'ai presque réussi à oublier qu'il faudra bien, à un moment ou à un autre, que j'ouvre le placard du salon où j'ai rangé il y a dix ans l'unique carton contenant les archives personnelles de ma mère – essentiellement des photos.

Quand je m'engage dans l'impasse au bitume crevassé qui mène à ma maison, Paul a ouvert grand sa vitre, passé la tête à l'extérieur, et il hume bruyamment l'air salé : « Ça sent comme à Trouville, quand on y allait manger les dernières huîtres de l'année, aux vacances de Pâques. Mes grands-parents ne se sont jamais faits à l'idée qu'on pouvait en manger les mois sans *r*, maintenant. »

Personnellement, j'ai assez peu d'odorat. En revanche, rien ne stimule mes souvenirs comme telle ou telle température printanière (chaque degré associé à un quart de seconde précis de ma vie passée, tout un réservoir de réminiscences, surtout ici). Chacun son truc.

Je me gare devant le perron.

Paul oublie complètement nos emplettes et, à peine sorti de la voiture, se hâte de contourner la maison pour se rapprocher du bruit des vagues. Je souris dans ma barbe, attrape les provisions et vais sagement les poser dans la cuisine. Alors seulement je traverse la salle à manger et vais ouvrir la porte-fenêtre côté mer. Paul est déjà descendu sur la plage, je le vois gambader, une clope allumée à la main, le long du rivage. Je retourne à la Twingo récupérer mes bagages et les monte dans ma chambre. Je jette en passant un coup d'œil à la chambre d'amis. Des draps propres sont posés sur le lit. Il se débrouillera.

Il se débrouille même très bien. De ma fenêtre, je constate qu'il se baigne, en caleçon. Il n'a évidemment pas prévu qu'il sera gelé, en sortant du bain. Je hoche la tête avec indulgence, redescends avec une grande serviette-éponge, sors de la maison et la jette sur le sable, par-dessus la balustrade. Je ne vois plus du tout Paul, ce qui ne signifie rien, tant le soleil encore haut rebondit sur la surface de l'eau et me renvoie dans les yeux ses rayons.

J'hésite à aller ouvrir le carton de ma mère. J'en aurais le temps, apparemment Paul est assez russifié pour prolonger son exploit.

Mais ce qu'il m'a dit tout à l'heure, dans la voiture, au sujet des mensonges de sa grand-mère, me revient tout à coup. Je vais commencer par le cuisiner un peu, avant d'affronter ce qui, d'après les récits d'Ève, me donnera peut-être accès à une expérience si ancienne que je l'ai complètement oubliée, expérience qui a décidé d'une grande partie de ma vie intellectuelle, et que je ne m'attendais certainement pas, en me lançant sur la piste du premier Rohmer, à voir refaire surface.

Je décide donc d'attendre encore et reste un long

moment accoudée à la balustrade, les yeux mi-clos sous le soleil brûlant (si, si, brûlant), jusqu'à ce qu'un point noir qui n'est pas dû à mon éblouissement se mette à grossir et se transforme en un Paul frigorifié qui se précipite, un regard plein de gratitude levé vers moi, vers le drap de bain « Blanche-Neige » aux ourlets tout effilochés que je lui ai préparé.

III

— Qu'est-ce que vous vouliez dire, à propos de votre grand-mère ? Que je ne devrais pas croire ce qu'elle me raconte ? Avec moi, elle a promis d'être sincère.

— Ah, vous avez eu droit au numéro habituel : être diplomate, c'est observer et mentir, mais à vous je ne mentirai pas, bla-bla-bla.

J'essuie avec mon avant-bras droit mes yeux larmoyants et me remets à découper mon oignon. Sophie n'a pas bronché, mais je la devine déconfite. J'ai exagéré. Je le reconnais.

— J'exagère. Elle est aussi franche que possible. C'est juste que, dès qu'il est question de l'Afrique, ce n'est pas tellement possible. Donc, je vous préviens : si elle sait quelque chose sur Joseph Kéké, que ça concerne ou pas le Rohmer, aucune chance pour qu'elle vous en parle. Pour le reste, oui, c'est quelqu'un d'extrêmement direct, O.K. Déformée par sa profession, mais directe.

Je jette les oignons émincés dans la sauteuse que

m'a sortie Sophie, les asperge d'huile d'olive et monte le feu.

— Je ne peux vraiment pas vous aider ? Bon, alors je vais nous ouvrir du vin. Si vous ne traînez pas trop, on pourra prendre l'apéro devant le coucher de soleil.

J'épluche une gousse d'ail et lave quelques tiges de persil. « Vous avez de la ficelle ? » Elle en a. Je fais soigneusement un petit paquet avec mon persil, un peu de thym et une feuille de laurier. « En vrai, à Moscou, je me donnais moins de mal. Faut dire que je manquais de matériel, et de produits frais. Mais j'ai presque fini, alors O.K. pour le vin et pour le coucher de soleil. » Mes oignons sont bien dorés. Je mélange avec la viande hachée et les lardons (ma touche personnelle), j'attends qu'ils brunissent, et puis j'ajoute l'ail, les tomates pelées, du vin blanc, le bouquet garni, sel, poivre, je mets le couvercle et je baisse le feu. Sophie remplit deux verres de rouge qu'elle pose sur un plateau.

— Vous aimez l'andouille ?

J'ai menti avant-hier pour les crêpes. Tout s'est bien passé, finalement, mais je ne vais pas récidiver.

— Moyen.

— Attendez d'avoir goûté celle-là.

Sophie me tend le plateau et me précède dans la salle à manger. « Si vous me jurez que votre douche vous a vraiment réchauffé, on s'installe dehors. »

Je jure. En contrebas du jardin, deux mètres cinquante au-dessus du sable, protégé du vent par une haie, il y a un coin de terrasse avec des vieux transats en plastique et un objet bizarre, en forme d'œuf, rongé par la rouille. Je pose le plateau à même le sol rocailleux et me penche vers l'œuf. « C'est un cendrier d'extérieur. Vous noterez que tout ça est moins cosy que chez votre grand-mère, mais, avec la mer si proche, à part le plastique, rien ne tient le coup. Tenez, goûtez. »

Je mords prudemment dans la tranche grisâtre qu'elle me donne. C'est effectivement la meilleure andouille du monde. Je bois une gorgée de vin et m'assieds sur un bout de transat. « On voit la plage de Jullouville, d'ici ?

— Non. Elle est cachée derrière la pointe de rochers, là-bas, à gauche. Mais on ira demain matin. Vous chaussez du combien ?

— Je vous demande pardon ?

— C'est là que je vais courir quand il fait beau. Enfin. Avant je courais. Maintenant c'est plutôt de la marche rapide. Il fera beau demain. Et vos baskets sont sûrement très tendance, mais pas idéalement adaptées à la pratique du sport.

— Je fais du 44.

— Alors j'ai ce qu'il vous faut.

La mer s'est tellement rapprochée que nous sommes obligés d'élever la voix pour nous entendre.

— Maintenant que vous connaissez l'étendue de mon ignorance en matière de cinéma, je peux vous l'avouer : je n'avais vu que ce Rohmer-là, avant qu'on me propose Berkeley, il y a un mois. *Pauline à la plage.*

— Et depuis ?

— Oh, j'ai beaucoup progressé depuis.

— Vous avez vu *Le Rayon vert* ?

— Ne dites pas n'importe quoi, Paul ! Le rayon vert n'apparaît qu'à la microseconde où le soleil disparaît dans l'eau. Et là, il y en a encore au moins pour cinq minutes. De plus, je n'ai pas assez bu. Il faut être un peu ivre pour le voir. »

Je me marre. « Je vous parlais du film. Un film de Rohmer qui s'appelle *Le Rayon vert.* »

Sophie fait non-non de la tête. On n'essaie même plus de couvrir le bruit des vagues qui battent maintenant la digue, juste au-dessous de nous. Je finis mon verre et allume une cigarette. J'ai de moins en moins envie de m'acquitter de la mission qu'Ève m'a confiée. Je ne me vois pas demander à Sophie de me montrer ses photos de famille. Encore moins les photographier en douce avec mon portable. Sans compter que (elle a dû m'envoyer son SMS pendant que je me baignais) Marina m'a fixé un rendez-vous Skype à dix heures et demie.

Je me concentre sur l'horizon qui s'apprête à avaler un soleil rose de carte postale. Nous avons tous les deux glissé nos mégots dans son « cendrier d'extérieur » et, tous deux le regard braqué sur le même point, nous jouons parfaitement le jeu et nous écrions à l'unisson que nous l'avons vu.

IV

Pour une bolognaise de fortune, je dois reconnaître que la sauce de Paul se défend. C'est moi qui bois plus que lui, cette fois. Je lui raconte longuement les étés que j'ai passés ici, enfant, à lire dans ma chambre pendant que mes cousins préféraient pêcher les coques, jouer au tennis, prendre des coups de soleil.

Il fait honneur à la tarte à la rhubarbe, puis repousse son assiette, l'air soudain mal à l'aise. J'ai débouché une seconde bouteille et l'incite à me confier ce qui le tracasse.

— C'est Ève. Elle m'a demandé un truc ridicule.

— Je sais. Ne vous en faites pas. On en a parlé. C'est moi qui vais les lui envoyer. Mais pas tout de suite. J'attendrai que vous soyez couché.

— Je peux quand même m'occuper de la vaisselle, avant ?

— Non. Je vous interdis de vous occuper de la vaisselle, jeune homme. Vous avez la gueule de bois et vous vous êtes baigné beaucoup trop longtemps. Par ailleurs, je suis presque sûre que, si vous avez accepté de me suivre ici, ce n'est pas seulement pour voir la plage de Jullouville, mais parce que je vous ai dit que j'avais une Livebox. Et que vous avez l'intention de vous en servir. Non, non, pas besoin de me donner vos raisons. Allez, au lit ! Vous l'avez fait, au moins ?

— Je l'ai fait. J'aurais très bien pu me passer de draps, mais je savais que vous me lâcheriez pas tant que je l'aurais pas fait. Vous pouvez vérifier.

— Je vous crois. Je vous autorise à rapporter votre assiette à la cuisine, mais après, ouste, je ne veux plus vous voir.

Maintenant que je me suis débarrassée de Paul, je n'ai plus d'excuses pour remettre à plus tard l'ouverture du carton. Le salon n'est pas bien éclairé, mais je décide que ça m'arrange, cette lumière rare, pour ce que j'ai à faire.

Quand ma mère est morte, j'ai trié ses affaires à la va-vite, jeté beaucoup, gardé presque uniquement des photos. Je les éparpille devant moi, sur la grande table basse. La plupart sont de très petits formats, en noir et blanc, aux bordures crénelées. Époque où il y avait des photographes qui officiaient dans les restaurants, mitraillaient les tablées, revenaient à la fin du repas proposer leurs tirages à des prix prohibitifs, misant sur l'ébriété des convives. Ce sont les seules qu'elle ait conservées (les seules, du moins, que j'aie retrouvées), où on la voit avec des amis. J'en reconnais certains. Sur aucune ne figure son amant. De lui (du moins, je suppose que c'est lui), je n'ai qu'un photomaton très jauni que ma mère cachait dans son portefeuille.

Je laisse mon regard balayer les images au hasard. Je feins de les balayer au hasard. Du coin de l'œil, j'ai déjà repéré celle qui m'intéresse.

On m'y voit, âgée de quatre ans environ, assise sur une couverture écossaise, au milieu d'un carré de pelouse. À l'arrière-plan, on aperçoit un bout de mur en mauvais état. Je suce mon pouce gauche. Je tiens, plaquée contre moi par mon avant-bras droit, une poupée assez moche, avec des tresses de laine jaune (la photo est en noir et blanc, et légèrement surexposée, mais je sais qu'elle était blonde) dont on ne voit qu'un œil rond et le coin d'un sourire, à moitié cachée derrière le livre calé entre mes genoux nus et repliés, au premier plan, dans lequel je suis plongée (indifférente au photographe, à « la » photographe : ma mère, probablement) et dont on déchiffre assez bien le titre. C'est *L'Auberge de l'ange gardien* (l'édition de 1930, illustrée par André Pécoud).

Je me ressers un verre de vin et sors mon smartphone de ma poche. J'affiche la photo prise cet après-midi au château du Champ-de-Bataille, compare les deux. Preuve de rien.

Premier clic.

Je cherche ensuite un portrait de ma mère pris dans ces années-là. Difficile. Il y a quelques photos d'elle avec mon père, dont l'une précède sans doute de très peu leur séparation. Je le devine parce que j'y apparais aussi, du moins en partie (petit visage coupé, au tout premier plan, dans l'angle inférieur), et que j'ai plus ou moins le même âge que sur l'autre. Mes parents sont endimanchés. Ma mère porte ce qu'on appelait une robe de cocktail, une étoffe soyeuse, imprimée. Le flash les a surpris. Mon père a la bouche pleine, ma mère jette un coup d'œil apeuré à l'objectif. Derrière eux, d'autres couples flous, des hommes en costume, des femmes aux chignons laqués. Peut-être un des innombrables baptêmes célébrés dans la famille de mon père. J'hésite à l'envoyer à Ève. Même si l'époque est raccord, je doute qu'elle reconnaisse sa « Marie » dans cette épouse au regard traqué. La mère dont je me souviens, moi, ne ressemble en rien à cette femme triste.

Tant pis si elle est plus récente : c'est ma préférée que j'envoie à Ève. Printemps 1969, clinique du Belvédère : Juliette, ma fille aînée, étendue dans son berceau. Debout derrière elle, en tailleur blanc, ma mère n'affiche aucune tendresse de commande. On dirait qu'elle n'a pas vraiment conscience de la présence du bébé. Ou plutôt que cette présence la ramène très loin en arrière. Ce qu'elle contemple, profondément plongée en elle-même, c'est sans doute autre chose : sa propre maternité, sa propre enfance, autre chose qui ne concerne pas ma fille. C'est comme ça que je comprends cette silhouette toute droite, ce retrait manifeste de la scène de genre qu'on l'oblige gentiment à jouer.

Deuxième clic.

Ma main tremble un peu au-dessus de l'écran au moment de taper le numéro de portable qu'Ève m'a donné. Nous n'avons convenu d'aucun rendez-vous. Pas moyen de savoir si elle m'a attendue pour aller faire, du côté du village, les quelques pas qui lui permettront de capter mon message. Si je ne lui envoie pas les photos avant demain, est-ce que je dormirai mieux ? Pas sûr. Je vérifie une dernière fois les dix chiffres. C'est ti-par.

V

Elle m'appelle dans les cinq minutes. « J'en ai profité pour passer voir le maire. C'est une vieille copine et elle n'est jamais contre une partie de Scrabble après le dîner. Je la laisse gagner quand j'ai une faveur à lui demander. Ce soir, c'était une visite désintéressée. Je l'ai mise K.-O. "K.-O." est interdit au scrabble, mais j'ai un vaste répertoire de mots importés d'Afrique. »

Elle a beau faire la maligne, je la sens, à sa voix, légèrement émue. « Bon. Dépêchons-nous : je me suis assise sur un banc en face de l'église, pour l'instant ça va, mais je ne vais pas tarder à me geler les fesses.

— Vous les reconnaissez ? »

Ève commence par se marrer. « La première, c'est moi qui l'ai prise. Le jour où nous sommes allés sur le tournage, avec Jean-Paul. On n'avait pas d'appareil photo, mais un technicien (je crois que c'était le chef-opérateur) nous a gentiment prêté le sien, entre deux éclaircies. Marie nous a fait poser tous les deux devant le château. Et puis on l'a appelée.

Une urgence. Un paysan qu'il fallait aller supplier d'arrêter son tracteur, le temps de refaire une prise, si le gros nuage, au nord, se tenait tranquille. Quelque chose comme ça. Elle nous a confié l'appareil photo et elle est partie au galop. Elle ne nous a pas spécialement demandé de surveiller sa petite fille. Sophie. Je suppose que c'était une des questions que vous aviez envie de me poser, ce matin : quel était le prénom du bébé liseur ? Eh bien oui, évidemment qu'elle s'appelait Sophie, même si je dois vous avouer que je n'en étais plus si sûre. Je me souvenais qu'elle portait un prénom ségurien, mais j'aurais plutôt penché pour Camille. Comme quoi, vous voyez, j'avais besoin d'une image, pour vous dire la vérité. J'avais complètement oublié cette photo. Je vous le disais, Marie ne nous avait pas donné de consignes. Elle n'en avait que pour quelques minutes, et Sophie… Et vous étiez d'une sagesse exemplaire, tant qu'on vous laissait lire. Mais nous sommes tout de même restés près de vous, au cas où. Vous étiez tellement absorbée par votre livre que vous n'aviez même pas conscience que je vous photographiais. Je n'avais quasi aucune expérience. Je la trouve pas mal, pour une débutante, non ? Bon. Après le tournage, j'imagine que le chef-opérateur, quand il a fait développer la pellicule, a donné les deux tirages à Marie, qui nous a envoyé le portrait qu'elle avait pris de nous. C'est notre toute première photo de couple, et de loin ma préférée. Je vous la montrerai, quand vous reviendrez me voir (car vous reviendrez me voir, n'est-ce pas ?). Nous sommes assis sur le perron de l'entrée principale du château, serrés l'un contre l'autre, nos quatre mains agrippées les unes aux autres, l'air particulièrement stupides, il faut le reconnaître. Comme tous les amoureux. Celle de vous, Marie l'a gardée. Normal. Qu'est-ce que je peux vous dire de plus ? Votre mère était encore plus belle à cinquante ans qu'à trente. Je regrette vraiment de ne pas l'avoir revue. Qui l'a prise ?

— Bog. Mon ex-mari. Ils s'entendaient très bien, tous les deux.

— Je commence à avoir un peu froid. J'aurais pu rentrer vous rappeler de chez moi, de mon téléphone fixe, mais je trouvais ça plus romanesque de m'asseoir sur ce banc pour le faire. Je ne suis pas sûre que ce soit exactement le même banc qu'en 1952, mais il s'en trouvait un, à cet endroit, où j'ai longuement discuté avec votre mère, le premier dimanche après son arrivée. Qu'est-ce que vous vouliez savoir d'autre ?

— Où est-ce que je dormais exactement, chez vous ? Dans quelle chambre ?

— Dans la mienne. Je veux dire : dans ma chambre actuelle. À l'époque, c'était surtout une bibliothèque, mais il y avait un divan, où couchait votre mère. Et chaque soir on rentrait la balancelle, qui vous servait de lit. Marie l'installait toujours à la même place, là où il y a maintenant une porte. Tout contre les rayonnages où on rangeait les livres pour enfants. Je vous soupçonne d'en avoir dévoré une partie dans la pénombre, une fois que votre mère vous avait couchée et vous croyait endormie. Bon. Je vais marcher un peu, ça va me réchauffer. Je me rapproche de chez moi mais ça capte encore, tant que je reste sur la route. Vous voulez que je vous rappelle du fixe quand je serai rentrée ?

— Non. Merci, Ève. J'avais une dernière question à vous poser, mais je ne suis pas sûre que ça me regarde, au fond.

— Je vous écoute. Comptez sur moi pour vous envoyer paître, si j'estime que ce ne sont pas vos oignons.

— Ma mère : est-ce qu'elle était amoureuse, cet automne-là ? Est-ce qu'elle avait rencontré quelqu'un ? Est-ce qu'elle était partie à cause d'un homme ? »

Elle ne répond pas tout de suite. Durant une dizaine de secondes, je n'entends que le bruit de ses pas et sa respiration un peu haletante de fumeuse. Et puis : « C'est possible. Je veux dire : je ne l'ai connue que ces quelques semaines-là, alors j'aurais du mal à vous dire si elle était dans son état normal ou pas. Elle était incroyablement gaie et énergique, comme peuvent l'être les amoureux. Mais c'était peut-être seulement dû au soulagement d'avoir pris une décision, d'avoir quitté votre père, et à l'excitation du tournage. Je suis navrée, Sophie, mais je n'en sais rien. Elle ne m'a rien confié de ce genre. Je vous le dirais, croyez-moi, si je le savais. C'était il y a plus de soixante ans, elle avait l'âge de mon petit-fils, et vous-même pourriez être la grand-mère de cette Marie-là. Alors, que ça vous regarde ou pas, je m'en ficherais bien. Je comprends pourquoi vous voulez savoir : si elle a vécu quelque chose de clandestin, cet automne-là, ça expliquerait qu'elle ne vous en ait jamais parlé… Simplement, je ne peux rien pour vous. »

VI

Hier soir, chez Ève, je me suis interdit de penser à Sam, à notre vie conjugale possible, aux contacts et aux irritations afférents, en me concentrant sur ce que je *savais* déjà, au fond. Parce que, non, je n'avais pas vraiment besoin de la photo de moi prise par Ève pour *savoir* que j'étais le bébé liseur : me suffisaient le motif du carrelage de sa cuisine, l'impression de « membre fantôme » que je ressentais en regardant l'ancien emplacement des rayonnages de livres pour enfants, et me suffisent depuis les livres eux-mêmes, que je suis allée revoir, toute seule, après le déjeuner.

J'ai insisté pour qu'elle ne m'accompagne pas dans la chambre de Laura, et elle m'en a semblé reconnaissante. La chambre elle-même ne me disait rien. Pas là qu'on me couchait, en 1952, ça aussi j'en aurais mis ma main à couper, avant même qu'Ève me le confirme.

Les romans, alignés sur une étagère au-dessus du lit à une place, m'étaient familiers, bien sûr, parce que, spécialiste de renommée internationale de Ségur, je connais toutes les éditions de ses romans. Mais je n'étais pas venue pour me rassurer sur mon érudition : j'ai pris la peine de les ouvrir, un par un, et fini par trouver ce que je cherchais sur la page de garde de *Quel amour d'enfant !* : « Sophie, novembre 1952 », de ma propre écriture, nette et appliquée, à l'encre bleue délavée. Je suppose que j'étais censée emporter le volume, en cadeau, puis qu'au moment du départ ma mère, Ève, moi-même l'avons oublié.

Ce soir, je décide de faire l'inverse. Plutôt que d'essayer de me rappeler le passé, je me tourne vers l'avenir, c'est-à-dire vers Sam et, plus concrètement, vers le bord de mon lit, dos au nord et à la place où il dort quand il est là et se colle à moi, son bras droit enroulé autour de moi, mains entrelacées.

Je n'ai pas pris de Stilnox, pas mis mon masque ni mes boules Quies. Ici, à Saint-Pair, j'arrive généralement à m'en passer. Dans le miroir de ma coiffeuse, je vois se refléter les signaux du phare de Granville et glisse lentement dans le sommeil. Il m'arrive alors ce qui m'arrive souvent : entortillée dans ma couette, j'ai la certitude soudaine que Sam est bien présent, qu'il me tient serrée contre lui, me communique sa chaleur, présence réelle et enveloppante à laquelle ne manque que le son, c'est ça qui me réveille toujours de cette hallucination, l'absence de ronflements ou souffle léger dans la nuque, derrière mon oreille droite. Je sursaute, comme d'habitude, en m'apercevant que je suis toute seule. Ève a raison. Nous sommes trop vieux, Sam et moi, pour ne pas profiter au maximum de ces contacts-là. Tant pis si, dans la journée, au fil des semaines, il y a risque d'irritation : autant vivre toutes les nuits qui nous restent ensemble. S'il meurt avant moi, j'espère que je pourrai toujours compter sur cette illusion de présence, mais, en attendant, ce serait con de s'en contenter.

VII

Avec ses grandes jambes, Sophie marche aussi vite que je trottine, un peu serré dans les baskets qu'elle m'a prêtées. La mer commence tout juste à redescendre, laissant derrière elle un sable trop mou pour le jogging, aussi sommes-nous restés sur la digue qui surplombe la longue plage de Jullouville.

Le soleil tape déjà assez fort et nous serrons instinctivement les murets, sur notre gauche, qui protègent l'alignement des villas de styles totalement hétérogènes (des pavillons récents, vaguement « Cape Cod » avec leurs bardeaux blancs, d'énormes bâtisses, sans doute d'anciens hôtels reconvertis en appartements, avec colombages et clochetons, et une ou deux curiosités, azulejos ou tourelles crénelées très Agatha Christie), et nous donnent un peu d'ombre. Au sud, face à nous, la pointe de Carolles nous dissimule le Mont-Saint-Michel, m'explique Sophie. À notre droite, trois ou quatre kilomètres de plage immaculée, et, dans l'eau, quelques véliplanchistes, kitesurfeurs et dériveurs, tous plus ou moins encalminés.

Nous dépassons le casino. « L'ancien casino », précise ma guide, transformé depuis des lustres en résidence, avec bar vue sur mer au rez-de-chaussée, fermé à cette heure matinale. « Pas celui où Rohmer a tourné la scène du dancing, dans *Pauline à la plage*. C'était à Saint-Pair même, figurez-vous, dont le casino, lui, est toujours en activité, considérablement changé depuis l'époque de *Pauline* – 1982, non ? – lorsqu'il y avait encore le dancing, où officiaient (je crois même que c'était le nom du dancing) "Lucien et ses disques". Ce n'était pas là qu'on allait danser, ou alors, pour rire, le soir de l'élection de Miss Saint-Pair. Les cousins avec qui je sortais parfois, et moi aussi d'ailleurs, on était toute une bande d'horribles Parisiens snobinards, et on ricanait à l'énoncé des premier, deuxième et troisième prix. La deuxième dauphine devait recevoir un assortiment de charcuteries locales, ce genre. Je ne suis pas fière de ces ricanements, je vous le jure. Bon. Donc nous on allait danser plus loin, dans quelque chose qui ressemblait davantage à une boîte de nuit. Rohmer ne devait pas en connaître l'existence mais, pour le reste, il a incroyablement bien vu ce qu'était, ce qu'est sans doute toujours, la population de jeunes bourgeois en bermudas écossais et robes de plage ultra-décentes qui se dragouillaient (se dragouillent sans doute encore), se pelotaient (se pelotent sans doute encore) l'après-midi sur la plage, à côté du club de voile, et le soir au bar "La Terrasse". Non, ça ils ne peuvent plus le faire. "La Terrasse" a brûlé depuis longtemps. C'est une pharmacie, maintenant. Et le club de voile, c'est un peu plus loin, la jetée perpendiculaire à la digue, vous voyez ? » Je vois en effet une petite troupe d'adolescents en combinaison de néoprène qui remorquent religieusement leurs catamarans en direction de la mer. « C'est là qu'on fera demi-tour. Vous avez mal aux pieds ?

— Non, pas trop. Mais je ne suis pas mécontent que vous me renseigniez sur notre itinéraire, je commençais à redouter que vous ne nous entraîniez jusqu'au Mont-Saint-Michel.

— Vous n'avez vraiment aucune envie de visiter le Mont-Saint-Michel, vous.

— Pourquoi vous dites ça ?

— Eh bien, je ne sais pas : vous insistez depuis hier pour qu'on aille voir *Les Malheurs de Sophie* au cinéma. Il fait un temps sublime, vous n'avez jamais vu le Mont-Saint-Michel, et vous préférez vous enfermer dans une salle obscure. C'est tout ce que je dis. »

Je baisse piteusement la tête et fixe mes baskets trop étroites. Je me dis que ça ne devait pas être marrant tous les jours, de suivre les cours du Professeur Bogoroditsk. Qu'elle pouvait être vache, parfois. Et que je suis content de faire sa connaissance maintenant qu'elle est à la retraite. Mais bon, elle a bien le droit de me vanner un peu, chacun son tour, c'est moi qui ai commencé, ce matin, au petit déjeuner.

Hier soir, j'ai suivi ses ordres à la lettre. Je suis monté dans ma chambre, j'ai skypé un quart d'heure avec Marina, pendant que son père prenait son bain, informé désormais que nous avions décidé de rester mariés pour une durée indéterminée, et pas fâché du tout, m'a assuré Marina, au contraire.

Sophie avait raison, j'étais vraiment crevé, avec ma gueule de bois et ma baignade, mais je me suis quand même roulé un petit pétard que je suis sorti fumer sur mon balcon. La mer se retirait calmement sous un ciel entièrement dégagé. On pouvait deviner les contours de la baie aux phares qui clignotaient de part et d'autre de Saint-Pair, aux îles, en face, et aux chalutiers dont les moteurs ronronnaient fort sous les étoiles, dans la nuit sans vent. Tout ça a commencé à scintiller de plus en plus, à mesure que je tirais sur mon oinj, et, plutôt que de continuer à rédiger dans ma tête les premières lignes du chapitre de ma thèse consacré aux *Petites Filles modèles*, dont j'aurais tout oublié au réveil, j'ai fixé les étoiles et souri. J'ai dû tomber de sommeil vers dix heures et demie, et j'ai quasi fait « le tour du cadran », comme dirait Ève : il était presque dix heures ce matin quand Sophie m'a réveillé pour aller courir.

Le petit déjeuner se résumait à du café. Si je voulais, on irait acheter des croissants en rentrant de notre jogging. Je voulais bien. À vrai dire, je n'aurais pas été contre un ou deux croissants avant, mais je n'ai pas moufté. Sophie, qui avait pris un peu d'avance sur moi, en caféine et en nicotine, m'a expliqué, sans presque reprendre sa respiration, pourquoi ma grand-mère voulait voir ses photos de famille. « Le bébé liseur, la petite fille de la régisseuse bénévole qu'on hébergeait chez vous, c'était moi. J'ai assisté de bout en bout au tournage du Rohmer. Je suis sans doute un des seuls témoins oculaires vivants. Et ça ne sert à rien, ni à moi, ni à vous – même si, j'ai bien compris, vous présumez que ledit témoignage serait "anecdotique". Pas "adecnotique", Paul. Je ne peux pas vous aider pour votre thèse, je ne peux rien en tirer pour ma conférence à Berkeley : j'étais là, et je ne me souviens de rien. J'ai passé toutes ces semaines le nez dans un livre. J'aurais pu, je ne sais pas, observer avec convoitise les robes des petites actrices, m'intéresser au matériel technique, mais non, rien, moi c'était la lecture un point c'est tout. Autrement dit, le hasard absolument miraculeux qui vous a mis, vous et votre grand-mère, sur ma route, et m'a ramenée à l'endroit même où j'avais vécu ce tournage, est inutilisable. C'est dommage, non ? »

C'est là que j'ai tiqué et commencé à me foutre gentiment de sa gueule. Les « hasards absolument miraculeux », à part dans les romans (ceux de Ségur par exemple), je n'y crois pas du tout, et j'avais légèrement rattrapé mon retard en caféine et en nicotine en l'écoutant.

— Non, Sophie, il n'y a rien de « miraculeux » là-dedans. Vous avez eu une espèce de coup de foudre pour Ségur à l'âge de quatre ans. Donc vous êtes devenue plus tard une spécialiste de Ségur. Donc vous avez eu l'occasion de travailler sur l'adaptation des *Petites Filles modèles* par Rohmer. Donc vous avez enquêté. Donc vous êtes tombée sur ma grand-mère. C'est au contraire d'une logique imparable.

Sophie a l'air un peu ébranlée, mais elle s'accroche encore à son miracle. « Et si je ne vous avais pas rencontré à l'IMEC ?

— Professeur, vous me faites trop d'honneur. Vous n'avez pas eu besoin de moi pour contacter Badinter, ni pour retrouver cette dame, là, dont j'oublie le nom, la couturière du Neubourg…

— France Leroy.

— France Leroy. C'est elle qui vous a parlé la première du bébé liseur, non ? Et, si je ne vous avais pas invitée chez ma grand-mère, vous l'auriez sans doute relancée pour qu'elle réponde à d'autres questions, France Leroy : elle vous aurait probablement parlé de l'interprète d'Élisa et, de fil en aiguille, vous auriez atterri chez Ève. Logique imparable. Vous êtes simplement revenue à la case départ. Alors, on va voir *Les Malheurs de Sophie* cet après-midi ou pas ? »

Je constate avec soulagement qu'on se rapproche du club de voile. Pas seulement parce que j'ai mal aux pieds, mais aussi parce que je meurs d'envie de pisser, et que j'espère vaguement qu'il y a des toilettes, pour les apprentis navigateurs, dont j'aurai le droit de me servir. Il y en a. Sophie s'abstient : « Celles pour femmes sont pires qu'à l'aire d'autoroute de Saint-Jean-des-Essartières, je peux me retenir jusqu'à la maison. Je continue à marcher, je ferai demi-tour un peu plus loin, je vous retrouve ici dans cinq minutes. »

J'entre dans la cabine de béton pleine de sable, et quand j'en ressors, je vois Sophie, une centaine de mètres plus au sud, là où la digue s'interrompt pour céder la place à un sentier, qui me fait de grands signes, ses longs bras comme des ailes de moulin. Elle me crie quelque chose qui ressemble à l'ordre de la rejoindre, je m'exécute. Elle est tellement excitée qu'elle fait presque des bonds sur place, et attend à peine que je sois arrivé à sa hauteur pour me désigner en poussant de petits cris de gamine (les endorphines, la drogue du joggeur ou, en l'occurrence, de la marcheuse rapide : le meilleur euphorisant du monde), une plaque apposée au pilier qui marque la fin de la digue. J'y lis, en grosses lettres :

« Éric ROHMER
Réalisateur français
1920-2010 »

Dans le coin supérieur gauche, il y a une photo en noir et blanc du cinéaste. Il porte une casquette, un tee-shirt blanc échancré à manches longues, un jean, des baskets et, autour du cou, un bandana noué devant, de couleur sombre. Il est assis sur la rambarde de cette même digue, où s'appuie aussi la roue avant d'un vélo (le sien ?). En contrebas, on voit les toits en tôle ondulée des cabines de bain, le rivage, un parasol, et, au loin, quelques baigneurs. La lumière laisse penser qu'il fait un temps de pape, et que casquette, manches longues et bandana le protègent des coups de soleil. Ce qu'on devine de son visage, sous l'ombre de la visière, est décidé, confiant, peut-être même heureux.

— Et ça ! piaille Sophie, ce n'est pas un hasard miraculeux, peut-être ? C'est marqué en bas : « Plaque commémorative offerte par la commune de Jullouville et inaugurée par Louis Forget, le 10 août 2013 ». Il y a presque trois ans ! Je viens me promener ici tous les matins, six mois par an, et je ne l'avais JAMAIS vue ! Et c'est justement le jour où je vous emmène avec moi que je tombe dessus !

Moi aussi, j'ai sécrété un max d'endorphines en courant, et je partage volontiers sa joie enfantine. Je lis attentivement le texte qui figure sous la photo, une quinzaine de lignes extrêmement bien informées sur la vie et la carrière de Rohmer, précisant entre autres ses activités d'enseignant, de critique, ou le nom de ses sociétés de production. Le commentaire esthétique est sobre, peut-être discutable, comme tout commentaire esthétique, mais plutôt pertinent : « Sa direction d'acteurs reste épurée et sa mise en scène simple et efficace. »

Je me demande, Sophie à l'unisson, combien de vacanciers dépassent le club de voile, qui constitue sans doute, pour eux comme pour nous (si je n'avais pas eu envie de pisser), la fin de la promenade, et combien parmi eux ont la curiosité de lire cette « vieœuvre », comme disait un de mes profs de première année, à la fac, pour parler des notices biographiques du type « sa vie son œuvre », ringardes, certes, convenait-il, mais utiles quand même. D'autant plus que la raison d'être de cet hommage à un représentant de la Nouvelle Vague sur ce bout de plage n'apparaît que tardivement dans ce résumé – à la ligne 11, très exactement –, mise en valeur, c'est vrai, par la typographie (les caractères sont en « gras » et détachés du reste par des alinéas marqués) : « Le film *Pauline à la plage* fut tourné à Jullouville pendant l'été 1982. Il sera récompensé de l'Ours d'or à Berlin en 1983. »

Je salue, toujours d'accord avec Sophie, le sérieux de l'affaire : il est même question, dans la dernière phrase, des archives déposées, selon sa volonté, à l'IMEC. Chapeau, le maire de Jullouville, moi je dis. Sophie tire son chapeau itou, et je sors mon smartphone pour photographier la plaque.

— Vous savez quoi, Paul, je pense qu'on va rentrer par la plage, le sable a eu le temps de sécher, ce sera moins mou, et comme ça vous pourrez courir pieds nus, vous me faites vraiment de la peine, dans votre 43.

VIII

Je ne suis jamais allée au cinéma Le Star d'Avranches. Je fréquentais, enfant, la salle paroissiale de Saint-Pair, et plus tard, pourvue moi-même d'un permis de conduire ou d'amis le possédant, je poussais jusqu'au Sélect, à Granville. Je me souviens de reprises, en version française, de *Docteur Jivago* et d'*Autant en emporte le vent*, ou, plus tard encore, avec mes propres enfants ados, du premier *Terminator*, curieuse programmation pour la salle paroissiale de Saint-Pair qui existait encore, mais pas pour longtemps.

Je décide, secrètement navrée du manque d'intérêt de Paul pour le Mont (corollaire regrettable de la cinéphilie : rien d'autre ne peut rivaliser, apparemment, avec le dernier Christophe Honoré), de prendre la route de la côte. C'est plus long, d'accord, mais sitôt passé Carolles, la route en zigzag offre de magnifiques perspectives sur la baie, le rocher de Tombelaine, et le site que dédaigne Paul mais qui attire encore plus de deux millions de visiteurs par an.

C'est un peu loupé. Une brume tenace stagne sur la grève nue (la mer est basse cet après-midi) et la silhouette fantomatique du monument peine à émerger de cette buée, sauf peut-être, comme par un fait exprès, lorsqu'un virage nous masque la vue sur la baie. De toute manière, Paul a l'air de s'en fiche. Il est revenu, plus intrigué que ce matin, au sujet de ma mère et de son lien avec *Les Petites Filles modèles*.

— Elle ne vous en a jamais parlé ?

— Du tournage ? Non. Elle se racontait assez peu, ou est-ce moi qui posais peu de questions, je ne sais pas. Mais non. Aucun souvenir.

— Est-ce qu'elle allait au cinéma ?

— Oui, énormément. Voir des films américains, presque toujours, des nouveautés jusqu'à la fin des années 1960, essentiellement des reprises après. Avec une préférence pour les comédies musicales.

— Pas les Rohmer ?

— Pas à ma connaissance.

— Vous ne trouvez pas ça bizarre ?

— Chacun ses goûts.

Nous attaquons la montée en épingle à cheveux qui mène au centre-ville d'Avranches au son de *Purple Rain* et, arrivés en haut, une centaine de mètres au-dessus du niveau de la mer, nous nous garons sous un soleil aveuglant. Avranches n'est pas une station balnéaire. Elle ressemble davantage à ces petits bourgs de montagne, construits pour résister au froid et au vent, mais ménageant à chaque coin de rue des percées où s'engouffrent les moindres rayons. La rue principale est déserte. À part Le Star, la plupart des commerces n'ont pas encore rouvert, c'est la pause déjeuner.

Ici, les vacances scolaires viennent de s'achever, et nous sommes presque seuls dans la salle. Derrière nous, une grand-mère a eu la mauvaise idée d'amener des enfants de deux ou trois ans qui vont sans doute s'ennuyer ferme.

Ça fait vraiment des siècles que je ne suis pas entrée dans un cinéma aussi rétro (il doit en rester peu, mais il n'y a pas encore de multiplexe à Avranches). La dernière fois, les annonces publicitaires étaient encore peintes sur une sorte de rideau, dizaines de petites étiquettes collées les unes aux autres que les spectateurs arrivés en avance avaient tout loisir de contempler, et qui vantaient les mérites des artisans, restaurants, magasins du coin. Paul s'en souvient aussi. Il a joué, avec son grand-père, au Viking du Neubourg, au jeu que je croyais avoir inventé pour mes filles : chacun son tour choisit un mot figurant sur le rideau (« rempailler », par exemple, ou « raclette ») et l'autre doit retrouver, dans un laps de temps défini à l'avance, dans quelle petite vignette il se cache.

Rien de tel aujourd'hui. Il est devenu si simple et si peu cher de tourner soi-même n'importe quel bout de film, que les Avranchinais (comme, je suppose, les Neubourgeois) mettent en scène leurs mérites dans de petits spots qui nous font bien rire, Paul et moi (incompréhension de la grand-mère, deux rangées derrière nous, qui doit y être habituée). Il y a d'abord *La Patateric* (une chaîne de restaurants spécialisés dans la pomme de terre, dont le parc d'activités de la baie, dans la banlieue d'Avranches, s'honore de posséder une enseigne) : montage de plans fixes montrant sous tous ses angles une grande salle quasi vide, soutenu par une musique guillerette, *voix off* égrenant les attraits du lieu et clamant pour finir ce slogan enthousiaste : « *La Pataterie* : qu'est-ce qu'on est bien ici ! » Notre hilarité atteint son comble avec le film célébrant les cheminées Cahu. On dirait un porno amateur. Sur l'écran, un beau gosse robuste, d'une quarantaine d'années, vêtu d'un bleu de travail, désigne d'un doigt égrillard une série d'inserts (à granulés, à bois, ou hydro), de poêles à pierre ollaire et de barbecues vers lesquels il se penche complaisamment pour les alimenter (en granulés, en bois, etc.), offrant à la caméra un point de vue troublant sur sa croupe, tout ça sous l'œil concupiscent de sa secrétaire, à l'arrière-plan, qui sort de chez le coiffeur et secoue négligemment son brushing, mèches devant, mèches derrière les épaules, de toute évidence convaincue des qualités du produit (l'artisan cheministe lui-même ?).

Après, ça se gâte. Pas à cause du film d'Honoré, qui nous plaît bien, mais de la température qui règne dans la salle. On se croirait à la fac. Chauffage coupé à une date réglementaire, sans doute. On se gèle. Je me recroqueville sur mon siège, enroule mon écharpe autour de mes pieds, croise les bras au maximum, mais c'est dur de lutter.

Derrière nous, les trop jeunes spectateurs jouent à chat perché. La grand-mère s'est endormie.

Heureusement, il y a la somptueuse Madame de Réan (la mère de Sophie) jouée par une actrice aux airs de princesse orientale, l'intelligence d'un scénario qui adapte non seulement *Les Malheurs de Sophie*, mais aussi *Les Petites Filles modèles*, et la grâce des enfants, bien plus proches en âge des personnages qu'ils interprètent que ceux autrefois choisis par Rohmer. La petite Marguerite, par exemple, doit avoir à peine trois ans. J'aime beaucoup la musique, et la dernière séquence, entièrement chantée. C'est la première chose que je dis à Paul (lorsque les lumières se rallument et que nous nous précipitons vers la sortie, dans l'espoir qu'il fasse meilleur dehors que dedans), que j'aime beaucoup cette musique, et la chanson finale.

Il pleut des cordes. Nous restons plantés, indécis, à la porte du Star. Il est plus de cinq heures. Le train de Paul part de Granville à 18 h 45. Par la nationale, il faut une bonne demi-heure pour aller d'Avranches à Granville, mais on a le temps pour une crêpe. « Vous n'avez pas vraiment déjeuné, Paul. Moi, je n'ai pas faim, mais si ça vous dit ?

— Alex Beaupain. C'est le nom du compositeur. Si vous voulez, je vous le fais écouter dans la voiture. Non merci, pas de crêpe. Mais, si ça ne vous ennuie pas de m'attendre devant, j'ai repéré un McDo à côté du rond-point, à l'entrée de la ville, en bas de la côte, tout à l'heure.

— Ça ne m'ennuie pas. Je trouve ça dégueu et contraire à toutes les règles d'hygiène alimentaire, mais vous êtes majeur, Paul. Vous croyez que, si je pique un de ces parapluies, la caissière me verra ?

— Attendez. Je vais la distraire. »

Paul rentre dans le cinéma et va faire le joli cœur avec elle. Ni vu ni connu, je m'empare du plus moche en espérant qu'il n'appartient pas à la grand-mère, qui a disparu, dès le générique de fin, en direction des toilettes. Le temps qu'elle fasse faire pipi à ses trois petits-enfants, nous serons loin de toute façon.

Le McDo s'avère disposer d'un guichet *Drive*. C'est ma première expérience en la matière, et j'y trouve un certain charme : je n'avais jamais vu ça que dans les séries ou les films américains. Paul insiste pour que je me serve de sa carte bleue, est du coup obligé de m'en confier le code, j'avance de deux mètres supplémentaires, nouveau stop, nouveau guichet, sa commande est déjà prête. Sans la puanteur qui envahit aussitôt la Twingo, annulant même celle du tabac froid, je serais presque convaincue des mérites de l'opération, plus rapide, c'est sûr, que mon projet crêperie (il ne faudrait pas que Paul rate son train, j'ai mon rendez-vous de 20 h 50, moi, et j'entends bien l'honorer seule).

Au feu rouge de Marcey-les-Grèves, la pluie a cessé et j'ouvre ma vitre en grand. Nous attendons la fin de *Kiss* et Paul, une frite coincée entre les dents, essaie de brancher son smartphone sur mon allume-cigares. Je l'observe du coin de l'œil, sceptique. Mais il s'avère que ma Twingo dispose de ressources technologiques insoupçonnées. Coincée derrière un poids lourd (mais pleinement rassurée : nous serons à l'heure à Granville, Paul ne manquera pas son train), j'ai tout loisir de me concentrer sur la chanson que m'a choisie Paul, et qu'il m'a brièvement présentée comme : « La plus triste, mais ma préférée. Quoique. Ça, c'est l'album précédent de Beaupain, il y en a une géniale aussi sur le nouveau, écoutez. »

J'écoute. Je ne connais pas grand-chose à la variété contemporaine (j'ai tendance à baisser le volume lorsque Nostalgie a le malheur de diffuser des nouveautés), mais je ne suis pas pour autant trop dépaysée. Ça ressemble un peu à du Souchon, je dirais. Je le dis à Paul. Il est d'accord. Sa tête fait oui-oui (il a la bouche pleine de steak haché industriel) mais sa main m'ordonne de me taire, et de ne pas perdre une miette de ce morceau, atrocement déprimant comme je les aime, et qui s'intitule, m'explique Paul, une fois seulement que s'en sont éteintes les dernières mesures, *Je suis un souvenir.*

IX

Nous arrivons à la gare de Granville trois quarts d'heure avant le départ de mon train. Sophie a beau jouer la vieille tante attentionnée (« Vous avez largement le temps de prendre votre billet. Et il y a un distributeur dans le hall. Achetez-y une bouteille d'eau parce que, après, dans le train, vous ne trouverez plus rien. Il y a des prises, même en seconde. Argentan est la seule gare où ça vaille la peine de descendre fumer sur le quai. Les autres arrêts sont trop courts. Et ne vous inquiétez pas si vous avez oublié quelque chose chez moi, je ferai sûrement un aller et retour à Paris début mai. Bon voyage, Paul ! Et, dites donc, vous êtes toujours d'accord pour relire le texte de ma conférence, hein ? Je m'y mets dès que j'aurai fini de corriger mes copies, et je compte sur vous pour me signaler ce qui ne va pas, parce qu'on ne peut pas dire que j'aie fait beaucoup de progrès en analyse filmique, avec vous… Attendez ! Embarquez-moi aussi cet horrible gobelet de Coca. Je sais que ma bagnole n'est pas un modèle de propreté, mais ce n'est pas une poubelle, non plus ! Bon voyage ! »), je ne suis pas dupe : elle est ravie de se débarrasser de moi.

Elle va pouvoir rentrer tranquillement à Saint-Pair, s'arrêter en route pour s'acheter de quoi dîner, et elle sera prête, à 20 h 50, pour le rendez-vous qu'elle attend – je l'ai parfaitement percée à jour – depuis presque un an.

J'ai essayé de lui faire cracher le morceau, tout en me dévouant pour liquider le dernier croissant, avant le cinéma. « Vous vous en servez, du piano ? »

Je n'avais pas remarqué sa présence, hier soir. Et je me doutais bien qu'il ne devait pas être parfaitement accordé. C'est une maison de vacances, chez Sophie, même si elle a prévu de s'y installer à l'année, et l'humidité, le sel, ça ne doit pas être très bon pour les pianos. Effectivement. C'est ça qu'elle m'a répondu. Qu'il était foutu. Qu'elle le gardait par pur sentimentalisme. « Il y a quelques années, on pouvait encore en tirer quelque chose, deux touches sur trois fonctionnaient à peu près, mais là, non, c'est décoratif. Et d'abord, qui vous dit, Paul, que je saurais en jouer ? »

J'ai choisi de garder pour moi le premier souvenir que j'ai d'elle, il y a bientôt deux semaines, plaquant des accords passionnés sur celui de la gare Saint-Lazare, *Ice and Fire* maîtrisé à la perfection, et je me suis contenté de lécher mes doigts pleins de miettes au beurre d'un air innocent.

Ce qu'elle ne sait pas, c'est que j'aurai deux heures d'avance sur elle, parce que, moi, j'ai profité de sa Livebox pour télécharger illégalement quelques trucs, pendant qu'on mangeait nos croissants, avant le cinéma, et j'ai bien l'intention, lorsque j'aurai fumé mon pétard sur le quai de la gare de Granville, de m'écrouler dans un wagon que j'imagine presque vide (qui d'autre que moi a l'occasion de prendre le Granville-Paris de 18 h 45, un lundi 25 avril ?), de brancher mon ordinateur, de coiffer mes écouteurs dernier cri et de découvrir, en V.O. non sous-titrée (aux USA, le premier épisode de la saison 6 a déjà été diffusé, et le suspense a cessé hier soir), s'il est vraiment mort, son pote.

Je claque la portière de la Twingo et me dirige gaiement vers l'entrée de la gare. Je ne serai peut-être pas seul dans ce train, mais sûrement le mari le plus pressé de retrouver sa femme.

X

20 h 30. Je ferme les volets du salon, côté mer. Oui, je sais, le soleil va se coucher dans moins d'une heure, mais moi, ce soir, je n'ai pas l'intention de guetter le rayon vert. Ce que je veux, c'est une pénombre optimale. J'ai déjà allumé la télé, sans le son, et je retourne dans la cuisine surveiller mon pavé de saumon. Le temps de remuer ma salade et de me préparer un grand plateau (couverts, sel, poivre, et même un verre de vin blanc, je bois rarement seule mais ce soir c'est fête), je l'entends crépiter sous le gril du four. Parfait. Doré dessus, presque cru au cœur, il sera encore meilleur tiède. Deux allers et retours salon-cuisine, une gorgée de vin, une autre, une cigarette, je mets mon téléphone sur silencieux, et voilà, nous y sommes :

TA-TA tata-TA-TA tata-TA, ta-tatata ta-tatata ta-tatata.

Je vais enfin savoir si Jon Snow est vraiment mort.

Bon. Ce n'est pas gagné, mais je fais relativement confiance à la « Femme rouge » (c'était le titre de l'épisode, il s'agit de Mélisandre d'Asshaï, mais Sam et moi on l'appelle « la sorcière rousse ») pour le réanimer. En principe, celui de lundi prochain, nous le regarderons ensemble, mais pour ce soir Sam m'avait formellement autorisée à ne pas l'attendre, tant pis pour lui s'il y a pas encore la télé dans le Melbourne-Dubaï où il doit se trouver en ce moment.

Comme hier, c'est à lui que je pense en m'endormant. À nos premières nuits, dans son hôtel-villa de Fiesole : moi me levant, toute nue, pour aller faire pipi, laissant la porte de la salle de bains ouverte pour l'entendre déclarer une centième fois qu'il n'a jamais vu une femme aussi sexy. Je n'y crois pas mais je ne m'en lasse pas. Lui qui fume à la fenêtre, nu aussi, mais enveloppé dans sa veste toute neuve en mouton retourné sous laquelle il m'invite à le rejoindre. Je tire sur sa cigarette. Il m'attire devant lui, dos à lui, referme les pans de la veste autour de moi, les ajuste aussi serrés que possible, bien croisés pour protéger mon ventre de la froideur de la balustrade en fer forgé. Le contact de la fourrure blonde sur mes seins. Une nouvelle preuve qu'il me trouve sexy, là, contre la balustrade, les coupoles de Florence à nos pieds.

Je me retourne dans mon lit, vers le bord, m'entortille dans ma couette. On ne sait jamais, peut-être que ça marchera cette nuit encore, que dans un demi-sommeil je sentirai sa présence tout contre moi.

XI

La haute silhouette de Maurice Schérer est appuyée au mur d'enceinte du château. Il ne s'appelle pas encore « Éric Rohmer ». Il se demande ce qu'il fout là. La lumière ne cesse de changer, interrompant toute velléité de prise. Les techniciens fixent les nuages d'un œil mauvais. Si seulement il pouvait, comme les peintres impressionnistes, filmer quand même, filmer ces nuages, se passer de tout ce matériel, montrer cette nature et ces petites filles comme il les voit.

Il s'éloigne. Un peu de marche lui fera peut-être oublier sa mauvaise humeur. Il dépasse l'angle du mur. De l'autre côté, assise sur une couverture écossaise, une enfant minuscule, les genoux au menton, une poupée sous le bras, un pouce dans la bouche. De dos, impossible de voir ce qu'elle cache sur ses cuisses et qui retient toute son attention. Il a vaguement remarqué sa présence, déjà, sans en faire grand cas, comme de tout ce qui ne concerne pas directement son tournage. Le bébé d'un membre de l'équipe. Une passagère clandestine, pas gênante du tout. Il se rappelle maintenant l'avoir toujours vue repliée ainsi sur elle-même, à l'arrière d'une voiture, ou sur une marche de l'escalier branlant, à l'intérieur du château, les jours de pluie.

Il reste un peu en retrait, derrière l'angle du mur. Quelques mètres plus bas, sur la pelouse, un jeune couple s'embrasse. Maurice ne les connaît pas, eux. Au lieu de l'étonner, de le fâcher, même, la présence de ces deux intrus l'enchante. L'homme est très beau. Un physique de jeune premier hollywoodien. Robert Taylor. Ou Louis Jourdan. Elle n'est pas vraiment jolie. Elle a l'air d'une gamine, avec ses cheveux coupés à la garçonne et retenus sur le côté par une petite barrette. Elle porte une robe de coton noir à pois blancs que son amoureux chiffonne en l'enlaçant. Pas vraiment jolie. Mieux que ça. Un menton volontaire, des sourcils broussailleux, pas de maquillage. C'est tout ce qu'il peut deviner de son visage, entre deux baisers de Robert Taylor. Impatientes de tout se dire autant que de s'embrasser, leurs lèvres refusent de choisir, s'entrechoquent, s'unissent, se séparent le temps d'une réplique capitale, se reprennent. De son poste d'observation, Maurice ne peut rien entendre. Il imagine leur dialogue. Pourquoi ne pas les filmer, eux ? Enfin, pas eux, mais un couple qui leur ressemblerait, deux très jeunes gens bavards qui se désirent et se font des discours. Pourquoi pas ça, plutôt que ces *Petites Filles modèles* dans lesquelles il s'est embringué ?

Le soleil perce soudain, trop faible encore pour

redonner espoir à son chef-opérateur, mais assez nettement pour que Robert Taylor s'écarte de quelques centimètres de la jeune fille, soulève l'appareil photo qu'il porte en bandoulière et se retourne vers lui, Maurice.

Il se recule prudemment, à l'abri du pan de mur.

La jeune fille encourage son fiancé (Maurice pense « fiancé » parce que c'est un joli mot, rien ne lui prouve qu'un quelconque arrangement de cet ordre unisse les amoureux) à appuyer sur le bouton. Il manipule l'appareil, esquisse quelques réglages, mais finit par en dégager la lanière de son épaule pour le tendre à sa « fiancée ». Elle lui sourit. « Chiche ! » ajoute Maurice dialoguiste. Elle s'en empare, le braque successivement en direction de la mare et du petit bois, en contrebas, pivote sur elle-même et s'arrête face à la petite fille, sur sa couverture écossaise.

L'éclaircie ne dure pas. Une femme blonde, vêtue comme un homme, s'approche à grandes enjambées, traversant la pelouse derrière lui. Elle lui jette un regard timide, le salue vaguement d'un hochement de tête et vient se poser à côté de l'enfant. Les amoureux lui rendent l'appareil photo et s'éloignent. Maurice les suit des yeux jusqu'à ce qu'ils disparaissent à la lisière du bois. De loin, il peut apercevoir les pois de la robe, qui se fondent presque dans le gris d'un tronc d'arbre.

La blonde s'est relevée. Elle pose un bref baiser sur le crâne indifférent de la fillette et se hâte de repartir de l'autre côté du château, où lui-même devrait se trouver, réconforter son équipe, faire des blagues peut-être, jouer le jeu. Au lieu de quoi il s'avance à découvert et s'approche de la couverture écossaise. Son ombre immense tombe sur la tête bouclée de l'enfant, et sur celle, laineuse et jaune, de sa poupée. Elle étend ses jambes et Maurice peut enfin découvrir ce qu'elle tenait contre ses cuisses. *L'Auberge de l'ange gardien*. Une édition plus récente que celle qu'il a lue, enfant, chez ses parents, à Tulle. Enfin consciente de sa présence au-dessus d'elle, la petite se retourne et le dévisage.

— Tu sais lire ? À ton âge ?

Elle retire son pouce de sa bouche.

— J'ai quatre ans et demi depuis trois semaines. Et, oui, je sais lire. C'est Maman qui m'a appris. Cet été.

— Et ça te plaît ?

— Je l'ai fini.

La petite lâche enfin sa poupée et se croise les bras. Elle regarde vers l'horizon et soupire. « Je savais bien que je le finirais avant qu'on rentre à la maison. Ève m'a dit qu'elle avait la suite. J'aurais dû l'apporter aussi.

— *Le Général Dourakine*.

— Ah ! Vous connaissez ? Vous l'avez lu ?

— Oui. Je l'ai lu. Il y a un certain temps.

— Me racontez rien. Je veux avoir la surprise.

— Promis. » Maurice comprend, partage la frustration, l'impatience de la fillette. Attendre jusqu'à ce soir pour découvrir la suite. Insupportable. Il tente une diversion. « Tu sais ce qu'on fait, là-bas, avec ta maman ?

— Du travail. »

Maurice est un peu déconcerté. Il a du mal à considérer ce qu'il fait (est censé faire) ici, au château du Champ-de-Bataille, comme du travail. Le travail, le vrai, c'est celui qui l'attend au lycée de Vierzon, où il vient d'être recruté mais où on lui a gentiment permis de prendre un congé exceptionnel, cet automne, pour tourner son premier long métrage. « Congé » lui paraît plus approprié que « travail », pour désigner ce qu'il ressent en ce moment. « Vacances », même, pendant qu'il y est.

— On fait un film qui raconte la même histoire qu'un livre que tu as peut-être déjà lu. *Les Petites Filles modèles*, ça te dit quelque chose ?

L'enfant lui jette un regard presque condescendant.

— Bien sûr, que je l'ai lu. Mais votre film peut pas vraiment ressembler au livre.

Maurice est assez d'accord. Son découragement va s'amplifiant, depuis le début de la semaine. Il décide malgré tout de défendre son point de vue. « Qu'est-ce qui te fait dire ça ?

— Elles sont beaucoup trop vieilles, vos petites filles. C'est des grandes. Elles veulent jamais jouer avec moi. Mais ça m'est égal. Je préfère lire. »

Cette fois, un bon coup de vent a nettoyé le ciel. Il est déjà quatre heures de l'après-midi, mais si on se dépêche, avec un peu de chance, on aura peut-être une prise utile. Terreur de gâcher de la pellicule. Doutes sur Joseph le Dahoméen. Qu'est-ce qui leur a pris de se lancer là-dedans ?

Il jette un dernier regard à l'enfant. Elle s'est

allongée sur la couverture en chien de fusil, les paupières closes sous le soleil, et caresse les nattes de sa poupée d'un geste distrait, pouce dans la bouche, résignée à attendre jusqu'au soir pour savoir ce qu'il adviendra du général et de ses compagnons, lorsqu'ils parviendront à « la terre de Gromiline, près de Smolensk, après avoir passé par Pétersbourg et par Moscou. Les détails au prochain volume ».

« En vrai »

Tout ce que je raconte sur *Les Petites Filles modèles* d'Éric Rohmer est documenté et vérifié. Je remercie pour leur aide : France Leroy, l'IMEC, Antoine de Baecque, Robert Badinter, et Sylvette Baudrot.

Tout, sauf ce qui concerne la famille de Freneuse, la comédienne interprétant Élisa, Marie et son bébé liseur, que j'ai entièrement imaginé.

Quant au dernier (au seul ?) exemplaire du numéro 20 de *Frou Frou* proposé sur Amazon, c'est moi qui l'ai acheté, mais je le tiens à la disposition des chercheurs du monde entier qui souhaiteraient le consulter.

DU MÊME AUTEUR

Aux Éditions P.O.L

JULIETTE OU LA PARESSEUSE, 1999 (Folio n° 3412).

L'HEURE ANGLAISE, 2000 (Folio n° 4463).

COLLOQUE SENTIMENTAL, 2001 (Folio n° 3846).

HAPPY END, 2005 (Folio n° 4723).

L'EXCUSE, 2008 (Folio n° 5095).

ADÈLE ET MOI, 2013 (Folio n° 5793).

LE MYSTÈRE DU TAPIS D'ARDABIL, essai, 2015.

LES VACANCES, 2017 (Folio n° 6648).

Aux Éditions Honoré Champion

LA SCÈNE EUROPÉENNE, HENRY JAMES ET LE ROMANESQUE EN QUESTION, 2000.

Aux Éditions Klincksieck

LES RÉCITS DE RÊVES DANS LA FICTION, coll. « 50 questions », 2006.

Traductions

GATSBY de Francis Scott Fitzgerald, P.O.L, 2011.

ETHAN FROME d'Edith Wharton, P.O.L, 2014.

TENDRE EST LA NUIT de Francis Scott Fitzgerald, Flammarion, 2015.

Composition Nord compo
Impression Maury Imprimeur
45330 Malesherbes
le 23 avril 2019
Dépôt légal : avril 2019
Numéro d'imprimeur : 236445

ISBN 978-2-07-07282478-4 / Imprimé en France.

342714